Vivien Catharina Altenau

Sturmwolkenblau

Band 1

MYRANDA

MYRANDA

Vivien Catharina Altenau

Sturmwolkenblau – Band 1

1. Auflage

Autorin: Vivien Catharina Altenau
Umschlagdesign: Colors of Cronos
Lektorat/Korrektorat: Myranda Verlag
Satz/Layout/E-Book: Paula Bolte
Druck: Custom Printing

Klappenbroschur: ISBN 978-3-96478-599-2
E-Book Epub: ISBN 978-3-96478-600-5

Bibliografische Information der Deutschen Nationalbibliothek:
Die Deutsche Nationalbibliothek verzeichnet diese Publikation in der Deutschen Nationalbibliografie; detaillierte bibliografische Daten sind im Internet über http://dnb.dnb.de abrufbar.

Für die Mutti

Prolog

Ich kratze, bis das Blut fließt. Ich beiße, bis der Schmerz unerträglich wird. Ich stürze. Dich ins Dunkel. Ich bespucke dich, bis du deine Achtung vor dem verlierst, was du dein Selbst nennst. Aber ich verrate dir nicht, wer ich bin.

Gezeichnet

– gib mir einen Namen –

Schreib mich nach Hause

Ein Wort. Esc-Taste. Ein Wort. Esc-Taste. Ein Wort, ein Satz.

Ein Absatz. Eine Seite, ein Kapitel.

Ein Anfang vom Ende.

So oder so ähnlich beginnt meine wissenschaftliche Schreibe, die – so hoffe ich zumindest – in meine Masterarbeit münden wird. Ein Text entsteht und gleichzeitig lässt er etwas enden. Meine Arbeit ist eine Art geschriebener Klappendeckel, der diese 8 Semester mit einem geballten Intermezzo an angesammelter fachlicher Expertise mitsamt der persönlichen Bereicherung durch all das Gelesene und all dem Gedachten feierlich einbindet und kompakt zusammenhält.

Meine Unikarriere lässt sich wie folgt zusammenfassen: Begonnen als Bücherwurm im Freelancer-Modus, beendet als Vollzeit-Nerd im Endstadium, der vor all dem Wissen gestapelt in den vollgestopften Bibliotheksregalen noch nicht kapituliert hat. Fach: Klar, wie soll es anders sein: Literatur, gewürzt mit einer ordentlichen Prise Sozialwissenschaften. Soll heißen, eine Menge Psychoanalyse für die Gesellschaft, Politik und Schlaumeierei. Meine Abschlussarbeit daher: natürlich interdisziplinär. Was genau dieses Wort bedeutet, ist mir auch nach all den Semestern nicht klar geworden – gemeint ist wohl so etwas wie fachübergreifend. Dabei frage ich mich ständig, ob es überhaupt Fächer gibt, die nicht übergriffig sind. Meiner

Meinung nach enthält ein einzelnes Wort, ein einsamer Satz, ein staubiges Buch bereits so viele Teile der Welt, dass jede einzelne Komponente schlicht und ergreifend bereits die Welt ist, oder? Wie soll ich einen Buchstaben ansehen und dabei lediglich an den winzigen Kosmos denken, der hochtrabend von Dozenten als literaturwissenschaftlich angesehen wird? Wohl am besten mit Augen zu. Aber nun, zurück zum Thema. Das Thema also wie bereits erwähnt (interdisziplinär): Therapeutisches Schreiben. Mein Ziel war somit gesetzt und konnte ohne Weiteres als kleiner (winziger) Schritt für die Wissenschaft, aber ein großer (nahezu riesiger) Schritt für mich behauptet werden. Im Mittelpunkt meiner Abschlussarbeit sollte eine Frage stehen, die mich jeher beschäftigte und dessen Antwort ich schon seit langem wusste. Kann Schreiben heilsam sein? Ist es möglich, dass Literatur all die zersplitterten Seelenteile wieder zusammensetzt? Und wenn ja, wie tut sie das? Ist Text eine Art Alles-Kleber in seelischen Belangen oder geht es mehr darum, die zerfallenen Anteile unserer Selbst wieder neu zu formatieren, sodass sie ein neues, aber wunderschönes Ganzes ergeben, das wir uns von allein nie gewagt hätten. Nun gut, Schluss jetzt mit dem philosophischen Getue. Meine wissenschaftliche Abfassung zu dieser Thematik steht. Liegt mittlerweile fertig auf dem Schreibtisch, wartet darauf, dass man (in diesem Fall zwei Dozentinnen, die unterschiedlicher nicht sein könnten) darüber richtet. Aber noch, ... noch kann ich sie nicht abgeben, nicht einreichen, nicht dieser harten Begutachtung unterziehen. Da ist eine Blockade. Es fehlt noch etwas. Und ich meine damit: Es fehlt nichts im Text. Nein, es fehlt etwas in mir. Diesen Lebensabschnitt kann, will und darf ich nicht beenden, bevor ich diesen letzten Beweis über die Wirkungsmacht des Schreibens und Lesens nicht an mir selbst belegt habe. Es mag nach spiritueller Erleuchtung klingen. Das mag dich abschrecken. Dann mach das Buch zu.

Hier wartet keine sinnvoll arrangierte Geschichte mit ordentlicher Erzähldramaturgie auf dich. Hier wartet gar nichts auf dich. Nichts des folgenden Buches hat einen logischen Sinn. Manches ist real, autobiografisch, hervorgeholt aus dem, was man *gemein*hin Seelenabgrund nennt. Manche Gefühle und Gedanken hingegen sind so grausam, schwer aushaltbar und noch nicht bereit, über ein Komma zu fallen oder durch einen Punkt aufgehalten zu werden. An diesen Stellen steht: einfach nichts. Dieses Buch ist ein Projekt, der Versuch einer Kooperation, zwischen mir und den Worten, denn wir alle sind auf der Sinnsuche und brauchen jemanden, der uns dabei an die Hand nimmt und die große weite Welt zeigt. Mir ist es daher ein Bedürfnis, meinen Worten die Weiten des Textes zu zeigen und gegen die Leere im Herzen und die Leere auf weißen Seiten anzuschreiben. Dabei gilt es, in gewisser Weise einen Ort zu finden, an dem der Gehalt des Fortgangs meiner eigenen Geschichte noch frei ist. Genau dort muss man mutig sein, die Worte einfangen, sie in die richtige Reihenfolge setzen, sie füttern und Gedanken von einer in die andere Ecke schieben oder halt von unten nach oben. Wer sich diesem Wagnis stellt, muss bereit dazu sein, Satzgefüge zu basteln und sie bei jedem kleinen Fehler in sich zusammenfallen zu sehen, ohne sie retten zu können. Ich will verwirren, weil ich verwirrt bin. Was manchmal mit dem Wort *weise* und manchmal mit der Bemerkung *verrückt* kommentiert wird. Mir egal. Ab und zu, wenn mir alles zu viel ist, dann habe ich vielleicht Glück. Beim Schreiben kommt ein Komma vorbei, es schreit, dass es übrig sei. Ich darf es also liebevoll an eine Stelle in meiner Buchstabeneskalation setzen und habe ganz, ganz kurz Zeit für einen Atemzug,

– eine Gedankenpause. Denken ist wichtig und doch im Leben und in der Gesellschaft oft Mangelware (habe ich das Gefühl). Doch es gilt ein solches Zeichen, eine solche Spur, einen Hinweis nur mit Bedacht zu legen. Denn ein weinendes Komma ist nichts als ein Semikolon und wird all das, was ich in meinem Text ausdrücken wollte, vielleicht in ein falsches Licht rücken. Pass auf, denn Semikolons tropfen von einer in die nächste Zeile, bis der ganze Text versaut ist.

Willst du das?

Wichtig ist jedoch auch, darauf hinzuweisen, dass manches, das in mir brodelte, noch nicht bereit dazu war, sich darauf zu reduzieren, von nun an – anstatt in mir – in einem Satz zu wüten. Vielleicht bin ich feige, vielleicht aber auch einfach poetisch. Die Lösung lag daher nahe. Passagen dieser Lektüre sind demnach fiktional, die Figuren verfremdet, manchmal mache ich aus zwei Menschen oder zwei Tagen einen und gelegentlich verhält es sich umgekehrt. Dann wird aus zwei Wochen oder zwei Begegnungen einfach eine. Bei diesem ganzen Prozedere war ich ziemlich genial. Vielleicht aber auch einfach wahnsinnig. Daher brauchst du dir keine Mühe zu geben herauszufinden, was tatsächlich wahr und was meiner Fantasie entsprungen ist. Aber was ich von dir verlange, falls du dich für das Lesen meiner Zeilen entscheidest, ist die Realität zu vergessen und die Wirklichkeit zu erkennen. *Die Wirklichkeit?*, wirst du dich fragen. *Deine Wahrheit*, würde ich dir antworten. Abseits von dem gelegen, was tatsächlich passiert ist, plus dem was ich mir einfach ausgedacht, ausgeschmückt und/oder je nach Bedarf ausgedünnt habe, ist alles hier definitiv ein Plagiat. Ich sage das hier in aller Deutlichkeit vorweg, um zukünftigen Anschuldigungen zu entgehen und mein Gewissen zu entlasten. Aber auch oder gerade, weil alles was ich bin und demnach auch alles was hier steht, das Produkt dessen ist, was ich gelesen habe. Eigentlich, wenn man es genau nimmt, habe ich keine einzige Eigenleistung vollbracht. Ich habe Worte, die mir gefallen, aus Büchern gesammelt, die mir ebenso gefallen haben. Ich habe Sätze markiert und Textstellen angestrichen, um sie in jeglicher

Lebenslage, die nach einer schnellen Problemlösung schrie, im Handumdrehen wiederfinden zu können. Seiten habe ich mit Eselsohren gekränkt, aus purem Eigensinn. Literarischer Egoismus. Denn nicht nur das Schreiben ist heilsam. Vorweg muss etwas stattfinden, was ich mal ganz pauschal *Erkenntnis* nennen will. Das Lesen zeigt dir deine schwarzen Löcher auf, die du dann mit deiner eigenen Schreibe stopfen musst. Eine Lebensaufgabe. Dies hier ist ein erster Ansatz, weil sonst kein Weiterkommen möglich ist. Schlicht das Resümee meiner Bibliografie. Ein Versuch.

1

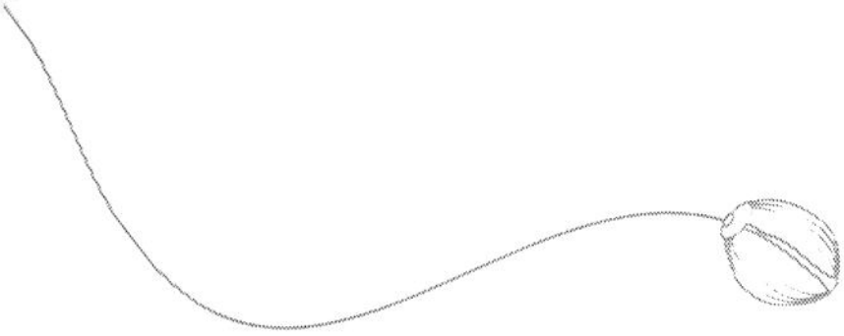

Der Anfang

Der Moment, in dem sie es hätte stoppen können, war schon lange vorbei. Die Flüssigkeit stieg. Unaufhaltsam nippte das salzige Wasser an den schwarzen Fäden, die sich dicht aneinander gedrängt gen Himmel richteten. Was für ein Glück, dass sie, ohne es zu wissen, heute Morgen die richtige Entscheidung getroffen und wohlweißlich die richtigen Maßnahmen für eine solche Lebenslage ergriffen hatte. Denn jetzt, da es kaum mehr aushaltbar war, die Augen geöffnet zu halten, um bloß nicht zu blinzeln. Da fiel eine dicke, kullernde Träne auf aschblasse Haut und rollte der jungen Frau, die kaum mehr war als ein Mädchen, die Wange herunter. Auf die erste folgte eine zweite und auch eine dritte – so war es immer und so musste es kommen. Was für ein Glück, dass sie heute Morgen die wasserfeste Tusche benutzte, um ihre Augen mit einem tiefen Schwarz zu umranden. Was für ein Glück, dass es endlich eine, wenigstens irgendeine Gefühlsregung vom inneren Abgrund nach draußen geschafft hatte. Für so ein inneres Gefühl musste der Schritt nach draußen ja glatt wie ein Absprung ins Ungewisse sein. Ein Gefühl, das sich raus traut, ist ein Gefühl, das niemals in der gleichen Form zu seinem Ursprung zurückkehren wird. Es ist ein Abschied für immer, mal erleichternd, mal traurig, mal beides gleichzeitig. Und wenn man, so wie diese junge Frau, nun mal dazu neigte, eine starke und lange innere Beziehung zu diesen Belangen aufzubauen und sich krampfhaft an ihnen festkrallte, dann war der Abschied von einem Gefühl eine höchst seltene, aufregende Begebenheit, die immer auch ein wenig Mut und Selbstaufgabe verlangte. Man musste diese Gefühle loslassen, freigeben und sehen, was sie nun in der Welt anrichten werden, ohne irgendeinen nennenswerten Einfluss auf das weitere Wüten der Konsequenzen zu haben.

Scheiße. Scheiße, scheiße. Nicht jetzt. Nicht hier. Es ging ihr nicht um den Ort und auch nicht um die Tageszeit. Wobei man sagen muss, dass die Dunkelheit der hereinbrechenden Nacht wohl förderlich für jeweilige düstere Gemütslagen war. Und auch die johlenden Fans, die am Nachbartisch bierlastig eine heruntergefahrene Leinwand anschrien und nicht verstanden, dass der Schiedsrichter ihre Beschimpfungen auch nicht verstehen würde, wenn sie den Lautstärkeregler noch mal ordentlich hochdrehten. Es ging auch nicht um die drei Jungs, die in der Ecke schräg gegenüber seit 42,5 Minuten darüber fachsimpelten, wie sie sich am besten bemerkbar machen konnten, ohne dabei das Aufsehen der Mutter zu erregen. Hierfür war eindeutig mehr als ein Cocktail nötig und der Ausgang ungewiss. Es spielte auch keine Rolle, dass das Radio genau jetzt ihren Lieblingssong dudelte. Und dass die Thekenfesthalterin, die für das Servieren der Getränke zuständig war, sie abschätzig musterte, war ebenfalls in diesem Moment überaus irrelevant. Nein, es ging hier um etwas ganz anderes. Die entscheidende Frage war: Wie konnte man es aushalten, vor dem stärksten Menschen seine eigene seelische Unzulänglichkeit zu offenbaren. Scheitern, das wäre eine Sache gewesen. Scheitern beinhält eine Aktion. Ein Verhalten, das einen konkreten Gegenstand fasste oder sogar (noch viel besser) einen Gegner anvisierte. Ein Vorgehen, das trotz immenser Bemühungen einfach nicht geschafft wurde. Das wäre wenigstens noch ein wenig heldenhaft gewesen. Ein Versuch, eine Initiative. Aber die junge Frau hatte nicht mal das Potential für eine tragische Geschichte. Sie hatte keinen Gegner. Das einzige was sie hatte, das war eine schreiende Stille im Inneren, die im Außen leider niemand hörte. Aber im Gegensatz zu den unendlich kompetenten Expertenmeinungen, die sie sich in den letzten Jahren versucht hatte anzuhören, drang nicht ein konstruktives Wort durch diese Ohren und Sinne betäubende Stille. Niemand, der ach so studierten Analytiker und solche, die gerne welche wären, setzten sich das Ziel, ihr zuzuhören. Die junge Frau wollte dem Expertenrat nicht nachkommen. Sie wollte ihre Stille nicht verlieren. Sie wollte lediglich darum bitten, vielleicht unter Umständen etwas leiser schweigen zu können, sodass auch die Welt noch ein wenig Gehör in ihrem Inneren finden konnte. Diesen Abgrund, diese Tiefe in ihr mochte sie. Da war so viel Raum, so viel Platz, so viel mehr. Die Experten mochten ihre Pharmaindustrie und hatten für alles die richtigen Kügelchen. Doch ihr Weg verlief anders, denn irgendwann beschloss sie einfach, auf all dieses ärztliche Tohuwabohu zu verzichten. Ihr wurde zunehmend bewusst, dass es absolut notwendig war herauszufinden, welches Volumen dieser geheime Seelenraum bemaß, wie weit hinabgestiegen werden konnte und was dort auf sie wartete. Das Problem dabei war jedoch, dass sich das Ganze sehr schwer an die Mit- und Umwelt vermitteln ließ. Eine innerlich pöbelnde Leere ist nur schwer teilbar. Denn Leere ist Nichts und Nichts ist Null und durch Null teilt man bekannterweise nicht. Die außenstehende Umwelt stempelt diesen Zustand gerne als normabweichende Autoaggression ab. Die Mitwelt hingegen hat am liebsten für die Dauer eines Kaffees Mitleid. Sie verstehen nicht, dass es hier nicht um das Leid geht, sondern um eine Neupositionierung und Aushandlung der seeleneigenen Hausordnung.

Etwas Weißes ploppte vor ihrer Nase auf und wehte bei absoluter, kneipentypischer Windstille, oder besser gesagt, es wippte viel zu nah vor ihrem Gesicht. Ein Taschentuch, wie nett. Gereicht von einem ebenfalls wirklich nett dreinschauenden Kerl, der in Anbetracht von so viel Wasser in seiner Stammkneipe wohl erste Maßnahmen gegen eine mögliche Überschwemmung einleitete. Er hatte etwas, dass die Mitmenschen nicht hatten – er hatte im Anbetracht des ganzen Dramas einfach eine gehörige Portion Empathie für den Schatten dieser Gestalt, die gerade eben noch wie eine ganz normale junge Frau wirkte. Doch dass die beiden sich vielleicht hätten wirklich wunderbar verstehen können, weil sie – zwar aus unterschiedlichen Perspektiven – dennoch auf die gleichen Punkte schauten und ihre Welt beobachten, das wussten die beiden nicht. Denn dies war nicht ihr Moment.

Die Tränen versiegten, ein leises Schluchzen war zu vernehmen und Verzweiflung folgte. Sie wusste nicht, woran sie zweifelte, aber wenn ihr jemand auf der Suche nach der Vorsilbe für den heutigen dusteren Tag helfen konnte, war es der Mensch, der ihr gerade gegenübersaß. Der einzige Mensch, vor dem sie ihre inneren Machenschaften zur Schau stellen konnte, weil das Verzweifeln bei ihr einfacher war als das Verstecken. Äußerlich ruhig, saß dieser einzige Mensch, eine elegante Frau mit blonden Engelslocken bis zu den Schultern, in ihrem dunkelblauen, figurbetonten Kleid vor ihr und umarmte sie mit ihrem Blick. Sie nahm ihre Hand, streichelte sie sanft und sagte einfach.

Nichts. Doch gleichzeitig war diese Mutter wohl die einzige Frau, vor der sie diese Zerrissenheit nicht zeigen wollte. Denn Zerrissenheit meint Riss, meint nicht perfekt. Und was musste es für ein schreckliches Gefühl sein, so viele Jahre all seine Kräfte darauf zu bündeln, einen Menschen zu behüten und dann, wenn man denkt, man habe es geschafft, musste man feststellen: Das Mädchen, das ich gefüttert und beschützt habe, ist am Ende einfach nur kaputt. Diese Ernüchterung, diese ganzheitliche Enttäuschung im Anbetracht der eigenen Wirksamkeit, durfte die Mutter auf gar keinen Fall in Betracht ziehen. Die junge Frau wollte stets den Eindruck einer gefestigten, rundum geschliffenen Persönlichkeit erwecken, um zu beweisen, dass sie all der Mühe wert war. Um zu beweisen, dass die E-Hölle eine Notwendigkeit war. Die junge Frau wusste, dass sie der größte stoffliche Beweis für die Taten dieser grandiosen Frau war. Und sie ahnte, sie konnte dem nicht gerecht werden. Die Mutter war, so wie es vermutlich von der Natur vorgesehen war, wirklich die einzige Seele, bei der sich die junge Frau sicher fühlte, aufgehoben und geliebt. Zu gerne hätte sie mit einem strahlenden Lächeln dort gesessen und verkündet: Du hast alles richtig gemacht, schau her. Denn die Mutter hatte noch nie etwas falsch gemacht. Wobei das vermutlich nicht stimmte. Die Mutter hatte so viel falsch gemacht, damals. Jedoch kann in jedem Fall gesagt werden, über die Dauer der Lebensspanne, die Mutter und Tochter teilten, war kein Fehltritt ersichtlich, nicht in ihrem Leben.

Die Mutter

Die Mutter sah die Tochter an. Überfordert: War sie nie! Dazu fehlten ihr die Möglichkeiten. Dennoch schien sie nicht so ganz zu begreifen, was genau sie da für ein Menschlein produziert hatte. Wobei das, nun äußerst schmal wirkende Geschöpf vor ihr nie wirklich klein gewesen war. Als dieser blonde Lockenkopf seinen Stand in der Welt fand und zu laufen begann, war auch die Zeit gekommen, ihre unumstößlichen Werte und Normen langsam aus der großen weiten Welt, die die Mutter ihr und ihrer Schwester zu zeigen versuchte, auszuwählen. Es schien fast so, als baute die Tochter aus diesen Erfahrungen ihre steinerne Mauer aus Prinzipien, an denen sie von nun an sich und ihre Umwelt bemaß. Ein Unterfangen, welchem gerecht zu werden eigentlich nicht möglich war. Doch die Tochter war eine Streberin durch und durch. Der Mutter war es wichtig, ihren Kindern zu zeigen, dass sie sich stets im großen Ganzen bewegten, dass ihre Welt nicht die einzige war. Die Töchter sahen fremde Kulturen, hörten andersartige Lieder, tanzten zu nicht mehr fremden Rhythmen, begegneten den Einen und den Anderen. Natürlich musste ein solches Leben bezahlt werden. Es war nicht zu verheimlichen, wie hart die Mutter arbeitete. Gastronomie war das, was sie kannte, obgleich viel weniger als sie gekonnt hätte, denn bereits ihre Eltern, die die Bezeichnung Eltern wohl kaum verdienten, führten ein Leben für und in einer

Gaststätte. Die Unterstützung, die sich die Mutter anfänglich von dem Vater, der diese Bezeichnung ebenfalls wohl kaum verdiente, erhoffte, löste sich viel zu schnell nach der Geburt der Töchter auf. So wie der Morgennebel, der sich sachte aus dem Tag schleicht, war jegliche Kompetenz der Vaterrolle abhandengekommen. Wäre es nur das gewesen, die Abwesenheit einer Fürsorge. Die Mutter hätte es locker schaffen können. Sie war immer allein durchgekommen und wenn sie es recht bedachte, war sie ja schließlich nun auch nicht mehr allein, sie waren zu dritt. Doch aus der Abwesenheit des Nichtvaters wurde eine bleierne Anwesenheit eines Mannes, der erst dem Alkohol und dann dem Wahnsinn verfiel. Vielleicht aber auch andersherum. Viel zu oft hatte sich die Mutter gefragt, ob die Anzeichen für diese Zukunft schon viel früher zu erkennen gewesen wären. Ob es vielleicht schon immer klar war, dass dieser Mann neben einer solchen Frau irgendwann aufgeben musste, Mann zu sein. All das hätte die Mutter vielleicht erahnen können. Noch vor dem Ring, noch vor dem pastellfarbenen Kleid auf den Stufen des Standesamtes. Aber für eine Reflexion der eigenen Katastrophe blieb einer Mutter mit zwei Kindern keine Zeit. Denn sie musste es schaffen. Sie hatte es geschafft.

So saßen sie nun also da, in ihrer Lieblingskneipe; die Mutter schaute die Tochter warmherzig an, wobei hinein die passendere Beschreibung wäre. Ihr Blick war forschend, sie suchte nach der Ursache, dem Problem und der Lösung. Ein vergebliches Unterfangen. Am Anfang, als sie mit dem Kopf gerade so hochgewachsen war, um über die Tischplatte schauen zu können, da redete diese Tochter noch viel, doch dann wuchs das Leben in und um ihr, sodass sie einfach aufhörte. Sie beobachtete lieber und zog daraus ihre Schlüsse. Heute verhielt es sich ähnlich. Als der Abend begann, schenkte sie der Mutter einige Wörter, ganze Satzreihen und Ausrufezeichen. Doch dann, aus dem

Nichts verstummte sie und begann zu weinen. Es ist für die

Mutter immer noch wirklich schwierig zu verstehen, welche Momente, welche Kombination von Lufttemperatur, Wochentag, Uhrzeit und Gemengelage diese Tränen provozierte.

Dieses Mädchen, das nun eine junge Frau war und in diesem Moment wie ein Häufchen Elend vor ihr saß, hatte der Mutter eine neue Sicherheit in der Welt gegeben. Während sie anfänglich für die Kinder aushielt, was niemand aushalten sollte, stellte sich bald eine Gewissheit ein, die eine Verbindung knüpfte, deren Festigkeit mit nichts zu vergleichen war. Während die weitere Tochter auf ihre eigene Art und Weise kämpfte und sich eine Weile in die Welt der anderen zurückzog, war es die Standhaftigkeit der einen Tochter gewesen, die ihr bewies, dass ein Leben zwischen vier Wänden nicht möglich war, wenn die Luft zum Atmen durch Ablehnung verpestet war und der Hass bereits begann, Fenster zu verhüllen. Gekämpft für ihre Freiheit hatte die Mutter bisher immer allein. Den Ballast dieses Mannes in seiner Zerstörungswut abzuschütteln war mit Kindern so viel schwerer, ohne Kind jedoch vermutlich unmöglich. Sie waren zusammengerückt, nicht geflohen, nicht vereinzelt.

Die Mutter saß aufrecht auf dem Barhocker und blickte über eine flackernde Kerze, die sich in ihrem Weinglas spiegelte und die Illusion einer Barriere aus Schatten und Glühen zwischen ihr und ihrem Gegenüber vorgaukelte. Dennoch schob sie ihre Hand über die dunkle Maserung des Holztisches und berührte sanft die eiskalten Hände ihrer Tochter, deren Fingerkuppen bereits von weiß zu einem blauen Schimmer übergegangen waren. So war das mit ihr im Winter immer. Es gab viel Stoff, viel Jacke, viel Schal und vor allem Handschuhe und Socken mal drei, um die leichten Erfrierungen an Händen und Füßen zu leugnen. Die Mutter dachte oft darüber nach, ob die Tochter irgendwann einfach verschwinden würde, weil Gewicht für die Tochter nicht wichtig schien. Haut und Knochen, mehr war für sie wohl nie zu ertragen. Die Gedanken und Gefühle drückten schwer, dass die Tochter wohl davon ausgehen musste, dass nur ein Gramm mehr am Körper ein Fortkommen in der Lebenswelt ausgeschlossen hätten.

Abseits aller Expertenmeinungen der ach so Studierten war sich die Mutter sicher, dass das schweigende Toben, das die Tochter gerade für einen kurzen Moment preisgab, mit all diesen Geschehnissen aus der Vergangenheit nichts zu tun hatte. Der Ursprung musste viel tiefer liegen. Auch wenn die Mutter mit dem Gedanken an eine Weltenseele nie wirklich konform gehen konnte, war sie sich absolut sicher, dass hier etwas größeres am Werk sein musste. Das war weder eine genetische Disposition noch eine ungünstige Sozialisation, das war einfach ein viel zu volles Nichts, das tiefer ging als die Oberflächlichkeit der Meisten. Unumgänglich, unverstanden zu bleiben.

Die Mutter löste ihren Blick und versuchte im Vollbetrieb der Kneipe denjenigen zu orten, der hier jegliche alkoholische Konsumbedürfnisse befriedigte. Geheimtipp war dabei, nicht über die Köpfe der Gäste hinweg zu blicken, sondern sich an den Füßen der Menschen zu orientieren. Schuhpaar im Ruhezustand in meist bedecktem Farbton gleich Gast. Schnell laufendes, Haken schlagendes und (jetzt kommts) tatsächlich! hellgrün gepunktetes Turnschuhpaar gleich Lieblingswirt. Diese Methode war stets zielsicher und funktionierte flott. So auch heute. Am Tisch wurden kurzerhand die Fakten geklärt. »Schnaps?«, fragte die ältere der beiden Frauen mit einem sanften Lächeln in Richtung der jüngeren. Die stimmte kopfschüttelnd zu und zog die Mundwinkel leicht nach oben. Gesagt, bestellt. Die Tochter trank für gewöhnlich nicht. Einzige Ausnahmen waren außergewöhnliche Momente, die gewisse Maßnahmen (in diesem Fall einen Sambuca auf Eis) notwendig machten. Hierzu gehörten 1. Akute Bauchschmerzen 2. Sonne in Kombination mit einem freien Tag vor der Lieblingsbar im

Zeitraum zwischen 15 und 18 Uhr (Hinweis: Trinke deinen Shot stets im hellen, sprich von Angesicht zu Angesicht) 3. Absolute Krise, gebadet in Tränen und kurzfristiger Aufgabe der rationalen Denkmuster (also genau jetzt). Dabei ist zu sagen, dass der Alkohol für die Tochter immer ein einziger Schnaps war, bei dem es blieb, der nie seinen Namen wechselte und stets ohne Kaffeebohne geordert wurde.

Normalerweise würde eine solche Krise, wie diese hier, Zweifel als Betthupferl auf das Nachtkissen einer Mutter legen und die Nächte lang und schlaflos werden lassen. Doch diese Mutter zweifelte nicht. Ja, da war Angst, da war Sorge und da war Ungewissheit. Aber niemals hatte die Mutter in Frage gestellt, dass sich daraus eines Tages ein Bild, eine Logik, ein Ganzes zu erkennen geben würde. Irgendwann würde Etwas entstanden sein, das genau dem entsprach, was all die Frauen ihrer Generationsfolge in ihrer stringenten Sicherheit darüber, was das Maß aller Dinge war, verwehrt blieb. Das Menschlein vor ihr, das sie geschaffen hatte, dachte nicht in Metern. Die Tochter lebte in einer Welt der Millimeter, ohne zu vergessen, dass sie hunderte brauchte, um in der Realität erkannt zu werden.

Mit der Tochter verhielt es sich wie mit Seifenblasen, die, so lange sie nicht berührt wurden und kein Fremdkörper ihren Weg beschnitt, einfach schön anzusehen waren. Als würde sich in diesen kleinen regenbogenfarbenen Bällchen ein eigener Kosmos auf eine spezielle Art und Weise durch die unwirkliche Wirklichkeit manövrieren und dabei einen geheimen Plan verfolgen. Doch sobald jemand es wagen sollte, Teil ebendieser kleinen Zauberwelt zu werden, zerbrach die Illusion und wo eben noch eine schillernde Oberfläche tanzte, hing dann ein vorwurfsvolles Loch in der Luft.

Die Mutter wusste jedoch genau, dass diese Momente, die für das Außen schrecklich wirkten, für die beiden eine wertvolle

Absicherung ihrer gegenseitigen, immer noch anhaltenden Verbundenheit war. Dieses Herauslassen eines oder vielleicht auch zweier Gefühle, die von der Tochter zur Mutter schlichen, war die Rückversicherung, dass trotz mittlerweile getrennter Leben ein Bund bestand.

»Weißt du noch, als wir letztes Jahr mitten in der Nacht im Schlafanzug hier hereingetrudelt sind, um einen Schnaps zu trinken?«, erinnert sich die Mutter und wusste, dass dieser Gedanke im Kopf der Tochter eine ebenso amüsante Szene zeichnete. »Ja«, grinste sie daraufhin, »ich hatte sogar noch eine Haarkur unter meiner Mütze.«

Die Tränen waren beiseite gewischt. Es war nicht nötig, weiterhin darüber zu sprechen. Denn sie beide wussten, dass Worte in diesem Schlachtfeld nichts anrichten konnten. Die Tochter tupfte unter ihren Wimpern entlang. »Alles gut«, beruhigte die Mutter. Es gab Menschen, die heulten und danach verquollene rote Augen und eine Rocky Horror Picture Show des Make-ups zurückließen. Und es gab eben jene, die ganz schlicht und einfach weinten, während danach lediglich ein leichter Schimmer der Tränenlaufbahn auf den Wangen zurückblieb. »Okay, dann gehe ich jetzt mal, ich glaube, ich bin schon etwas zu spät«, schniefte die junge Frau. So war das immer mit ihnen. Einer von beiden kam und einer ging zur Arbeit, die Zeit dazwischen, sorgfältig aufeinander abgestimmt und am liebsten in ihrer Lieblingskneipe verortet. Der Wecker der Mutter klingelte um 4 Uhr in der Früh und die Woche der Tochter hatte sieben Tage. So war das eben.

Die Anverwandten

Die Familie,

ist wer?, wenn das Wort Eltern keinen Plural hat, wenn eine Gemeinschaft nur Gemeinheiten schafft. Wenn die Anerkennung fehlt, weil niemand wissen will, wer ich bin. Wenn Lebensgemeinschaft nicht Leben, sondern Überleben meint. Wenn dort zwei Menschen einen dritten und vierten erschaffen, einen Ehebund schließen, der sich so eng zuschnürt, dass mindestens einer fast daran erstickt. Durch- statt zusammenhalten. Was ist, wenn die Verwandtschaft mich abschafft. Wofür verwende ich dann diesen Begriff? Ein Stammbaum ohne Stamm hängt keine Krone in die Welt.

Die Familie, Substantiv,

ist was?, wenn wir in anderen Kontexten denken, weil dies mein Text ist. Ich konstruiere meinen eigenen Konsens. So definieren wir im Wörterbuch eine systematische Kategorie oder eine Gesamtheit, eine Serie von gleichartig gebauten technischen Geräten mit gleichem oder ähnlichem System. Und dann definieren wir eine zweigliedrige Gesamtheit. Eine Gleichung zweier Analogien, die aufgeht.

Ich erschreibe mir meine Ordnung, ich wechsele und tausche die Worte so lange, bis die Definitionen uns fassen und eine Familie aus uns macht.

Ein Anhang, dem wir anhängen, Wir GeSINDe. Die Wiege des Wahnsinns.

Die Familie, Substantiv, feminin.

Es gibt eine Frau, die ich Mom nenne. Sie, ich – wir. Familie beginnt genau hier, bei ihr.

Die Familie, Substantiv, feminin, Singular.

Denken wir also eine einmalige Einheit in innerer Einigkeit, die vorübergehend, eher beilläufig und streckenweise durch eine Variable namens L bereichert wird. Eine Schwester als (Ab)Teil. In meinem Lebenszug, mal ist`s schwer, mal tut`s gut. Familie braucht eben nur eins, und das ist Mut.

Zur Lücke.

Das Vorgehen

Du denkst, dieses Buch sei für dich? Ich hätte geschrieben und daran gedacht, wen meine Worte wohl erreichen werden, wo sie landen würden? Aus welchem Buch sie krabbeln und in welche Köpfe sie sich schleichen? Du liegst falsch. Dieses Buch ist nicht für dich. Nicht für irgendjemand anderen. Es steht allein für sich. Denn ich habe gelernt, dass niemand etwas für dich tut, solange du es nicht selbst tust. Aber, – das fragst du dich – was sollen diese Zeilen schon ausrichten? Wäre dieser Text wenigstens für jemanden gedacht, der depressiv und traurig, verzweifelt nach ein paar Seiten sucht, die ihn aus diesem Loch befreien, dann wäre dieses ganze Projekt immerhin sinnvoll, denkst du. Pure egoistische Schreibe, denkst du. Aber soll ich dir was verraten? Eine dunkle Seele interessiert sich einen Scheiß für die Gedanken einer anderen dunklen Innenwelt. Denn im Dunkeln wird nicht gesehen. Keinen anderen Menschen, keine fremden Gedanken, kein Ende. Das ist dir zu dramatisch? Halb so wild, sage ich dir. Denn eine schwarze Seele zu besitzen, heißt nicht, dass dort im Inneren nichts existiert. Es heißt lediglich, dass DU nichts siehst.

Wie soll ich nun also beginnen? Chronologisch? Aber wo war der Punkt an dem aus »alleine« »einsam« wurde. Wann wurde aus »denken« »grübeln«, aus »Ruhe« »Stille«? Es will mir weder auffallen noch einfallen. Chronologisch wäre logisch, aber da mein Leben eben nicht logisch ist, ist auch chronologisch unlogisch. Finde dich also damit ab, dich durch diese Zeilen zu forsten, den Text zu erkennen und die Struktur zu erfassen. Und wenn du denkst, du hättest verstanden, auf welchen Pfeilern diese Geschichte steht, dann teile es mir mit. Ruf mich an. Schreib mir einen Brief. Denn ich habe Nichts. Verstanden. Lediglich Buchstaben ausgeatmet.

Die Fellnase

Ich zog die Tür auf. Ganz leise und vorsichtig um das unbekannte, aber vermutlich sehr, sehr kleine Wesen auf der anderen Seite nicht zu erschrecken. Der Türspalt ließ einen Lichtstrahl in den dahinter liegenden Raum werfen. Draußen war es längst hell, doch in dem, was vor mir lag, schien irgendetwas die morgendlichen Sonnenstrahlen davon abzuhalten, Licht ins Dunkle zu werfen. Und dann enthüllte das von mir eingelassene Licht eine wirkliche Miniaturausgabe von Hund, optisch näher an einem Gremlin oder einer Fledermaus als an einem Vierbeiner, der noch nicht mal mit ganz viel Mühe darauf schließen ließ, dass seine Vorfahren in Wirklichkeit mal Wölfe gewesen waren. Dieser Winzling kauerte hinter dem Teppichableger und starrte mich aus funkelnden Knopfaugen an. Ich war wie erstarrt. Wollte es nicht vermasseln. Wusste, dass dies ein historischer Moment für uns zwei sein konnte. Möglichst leise setzte ich mich auf die Türschwelle ohne die Augen von diesem Häufchen zu lassen, das nun weniger als einen Meter entfernt lag und begann ängstlich zu zittern. Mein Lehrer war Saint-Exupery, daher wusste ich, wie der Fuchs und der Prinz Freunde wurden. Ich wollte, dass der Hund den ersten Schritt tat. Also saß ich halb in seiner, halb in der Außenwelt und regte mich nicht. Wie viel Zeit verging, lässt sich nicht mehr nachvollziehen, es mag sein, es waren

5 Minuten, mag sein es war eine halbe Stunde. Jedenfalls, so erschien es mir, stellten wir Zwei die Weichen für unsere Zukunft. Mir war klar, dass ich der unfreundlichen Kollegin der Mutter lediglich angeboten hatte, ihren Vierbeiner ab und zu mal auszuführen, da sie sich nach der Arbeit nicht mehr dazu in der Lage fühlte, diese Aufgabe zu übernehmen und den Hund aus seiner 8 stündigen (das muss man sich mal reinziehen!) Einsamkeit zu befreien. Als die Mutter von dieser Sauerei Wind bekam, alarmierte sie mich sofort und es kam furchtbar schnell zur Schlüsselübergabe bei Dienstbeginn mitsamt einer Adresse und den Worten »Viel Spaß dann«. Keine Anweisung, keine Information über die Verortung von Leine, Halsband, Leckerli und Co. Manche Menschen sollten keine Hunde haben. Kinder auch nicht.

So saßen wir nun also, bis ich mit einer sehr langsamen Bewegung ein kleines Leckerli aus meiner rechten Jackentasche zog. Einen winzigen Hundekeks aus all dem, was solche Kleinausgaben laut Fressnapfpersonal angeblich liebten – bisher rümpfte das Modell vor mir jedoch äußerst skeptisch die Nase. Vor lauter Aufregung passierte es dann. Ich wusste nicht, was ich wollte. Eigentlich wollte ich ihn liebevoll mit einem animierenden »Los« auffordern sich das Mitbringsel zu schnappen, gleichzeitig wollte ich ihm aber auch verraten, dass es sich hierbei um einen »Keks« handelte. Endprodukt der Ausdrucksverhedderrung auf meiner Zunge war ein geflüstertes »Klecks«. Ich erschrak über mein eigenes Wort, während der Hund plötzlich aufstand, einen kleinen Satz machte und sich dann sehr, sehr vorsichtig auf mich zu bewegte. Vor mir blieb er unsicher stehen, doch als ich meine Hand öffnete und das Cookie frei gab, ging alles ganz schnell. Mit einem Satz war er mir plötzlich unglaublich nah und verschlang gierig das nahrhafte Angebot. Aufgegessen trifft es nicht, inhaliert passt besser. Erwartungsvoll und gierig nach mehr – mehr vom Leckerli, mehr vom Leben – wedelte er mit dem Schwanz. Ein absoluter Glücksmoment! Vorsichtig nahm ich den Kleinen, der nun unwiderruflich auf den Namen Klecks getauft war, auf den Arm, um ihm das lange Treppenhaus im Flur zu ersparen. In meiner Umarmung, der schützenden Berührung, passierte mit einem Mal etwas Wundervolles. Denn ganz einfach war sie da: Bedingungslose Liebe, aber auch eine Ahnung, dass von nun an eine absolute Abhängigkeit unsere beiden Welten bestimmte. Von nun an würde ich ihn bei mir brauchen. Weil ohne dieses Fellknäuel allein ab sofort einsam wäre.

Unser erster Tag blieb grün. Ganz vorsichtig, denn dieser Hund kannte die Geräusche und die Bewegung des Lebens noch nicht. Also saßen wir im naheliegenden Park. Ich las, er bestaunte die Erde. Und so schauten wir gemeinsam vorbeischlendernde Pärchen beim Knutschen oder Rollator bestückten Rentnern beim Dahinrollen zu. Aber die meiste Zeit des lieben langen Tages verbrachen wir damit, uns gegenseitig anzuschauen.

Am Abend brachte ich die Schlüssel zurück. Den Hund nicht. »Ich könnte sie heute auch über Nacht behalten«, schlug ich vor, ohne Ablehnung zu erwarten. Aus der ersten Nacht wurden viele Nächte, wache, geruhsame, dunkle und sternenklare, aufregende, warme und kalte. Der Hund blieb.

Die Kollegin nicht. Zwei Wochen später war statt ihrer eine förmliche Kündigung zum Dienst erschienen.

Ab diesem Moment waren wir, dieses kleine Lebewesen und ich, auch offiziell ein Team. Oft fragte ich mich, was uns in diesem ersten Moment der Begegnung verband. Übrig blieb die einzig schlüssige Erklärung: Wir waren wohl füreinander jeweils das erste Lebewesen, bei dem wir uns absolut sicher waren, dass wir uns von nun an bedingungslos und ohne jeden Zweifel Seite an Seite beistehen würden. Wir würden von nun an dieselbe Luft atmen. Der Fellnase kam meine Aufmerksamkeit stets zuerst zu und das Wohlbefinden des Hundes würde für immer an allererster Stelle stehen. Wann ich das beschlossen hatte? Wie gesagt, es war im ersten Augenblick klar.

Das erste Mal

Kannst du dich noch daran erinnern, wann der Moment war, in dem dich deine Mom zum letzten Mal auf den Arm genommen hat? Den Tag, an dem du zum letzten Mal im Sandkasten gespielt hast? Und wenn du damals gewusst hättest, dass es das letzte Mal ist, hättest du es dann mehr genossen? Hättest du dich vielleicht festgekrallt? An den weichen Pullover deiner Mutter? An die Sandförmchen? An den Moment, den Tag, an deinem ganzen Leben? Erinnerst du dich daran, wann du den Weg, den du jeden Tag morgens zur Arbeit nimmst, zum ersten Mal entdeckt hast? Wann du zum ersten Mal ausprobiert hast, wie viele Minuten es dauern wird, um von deiner Haustür zum Bus zu gelangen? Wie groß die Schritte sein müssen, wenn du dich verspätest und welche Bordsteinkante dich im Dunkeln stolpern lässt? Denkst du auch manchmal daran, dass jedes Mal, wenn du diesen Weg gehst, es auch das letzte Mal sein wird, dass du diesen Straßenzug in diesem Zustand gesehen hast? Dass die Kombination all der Bestandteile, die die Welt zusammenhält, nie wieder genauso arrangiert sein wird? Die Kleinigkeiten, den Kleister deines Tages, den bemerkst du vermutlich nicht, weil deine Achtsamkeit während des Weges bereits den Herausforderungen des Kommenden gewidmet ist. Oder womöglich hängst du auch noch in deinem Gestern fest und übersiehst die Gegenwart so lange, bis sie wieder vergangen ist. Aber vielleicht wirst du dich trauen, einmal nur diese Erinnerungen zu suchen? Daran zu denken, wann du zum aller ersten Mal nach einem Stift gegriffen hast, wann du zum ersten Mal ein leicht schräges, aber doch erkennbares A auf ein Blattpapier gekritzelt hast und wann daraus ein Wort wurde. Welches Wort war es und welche Bedeutung hatte es? Damals. Heute. Trau dich, vielleicht. Nur ein einziges Mal.

Die Bücher

Eine Flasche Wein kann für einen Abend lang entzücken. Und am nächsten Morgen vielleicht auch ein wenig zerrütten. Ein Kuchen kann dich für einen Moment lang entzücken. Zwei Stücke Kuchen hingegen machen eventuell in der nächsten Woche unglücklich. Der daraus resultierende Salat macht nur manche glücklich. Ein Buch hingegen macht auch glücklich, wenn es unglücklich macht. Paradox, aber die Essenz dessen, warum Lesen das Leben auf gewisse Weise breiter, tiefer und voller macht. Aber Achtung, es muss bedacht werden, dass jeder eine andere Buchstabenkombination braucht, um den Schlüssel zur eigenen Fantasie umzudrehen und in die Sphären der Leseliebe zu gleiten. Jedes Buch riecht auf seine ganz eigene Art und Weise besonders. Denn abhängig davon, in welche Welt dich die Geschichten hineinziehen, je nachdem an welche Orte zu welcher Zeit sie dich verschleppen, so variiert auch der Geruch der Seiten zwischen vanillig (Kitsch-Kirschblütenbaum-Cover-Bücher!) bis modrig (die richtig krassen Krimis!). Und manchmal, wenn das Meer seine Wellen schon fast aus den Buchdeckeln hinaus schreibt, dann kann man sogar ein kleines bisschen Salz auf der Zunge schmecken, das Rauschen hören und den Sand unter den Füßen spüren. Bücher machen mich zur Missionarin, betreuen mich psychologisch, lassen mich Abenteuer erleben und bleiben meine einzigen, tatsächlich bedingungslosen Freunde.

Schreib mich nach Hause

Schreiben ist ein Privileg. Buchstabenaneinanderreihen – nicht nur um zu funktionieren, sondern um in der Wirklichkeit zu wirken.

Schreibe über Aktuelles, Vergangenes, Reales. Benutze deine Fantasie, sei dramatisch oder schlicht, sei witzig oder ernst, sei melancholisch (wenn du willst), sei langatmig oder kurz angebunden, reime oder sammele die Fakten.

Mit Gehalt, oder haltlos. Egal, was du tust, egal was du lässt.

Bedenke: Auch das Ausgedachte hat sich in deine Gedanken geschlichen, ausgedacht meint eingedacht. Von hier nach da, von außen ins Innere.

Das Fremde hört auf, fremd zu sein, sobald du es in deine Worte einschnürst.

Bedenke, auch die Gegenwart ist flüchtig. Bevor du sie in deinem Satz festhalten kannst, ergreift sie die Flucht, ist bereits vergangen.

Expressives Schreiben, exzessives Schreiben, nicht als Ausnahme, sondern als Essenz. Ausdruck der Eindrücke. Wiederhole dich, immer wieder, um dich zurückzuholen.

Schreib dich frei, schreib dich fest, schreib dir deine BeWELTigung. Das »was« und »wie« wird dir begegnen. Denn literarisch wertvoll ist alles, was eindrücklich ausdrückt.

Menschliche Kommunikation ermöglichen, um das System zu erhalten, ist eine evolutionär errungene Fähigkeit. Stell dir die Welt vor – ohne den Buchstaben, ohne das Wort und ohne den Satz. Nicht möglich.

Denn Alles ist Text und der Text ist alles.

Du bist der Text und der Text bist du.

Also nutze dein Können, es ist kein Vorrecht, die Buchstaben zu beherrschen, es ist deine Pflicht.

Betrachte die Menge an Möglichkeiten, die dir deine Fantasie schenkt, wenn sie mit deiner Erinnerung tanzt. Schreiben beginnt mehr zu bedeuten als Buchstaben zu kombinieren. Schreiben beginnt mehr zu bedeuten als Buchstaben zu kombinieren, Worte zu basteln und Sätze zu schachteln.

Wenn aus Text langsam eine Geschichte wächst, werde ich dann erzählen können?

Ich meine das Erzählen, abseits der Definitionen, weit abgelegen der Fachliteratur samt Fußnoten. Erzählen in engem, Erzählen in weitem Sinne, mit und ohne literarischen Anspruch, poetisch, episch, fantastisch und oder zur Unterhaltung; für manche reicht es sogar, für den Unterhalt. Erzählen heißt Geschichte(n) schreiben. Sich die Realität erschreiben – unmöglich. Deine eigene Wahrheit in Zeichen verschlüsseln – unfassbar, aber machbar. Schreiber spiegeln ihre Weltwahrnehmung, entgegen und erwidern. Schreiber produzieren kein Fabrikat, sie artikulieren sich als Erzeugnis von all dem, was die Menschen Realität nennen. Sie zeigen sich und suchen Zeugen, sie sammeln schriftliche Beweise für ihre Existenz, die über das Gegenständliche hinausgeht. Du magst dich frei fühlen, wenn du schreibst. Auch deine Geschichten, ausgehandelt im Prozess der sinnhaften Zusammensetzung eines Zeichensystem, mögen frei sein. Du kannst sie, wenn du magst, erschließen oder verschließen. Doch, wenn du nicht erzählst, werden deine Worte niemals an diese Freiheit heranreichen.

Verheimliche deine Geschichte, wenn du musst, aber vielleicht wagst du es auch, deine Erzählung zu befreien.

Für Leser, die vergessen und solche die gehaltvoll erinnern.

Für ein Gegenüber, das interpretiert, für diejenigen, die fühlen und für jene die analysieren.

Erzählen funktioniert nur dann, wenn dort jemand zuhört.

Erzählen heißt, Erinnerungen zählen, sie benennen, ihnen einen Platz geben. Wenn wir mögen, können wir sie mit all dem Möglichen und dem Unmöglichen anfüttern, sie entlang eines Spannungsbogens führen, sie nach dramatischen 3 Akten vom Höhepunkt stoßen.

Wir können Tragödie, wir können Happy End.

Dies hier ist (m)eine Geschichte, weil ich es will. Ich erzähle sie dir: Wenn du willst.

Bisher lag die einzige Sicherheit darin, niemals genug gelesen zu haben, um schreiben zu dürfen. Aber ich war nicht bewusst. Mir nicht bewusst: Wer liest, wird ohnehin beschrieben. Im Inneren schreibt sich all das ein, verändert dein Sein. Meine Seiten sind vollgekritzelt, die Randnotizen zu all der Lektüre kaum noch zu entziffern.

Lesend vergesse ich zu leben.

Lebend entdecke ich, mein einziger Ausweg ist das Schreiben.

Also schöpfe ich aus dem Vollen, wage es, jedes Wort auf die Wage zu legen. Es wird lange dauern, bis mir mein Satz gefällt. Denn mir haben vorher so viele Sätze zugesagt, dass ich fürchte zu versagen, meinen eigenen zu finden. Doch die Angst muss weichen, denn ich bin meine Geschichte, ich bin der Autor. Ich bin meine Handlung. Mit dem Stift in meiner Hand schreibe ich mir die Last von der Seele und eröffne mir neue Seiten.

Ich will mit Kapiteln abschließen und mich meinem eigens gewählten Hergang anschließen.

Ich will meine Figurenkonstellation selbst behaupten. Ich habe begonnen, weil ich musste.

Ich werde lieber den Text statt mein Leben beenden. Um zu fühlen, was ich brauche, um weiter machen zu können. Und dann, dann beginne ich von vorne.

Beginne beim Zuhören, werde im Auf und Ab schreiben.

Ich werde mehr als ein Leben leben. Weil ein Wort mehr als tausende Sätze sagt.

Ich werde meine Buchstaben an jede Stelle setzen, die Sätze an jedem Ort herstellen, ich werde den Absätzen Bescheid sagen und gut zu den ganzen Seiten sein, werde sie von vorn und von hinten begutachten, das Blatt wenden. Und vielleicht werde ich es schaffen, denn dann schreibe ich mich. Nach Hause.

Das Date

Ich bog in die kleine Seitenstraße ein, vorbei am Kirschbaum auf der einen, entlang der Steinmauer auf der anderen Seite. Die Sonne hatte sich bereits von meiner Bordsteinkante zurückgezogen, in grauer Dämmerung wartete der Abend auf die Nacht, um ein leichtes Laken über den Asphalt zu legen. Schon beim Verlassen meiner eigenen Wohnung beschloss ich, mich über den Hintereingang leise ins Gebäude zu schleichen. Diese versteckte Tür auf der Rückseite zu wählen, war eine konkrete Entscheidung. Rein wäre ich so oder so gekommen, der Schlüssel passte beidseitig. Doch zum Haupteingang in dieses kleine, aber deshalb nicht minder imposante Gebäude einzutreten, machte eine gewisse Haltung nötig. Sobald du die Vordertür der Galerie öffnest, die Schwelle überschreitest – und sei es nur mit der Nasenspitze – warst du Gast. Das änderte sich auch nach all den Jahren, die ich dort arbeitete, ein und aus ging, auf – und zuschloss, in keinem Fall. Stell es dir nicht vor wie eine Schatztruhe, die dich nach dem Öffnen mit all seinem Gold anstrahlt und blendet, denn so ist es nicht. Überschreitest du die dicke rote Fußmatte des hölzernen Eingangstores, mit seinem schweren, in die Jahre gekommenen und im Winter regelmäßig mit der Witterung vereisten Vorhängeschloss, bist du mittendrin im Konzept. Es war eher so, als seist du mit dem Betreten des Raums in ein Labyrinth geworfen, die hohen Mauern, die leichte Beleuchtung der Leinwände, die Regale samt Bücher, die Bretter, die alten hölzernen Pfeiler, die das Dach zu tragen schienen, verschoben sich nach unbekanntem Belieben. All die Formen konstruierten einen Raum, der in die Tiefe reichte, wenn du dich hineinstürzen; oder in die Weite blickte, wenn du den Überblick behalten wolltest. All die Gegenstände starren dich jedoch beim Eintreten nicht an, nein, sie warteten auf dich. Es waren die Bilder, die nach dir riefen, die künstlerischen Besonderheiten, die deinen Blick aufforderten zu folgen. Meist hingen gar noch die Interpretationen, Deutungen und Gedanken des Vortages in der Luft. Es war warm vom hitzigen Aufeinanderprallen der Gemüter, den Meinungen und Überzeugungen. Es schmeckte auch im Sommer nach Zimt, es roch nach Leidenschaft und der Geruch nach Intrigen durchwaberte den Raum. Gleichzeitig konnte es aber auch kalt sein, bitterkalt, weil in einer solchen Ausstellung keine körperliche Berührung mitdenkt. Vor einem Gemälde bist du allein, jede Begrüßungsumarmung tut weh, ist zu viel, ist zu nah, klebt an dir, lähmt dich. Folge meinem Rat und halte dich daran, vor einer Leinwand sollte Abstand zu anderen gehalten werden. Denn sobald du dir ein Kunstwerk ansiehst, ich meine es wirklich durchdringst, entsteht etwas. Eine Beziehung, eine Bindung. Betrüge dein Gemälde nicht, indem du Händchen haltend seine Oberfläche anschwärmst. Stehe nicht zu nah an der Menge, die ebenfalls nur eins will: Berührt werden von dem, was da an der Wand hängt. Ein Bild braucht kühle Klarheit im Verstand. Als ich dies erkannte, gewöhnte ich mir an, nach einer Vorstellung auf der Bühne, die im hinteren Bereich der gesamten Einrichtung lag, das gesamte Haus einmal zu lüften. Dieses Vorgehen war effektiv und hatte höchste Priorität. Denn es bestand die Gefahr, dass ansonsten die Kleinkunst des Abends die Gemälde der

Ausstellung am Folgetag angrapschte. Um dies zu vermeiden, gab es weitere Vorsichtsmaßnahmen und so war es zumeist geplant, dass sich die Bühnenvorstellungen und Galerien im Zwei-Wochentakt abwechselten, sodass sich das hauseigene Klima in die richtige Schwingung versetzen konnte.

Vom Hintereingang aus einzutreten, war demnach eine Entscheidung vor dem Hintergrund, dass dies eine Woche der Galerie sein würde. Keine Musik, kein Kabarett, kein Vortrag. Nur Bilder und Bildangucker. Kein Vorhang. Kein Applaus. Mich von der Rückseite einzuschleichen, hatte den Vorteil, dass die Leinwände mich nicht kommen sahen. Und so hörte ich ihr leises Geflüster zwischen den Rahmen in Reimen, das Getuschel der Kunst. Am Nachmittag, wenn niemand sich zwischen den Wänden bewegte, war ich mir sicher, unterhielten sich die Gemälde ebenso lautstark, wie es am Abend und am Wochenende die Besucher vor ihren verstummten Rahmen taten. Sie tauschten sich aus, jeder aus seinem Blickwinkel, Fluchtpunkte wurden verhandelt, Kunstkritiker verhöhnt, verliebte Pärchen beneidet, einsame Seelen vertröstet, die großen und die kleinen politischen Bedeutungen hinterfragt. Nach Strich und Faden deuteten sie in aller Deutlichkeit auf alles was sie konnten. Acryl, Aquarell, Algrafie, die Werke gaben im Abklatsch und Abwasch ihr Bestes, der Akt zog alle Register und sich regelmäßig aus; die Kunst wollte abstrakt sein, Kunst kuschelt nicht, Kunst konfrontiert.

Somit hatte ich mir angewöhnt, früher zu kommen, als der Dienstplan es vorsah, früher als es nötig gewesen wäre, um all die Dinge im kleinen Ateliercafé für den Abend vorzubereiten. Ich blieb im Flur stehen, ein räumliches Verbindungsstück, welches zwei Wege verknüpfte. Rechts der Aufgang zur Bühne und dem Publikumsraum für all die Abende an denen gesungen, vorgetragen, getanzt und gelebt wurde, sowie links die Küche bis hin zum Ausstellungsraum mitsamt seinen hellen Wänden, um sie nach Gutdünken zu bestücken. Hinzu kamen hier mehr als 5 Tischchen mit Stühlen, plus dem architektonischen Knüller gen Süden: Ein monströser Wintergarten mit genügend Raum für die gastronomische Operation »glücklicher Glücklicher-Gast«. Faszinierend war jedoch: Die Weiten der Tischlandschaft und die Höhen der Decken nahmen dem Raum zwar jegliche Heimlichkeit, jedoch fühlte es sich immer dann, wenn die Kerzen brannten, die Musik leise dudelte und den Wänden neue Schöpfungen aufgedrängt wurden, wenn sich die Vorstellungen anbahnten und die Kleinkunst auf die große Bühne wartete, immer dann fühlte es sich ein wenig wie Wohnzimmer an. Nicht nur für mich. Nein, ich bin mir sicher, dies war das geheime Rezept, welches trotz dem zunehmenden Weltgetümmel oder gerade wegen diesem Übermaß an Möglichkeiten, ein Ort wachsen ließ, an dem die Menschen fanden, ohne zu suchen. Sie warteten auf nichts. Weil sie nichts erwarteten, nichts außer ein ganz bisschen von allem. Die Welt verpackt in Kunst, portioniert auf großen und kleinen Leinwänden, zusammengehalten von Rahmen. Vielleicht kam noch ein Wein in beliebiger Farbe oder eine winzige Portion unseres phänomenalen Kartoffelauflaufs hinzu. Sprich: Für die Dauer ihres Aufenthalts herrschte absolute Bedürfnislosigkeit. Der Mensch hatte hier alles was er brauchte: Gesellschaft, Wärme, Speis und Trank, und – Geschmack hin oder her – Ästhetik. Die Besucher waren umgeben von Schönheit. Und Schönheit ist, so wusste bereits jemand mit Namen Goethe, ein gar willkommener Gast.

Doch an jenem Tag war alles anders. Die Straße, in die ich einbog und die mich für gewöhnlich beim unbemerkten Einschlich tarnte, schien besetzt. Etwas Fremdes machte sich breit, die Gasse fasste heute eindeutig mehr Masse. Etwas

Unbekanntes zupfte bereits aus der Ferne an meinen Rockzipfeln. Ich setzte die Füße vorsichtiger voreinander, ohne dabei maßgeblich an Zielstrebigkeit zu verlieren und verlangsamte meine Bewegungen. Ich schloss für zwei Sekunden die Augen, ich kannte den Weg ohnehin blind, zu jeder Uhrzeit, zu jeder Stellung des großen und kleinen Zeigers auf dem Ziffernblatt war ich hier bereits hinaus oder durch die Tür hineingeschlüpft. Mit geschlossenen Lidern verdeutlichte sich meine Gewissheit: Ein Geruch, der hier nicht hingehörte, eine Präsenz, ein zweites Herz, das in dieser leeren Straße pulsierte. Ich war nicht allein. Alarmiert öffnete ich die Augen, spähte in Richtung der schweren Metalltür, welche sich in diesem Moment noch hinter einem etwas heruntergekommenen Holzvordach versteckte. Und plötzlich regte sich etwas. Ein Schatten fiel weiter als der Rest der dunklen Flecken. Ich machte einen letzten Satz, um zu erkennen, was dort vor sich ging. Auf den überdachten, kahlen Stufen, vor der eisernen Tür saß er. Ich war überrascht, vielleicht auch entsetzt. Er hingegen saß ganz still, als habe er mich erwartet, am Klang meiner Schritte bereits gewusst, in wie vielen Augenblicken ich den Eingang erreichen würde und blickte nun, ohne sich zu bewegen, auf. Lässig hatte er sich auf die drei Treppenstufen gefläzt, ein Buch auf dem Schoß, wie erwartet in schwarz, denn keinen anderen Ton schien er zu ertragen. Er wartete in provokativer Eleganz meine Schockstarre ab, richtete sich dann gerade auf und begann zu grinsen. Ein boshaftes Grienen, weil sein Plan aufgegangen war. Er hatte mich überrascht. Ein Ding der Unmöglichkeit. Ich war nie überrascht, weil ich alles, was an mir vorbeirauschte, bereits überblickte, ohne einen Halt zu machen, ohne anzuhalten ohne Halt zu finden. Ich wusste nicht, ob ich entzückt darüber sein sollte, dass sich jemand einfach so über meine Grenzen hinwegsetzte oder ob ich Angst hatte. Die kleinste Bewegung dieses Mannes, der mir dort auf den Stufen so dreist den Weg zum Lauf meiner Dinge versperrte, hätte mich wohl endgültig aus der Bahn geworfen. Ja, so leicht ging das. Von montags bis sonntags die Welt aus den Angeln heben, um dann von einer solchen Lappalie zu Fall gebracht zu werden: So war ich. Alles was in meiner Welt passierte, war von mir vorherbestimmt, vorab betrachtet und zuvor hinterfragt und somit unweigerlich meiner Kontrolle unterworfen. Irre Irritation kam in mir auf, würde er sich nur minimal bewegen, würde er aufstehen und mich so mit mehr als 20 cm überragen, könnte ich nicht weiter standhalten. Jede Veränderung der Lage hätte sich brutal angefühlt und eine innerliche Panik heraufbeschworen. Doch er wusste anscheinend was er tat oder er wusste nichts und tat einfach das, was für ihn als das einzig Richtige erschien. Er verharrte, starrte nicht mal in die Luft, sondern direkt in mein fassungsloses Gesicht. Seine markanten Züge hatte nichts Weiches, nichts Zartes – er war zielsicher und ich wusste nicht, was er wollte. Langsam eroberte ich mir meine verlorengegangene Ausgangslage zurück. Gerade, als ich ihn mit meinen Fragen bewerfen wollte, grinste er mich abermals unverschämt an, lies mich wortlos und konterte mit seiner Aufklärung. »Du gehst mit mir aus. Nur ein Date. Ein Einziges.« Nun war mein Entsetzen absolut angemessen, fand ich. Ich war dermaßen überrumpelt, dass sogar meine Kinnlade vergas herunterzufallen. Ich ging nicht aus.

»Ich gehe nicht aus.«, wiederholte ich laut und um meinen Standpunkt ganz sicher zu platzieren, schob ich hinterher »Nie.«

»Ich weiß«, an Dreistigkeit wohl nicht zu überbieten; »aber heute schon.«

Wir starrten uns wieder wortlos an. Kurze Stille in der Luft, Konfrontation in absoluter Lautlosigkeit. Glaubte er ernsthaft, ich würde es mir in den nächsten 5 Minuten anders überlegen? Glaubte er wirklich, er sei der Einzige, der versuchte, mich aufzuHALTen? Ich wusste es, war mir sicher, dass ich nicht auszuhalten war und ich wusste ebenso, dass jeder weitere Versuch, es darauf anzulegen, sich zu mir zu legen, scheitern würde. Damals, am Anfang, dachte ich, ich könnte so sein wie ihr, ich könnte meine Zeit, mein Bett und meine Wandfarbe teilen. Ich hatte es wirklich versucht. Doch es gab einen Fehler in dieser Versuchsreihe, eine nicht beachtete Variable, denn das Experiment fand in eurer Wirklichkeit statt. Und so blieb ich eine Suchende, machte mich zum Findelkind, dass nicht gefunden werden konnte, weil es die Konventionen längst verlassen hat. Mit jeder Enttäuschung nahm ich mir vor, meine Gefühle nicht mehr zu tauschen. Für mich war all dieses Aushandeln von Zuneigung in Wahrheit ein Geschäft der Abhängigkeit. Es war. Niemals. Was ich wollte.

Abrupt sprang er auf. Einen kurzen Moment lang hatte ich ehrlichen Respekt davor, wie jemand eine so flotte Bewegung in solch ruhiger Anmut vollziehen konnte, dabei glotzte ich vermutlich ziemlich blöde drein. Denn er schnappte sich Klecks, der ohne Leine hinter mir hergedackelt war und sich in diesem Moment vermutlich ebenso erschreckte wie ich. Ziemlich wahrscheinlich, dass der Vierbeiner und ich denselben verdatterten Gesichtsausdruck in unserer Mimik verteilten. Doch dann begann Klecks – dieser Verräter – sich mit der Situation ziemlich schnell abzufinden. Zwar überrumpelt, aber dankbar für diese unverhoffte Körperwärme, mummelte er sich in die Arme des Fremden ein, schien sich pudelwohl zu fühlen. Ich war beleidigt, ja sogar richtig schockiert über so viel Skrupellosigkeit. Ein stechender Schmerz breitete sich in meinem Herzen aus. Schon in den letzten Wochen war mir bewusst geworden, dass ich ohne

Klecks nicht mehr vollständig war. Ohne das kleine Fellknäul, das zugegebenermaßen etwas in die Breite gegangen war, entstand ein eigenartiges Gefühl. Kennst du das, wenn du einen Ort verlässt und dir ganz sicher bist, dass du etwas vergessen hast oder vielleicht diese Sekunden, wenn du mit leeren Händen, ganz leicht, durch die Straßen läufst und nicht weißt wohin mit deinen Armen, weil du bis geradeeben noch schwer getragen hast? Du fühlst dich, unvollständig. Jetzt stelle dir diese leise Vorahnung von Unvollständigkeit, die du in deinem Kopf produziert hast, im Herzen vor. Obwohl Alleinsein mein bevorzugter Aggregatzustand war, hatte ich mit Klecks gelernt, was zu zweit sein bedeutete. Es war einsam ohne Klecks, aber es kam noch etwas viel Schlimmeres dazu. Seit dem ersten Abend unserer Begegnung an dem ich der Fellnase erlaubt in meinem Bett zu schlafen, erlaubte ich der Angst des Verlassenwerdens, bei mir einzuziehen. Und ich kann dir sagen: Das ist ein absolut beschissenes Gefühl.

»Ich nehme ihn mit. Er langweilt sich bei der Arbeit eh nur. All die Küchengerüche…– ist doch Tierquälerei«, ich war baff. Hatte dieser verkannte Held, der seit neustem immer wieder grundlos in meinem Alltag auftauchte, einfach meinen Hund geklaut? Was sollte der Scheiß? (Entschuldige bitte, in Ausnahmesituation neige ich zum Fluchen). »Halb 12 bist du fertig, oder?«, arbeitstechnisch hatte er zwar recht, wobei fertig war ich allemal jetzt schon. »Wir holen dich später ab und spazieren dich heim«, waren seine letzten Worte und ich weiß bis heute nicht, warum ich nicht »Revolte« schrie, mir meinen Hund und meinen Feierabend zurückeroberte und mich im Atelier verschanzte. Ich blieb einfach stehen, wie angewurzelt, als wäre ich lediglich Betrachter meines Lebenshergangs. Ich schaute ihm nach, einem schwarzen Mantel, der einen Hund verbarg. Der Klang seiner Schritte verhallte entlang der Straße.

23.00 Uhr. Panik. Angst. Verlust. Wehmut. Was ist, wenn er nicht kommt?

23.31 Uhr. Die Tür öffnete sich leise und fiel mit riesengroßem Krach wieder ins Schloss. Zwei Füße, vier Pfoten betraten den Raum, dessen Geschehen schon vergangen war, die Tische und Weinflaschen geleert, die Bilder müde. Die beiden Neuankömmlinge werden die letzten gewesen sein, die heute das Innere der Galerie betraten.

Spaziergang.

Wortlos, bis zur Haustür.

»Tu das nie wieder«, die ersten Buchstaben, die ich ihm an den Kopf warf, als wäre Reden im Gehen nicht möglich gewesen. Erst das Stehenbleiben ließ die Produktion eines Redebeitrags zu.

»Was soll ich sonst tun?«, die sarkastische Retourkutsche.

»Lies ein Buch.«, die letzten Worte für diesen Tag.

Zwei Füße und vier Pfoten verschwanden hinter einer Wohnungstür. Ein Mann blieb zurück im Dunkeln und

grinste. Nein, falsch, er lächelte.

Du

Vielleicht, ja vielleicht hatte ich dich tatsächlich arg überfordert. Aber weißt du was? Ich bereue es nicht im Geringsten. Es geschieht dir recht. Deine Weltabgeschiedenheit war ja nicht auszuhalten. Diese Flucht vor allem, was nicht dir gehörte, all die Augenblicke, von denen du deinen Blick abwendest, die Gelegenheiten, die du so auslegst, dass all diese Momente, die nicht von dir geschrieben wurden, die Begegnungen, die du nicht sorgfältig geplant hattest, zwar deine ängstliche Achtung provozierten, jedoch konsequent verachtet und niemals betrachtet wurden.

Also hattest du geschwiegen, den ganzen Weg lang. Du hast dich an die Leine von Klecks geklammert, sie so vehement festgehalten, bis deine Finger ganz blass wurden. Es war als seist du ein Ballon, der ohne seine Verbindlichkeit gen Himmel abdriftet und ins Unendliche aufsteigt, zu einem Punkt am Horizont schrumpft und mit Sicherheit niemals mehr auf den Boden der Tatsachen zurückgelangt.

Normalerweise redest du ohne Punkt und ohne Komma. Einfach als gäbe es in der mündlichen Übertragung keine Notwendigkeit für Satzzeichen. Die einzige Ausnahme waren Ausrufezeichen, nicht nur eins, diese Überzeugungskraft hinter mancher deiner Manifeste verdienten definitiv drei davon. Vielleicht wolltest du aber auch schlichtweg nicht riskieren, dass ein *einzelner Strich über seinen Punkt stolperte und somit kaum noch in der Lage gewesen wäre, eine vorzeigbare Exklamation zu behaupten. Ein gemeinsames, mit Absicht zur gleichen Zeit am selben Tisch sitzen, hatte es für dich und mich bisher noch nicht gegeben. Doch in der letzten Zeit häuften sich die Momente, in denen wir ganz zufällig im gleichen Café saßen, uns in derselben Bar begegneten. Lange Aufenthalte gab es bei dir nicht, du triffst dich meist mit deiner Schwester oder deiner Mom, ihr schmeißt mit Gesprächsfetzen und in weniger als einer Stunde hast du den Laden wieder verlassen. »Danke«, war immer dein letztes Wort, wofür dieser Dank, das können sich dann alle Anwesenden selbst hineininterpretieren. Ich bin mir jedoch sicher, du bedankst dich nicht wirklich bei den Menschen, sondern vielmehr bei der Zeit, die für dich so angenehm vergangen ist, sodass du sie dir einfach genommen hast.*

Wenn ich dich also beim Betreten eines Raumes entdecke, setze ich mich stets so weit entfernt, dass ich dich gerade noch hören kann, da du generell eher unangemessen sachte flüsterst. Gib es doch zu: Wenn du so leise redest, möchtest du deiner Umgebung lediglich deine Ruhe aufdrängen, um deinem Ton gerecht zu werden. Wie immer also, die Welt muss sich für dich bewegen, niemals würdest du dich den Gegebenheiten anpassen. Du bist eine versteckte Rebellin. Ich platziere mich also an deine Seite, nur eben zwei bis drei Tischreihen entfernt. Niemals entscheide ich mich für den Platz dir gegenüber, um dich anzustarren. Niemals wählte ich den Stuhl hinter dir, damit ich nicht verpasse, wie du beim Brabbeln dein Gesicht verziehst und mit den Augen die unvollendeten Sätze aus der Luft fängst und begeistert zu Ende spinnst. Du kommst regelmäßig ins Faseln, schweifst von Themen ab, besprichst die ganze Welt und kommst doch nie auf dich selbst zurück. Das war meistens nervig, und genau deshalb auch unglaublich niedlich. Du flüsterst dich um Kopf und Kragen, ohne überhaupt irgendetwas über dich preis-

zugeben. Ich habe dich noch nie neutral gesehen, du bist ein kleines Bündel an Extremen. Niemals egal. Die Welt war dir nie egal. Nur ich, ich schien dir noch nicht besonders aufgefallen. Du scheinst. Noch nicht zu wissen, dass ich mich ebenso als Sonderling unter Einigen fühle.

Gestern – warst du sauer. Vielleicht warst du sogar viel mehr sauer auf dich als auf mich, aber das spielt keine Rolle. Weil du, obwohl du dich so unglaublich groß fühlst, der Situation nicht gewachsen sahst. Ein Schweige-Spaziergang, aus Rache für meine Aufdringlichkeit? Vielleicht war aber auch schlicht und einfach dein Wortkontingent für diesen Tag aufgebraucht. Deine Rache für meinen Überfall fiel nämlich gänzlich subtiler aus und erreichte mich in quadratischer Form. Das war typisch für dich. Alles was deine Kontrolle verließ, galt es, wie mit einem ausgeworfenen Fischernetz, wieder einzufangen. Dir deine verlorene Autorität zurückzuholen.

Heute – ich: In der Bar, du: Nicht. Dafür. Ein Umschlag für mich hinterlegt bei deinem Lieblingskellner, der eigentlich vielmehr mein Lieblingskellner sein sollte, denn ich kannte ihn schon, bevor du diese Stadt zum ersten Mal betreten hattest. Er kannte mich aus den dunklen Tagen und den viel zu hellen Nächten. »Hat die Kleene für dich hier abgegeben«, das Papier tauschte die Hände. Wolltest du stille Post spielen? Darin, nur ein Zettel, nicht mal ordentlich, ein wenig verstaubt, die Schrift geschmiert, die Buchstaben mehr dringlich aufs Blatt geworfen statt sorgfältig niedergeschrieben. 10 Namen, Buchtitel, dein Lesestoff. Du wolltest wissen, wie weit ich gehen würde? Du wolltest zurück überfordern? Herausforderung angenommen! Ich stand auf, verließ die Kneipe, die Jacke, das halbvolle Bier und die Rechnung blieben zurück. Ich hatte noch 15 Minuten, bis die Buchhandlung um die Ecke schloss. Du denkst, so leicht würdest du mich abschrecken? Du denkst, du kannst mich verschmähen, weil ich deiner Bibliografie nicht standhalte? Dein Buchregal nicht kenne? Deine Lesezeichen nicht deuten kann? Warte ab, ich werde dich leer lesen. Das ist eine Drohung. Ich würde dir all deine Buchstaben wegnehmen, bis du deinen Gedanken abdankst. Und das einzige, was bliebe, wäre ich. Für dich.

Die Berg- und die Talfahrt

Ein heimliches Geheimnis liegt oftmals im Verborgenen, denn so lange es noch klein ist, wohnt das Geheimnis daheim. Es wird be- und gehütet, du kannst es brutal verBERGen oder deinem Geheimnis eine HerBERGe geben, vorüBERGehend. Doch pass auf, denn wenn es wächst, dann können Geheimnisse faTAL sein, machen AnsTALten, üBERGriffig zu werden. Sie sind monumenTALe GesTALten, die nur allzu gerne einen Aufstand veransTALten, um KapiTAL aus ihrer Heimlichkeit zu schlagen. In seiner Totalität übernimmt dein Geheimnis dein Heim, nimmt Raum und Platz ein, füllt die Zwischenräume, die Hohlräume, die Leerstellen, und wütet bis in die ÜBERGgänge. Und erst dann, wenn es überall ist, du es ein- und ausatmest, dann wirst du dir eingestehen müssen, dass du nicht weißt, wie es aussieht. Dass du dein Geheimnis nicht auszusprechen vermagst, weil es unmöglich ist, es auszusperren. Mein Geheimnis macht mich schwer, mein Geheimnis quält mich sehr. Ich halte es aus, weil es mich festhält, weil es mich auszieht, mich mit seinen eiskalten Armen umschlingt, mich bibbernd und zitternd schlottern lässt. Ich bin nicht allein. Nein, mein Geheimnis und ich, wir sind eins. Es will, dass ich weiter mache, tiefer gehe. Tiefer schneide. Tiefer falle. Meine Haut soll sich nicht friedvoll wölben, nein sie soll reißen. Ich will es sehen, das Blut. Die roten Tropfen malen das PROtokoll meines Versagens, das verspricht:

Egal, was ich tue, den Schmerz spüre ich nicht. Taub der Arm, taub die Hand, scharlachrot total verkannt. Ich dachte, dieses scharfe Werkzeug würde mir helfen, endlich Außen und Innen in die gleiche Form zu bringen. Die innere Zerrissenheit zu befreien, während das Leben durch den schmalen, geöffneten Einschnitt eingeladen wird. Ich tausche den roten Beweis meiner Abstammung, gegen ein bisschen Weltenseele. Tausche das Geheimnis gegen Offenbarung. Ein Versuch, mich zu öffnen, aber das Herz bleibt verschlossen. Ich sollte aufgeben. Ich bitte den VerSTAND wiedereinzuSETZEN, biete ihm einen Platz an, locke ihn mit absoluter Rationalität. Verspreche ihm, allein zu bleiben, sicher zu sein, nichts zu provozieren, was ihn verletzen könnte. Ich danke dem Leichtsinn ab, bitte die Schwermut herein. Alle Beweise sorgsam EntSORGEen, den Küchenlappen und den Verband weißgewaschen. Denn ich bin nicht allein, dies hier wird mein Geheimnis sein.

Teebesuch bei L

Verschlafen, vielleicht sogar noch ein wenig verträumt, kletterte ich aus dem warmen Bett und ließ dort unter meiner Bettwäsche auch all meine Erinnerungen an den Sternenstaub der Nacht in den zerknüllten Laken zurück. So ist es jeden Morgen. Wir lassen all die Träume zurück, wir verstehen wieder, dass dies die Realität ist. Dass wir hier – im echten Leben – nicht fliegen können. Das ist ein unumstößlicher Fakt, der felsenfeste Endgültigkeit behauptet, sodass sich nun ein niemand wagt, jeden einzelnen Morgen zu überprüfen, ob sich vielleicht etwas geändert haben könnte. Vielleicht ist dieser Morgen genau der eine gewesen, an dem du hättest all das sein können, was dein Traum dir zugeflüstert hat. *Aber was tust du?,* du verpasst diesen Moment. Denn du stellst morgens keine Fragen, du hebst vor dem ersten Kaffee die Welt nicht aus den Angeln. Manchmal, wenn ich die Augen aufkniepe und noch einen Moment liegen bleibe, weil meine Matratze mich so fest umarmt, dass ich mich unmöglich schnell von ihr trennen kann, überlege ich mir, dass ich jeden Tag aufstehe und eigentlich wie ein heißes Glas Wasser bin. Erst der erste Gedanke verhält sich wie ein Teebeutel, der entscheidet, welchen Geschmack die kommenden Stunden haben werden: Grün, vielleicht schwarz, manchmal sogar mehr die würzige Mischung, und mal sinnlich wie Früchte.

Erst dann wird sich von der Waagerechten in die in die Senkrechte verlagert, die ersten Schritte kann man in diesem Zustand meist noch nicht als Gehen bezeichnen. Also kroch ich auch an jenem Tag ins Bad. Ich wagte es, den Lichtschalter um Erleuchtung zu bitten und blickte in den Spiegel. Ich war blass, nicht so ein vornehmes blass wie in den alten englischen Kitschfilmen, eher bleich als seien alle Farben aus meinem Gesicht gekippt. Störte mich aber nicht. Schließlich wusste ich, dass die Farben nicht verschwunden waren, das wäre ein reiner Trugschluss. Es war eine Art Tarnung, weil ich wusste, dass sich all die Farben in meinem Kopf befanden und dort kleckten und kleeten, bis der Wahnsinn meiner Gedanken in den schönsten Tönen getüncht war. Nach der Erleuchtung kam die Erlösung, Lichtschalter wieder aus. Zähne putzt man ohnehin am Besten im Dunkeln, dann sieht man, wo es noch nicht glänzt. Ambitionierte drei Minuten folgten, in denen ich fleißig Zahnpasta im Waschbecken, am Spiegel und auf meiner Nasenspitze verteilte. Was wiederum erst am Nachmittag, wenn ich es im Spiegel entdeckte, auffallen wird und mich ärgerte, weil niemand mich darauf hingewiesen hatte. In diesen drei Minuten dachte ich über meinen folgenden Aktionsplan nach. Für gewöhnlich gab es eine Zweiteilung meiner 12 Stunden im Wachzustand: Erst Uni, dann Arbeit. Gelegentlich auch umgekehrt. Heute jedoch: Erst Begegnung, dann Arbeit. Heute war ich mit meiner Schwester verabredet. Solch ein vormittägliches Date war selten, mit wenig Freude erwartet und dann doch im Mittendrin und im Nachhinein ein unglaublich wertvoller Moment. Teetreffen mit Verwandten klingt eher fad, langweilig und gewöhnlich. Ist es vielleicht auch. Normalerweise. Bei normalen Verwandten. In einem normalen Leben. Teetreffen mit meiner Zwillingsschwester hingegen ist eher anstrengend und außergewöhnlich. Zur Erklärung lässt sich sagen: Zweiteres bedingt ersteres. Erst die

Seltenheit dieser Begegnungen machten sie anstrengend. Es war ein immer wieder aufs Neue stattfindende Ausprobieren: Wie nah oder wie fern können wir – uns gegenübersitzend – unsere Ansichten ver- und unsere Aussichten mitteilten? Wir kannten uns so lang wie niemand sonst, und doch kannten wir uns so wenig. Wir teilten uns einen Bauch, aber nie die Zimmer. Wir teilen die Mutter, aber nie das Pausenbrot. Vielleicht waren wir beide auch einfach kurzsichtig, als wäre uns jetzt erst aufgefallen, dass wir eine Lesebrille für die Dinge brauchten, die ganz nah an uns dran sind, weil sie sonst verschwommen und unklar blieben. Meine Schwester ist die fehlende Variable L, erst sie machte die zweigliedrige Gleichung namens Familie komplex, denn sie forderte. Sie (über)forderte mich und die Frau, die sich Mom nennt, dazu auf, unser Familienprodukt nach ihr aufzulösen. Und so addierten und teilten wir uns bis wir (überein) stimmten. Mit dieser Erkenntnis kam es nun also zu unseren regelmäßigen Dates. An jenem Morgen also überlegte ich, was wohl die angemessene Kleiderwahl darstellte, weil ich die Schwester in diesem doch noch recht frischem Herbst nicht mit meinem langen Blumenkleid, Stulpen und Turnschuh überfordern wollte (»Kleid und Sneaker gehen gar nicht zusammen« wörtliches Zitat), entschied ich mich lieber für einen flauschigen grauen Pulli, der stets jeder Wetterlage gerecht wurde. Und ja – ich weiß – es ist nicht besonders eigenständig, aber ja: Ich wollte heute verdammt noch mal gefallen. Im Gegensatz zu den gängigen graue Maus Klischees, dem grauen Alltag oder dem grauen Wetter behauptete ich: Mit Gau bist du niemals unpassend. Grau ist eine ambitionierte Farbe, denn sie hält die Waage zwischen den Extremen. Grau ist eine Punktlandung, niemals unschuldig, niemals draufgängerisch. Ich lebe und liebe also meinen morgengraufarbenden Pullover, wenn die Nacht mich verlässt und der Tag noch nicht weiß, in welchen

Tönen er malt. Sprich: Ein Tag wie dieser. Klecks gefiel meine flauschige Klamottenwahl ebenfalls. Ich schnappte ihn mir und tingelte samt Rucksack mit Proviant und Cola für den ganzen Tag in die ersten Sonnenstrahlen. Für einen Morgen ohne Sorgen: Begebe dich bald mit Hund in den Wald. So mein Motto.

Café an der Ecke (sehr weit vom Rand der Welt entfernt), zwei Sessel am Fenster, Kerze für das romantische Drum und Dran. Die Schwester redete mit mir. Schon eine ganze Weile. Aber ich antwortete nicht. Ich redete nicht mit ihr. Das lag nicht daran, dass ich keine Antworten besaß. Nein, es lag lediglich daran, dass ich ihr gar nicht zugehört hatte. Nicht, weil ich nicht wollte. Sondern weil ich es ehrlich nicht konnte. Ihr Mund bewegte sich, sie sah freundlich aus, ihre Augen lachten. Vermutlich berichtete sie gerade von etwas, dass ihr Freude bereitet hatte. Sie war schön dabei anzusehen. Sie war schön. Das dachte ich in der letzten Zeit öfter. Eigentlich behauptete die Schwester immer, ich denke zu viel. Aber ich bin mir ziemlich sicher, bei so etwas, würde sie für dieses erdachte Kompliment eine Ausnahme machen. Ich saß also da, schaute ihr beim Reden zu und dachte daran, wie schön ich sie fand. Ich meine jetzt nicht die Erkenntnis, dass sie hübsch aussieht – das weiß ich. Nein, ich meine, sie sieht schön aus, wenn sie mit MIR redet. Es war dieser Gesichtsausdruck, den sie trug, wenn sie versuchte, mir Dinge zu erklären, von denen ich ihrer Meinung nach keine Ahnung hatte. Wenn sie mir Tatsachen beschrieb, als wären wir nicht exakt an demselben Tag geboren, als lägen jede Menge Jahre zwischen uns, als wäre sie groß und ich klein. Ich weiß, dass das, was sie sagt, nicht die Wahrheit ist, weil wir in Wirklichkeit beide keine Ahnung haben. Weil ich in Wahrheit nicht ihrer Meinung bin. Weil wir in Wahrheit keine Wirklichkeit teilen. Aber in diesen Momenten fühlte ich mich geborgen.

In diesen Momenten hatte ich das Gefühl, als hätten wir uns nie mehr gekannt als jetzt. Denn es war neu, dass wir uns für einander interessierten. Die Schwester war (wie bereits erwähnt) meistens überzeugt davon, dass ich zu viel grüble. Zu wenig das tue, was ich wollte. Das Denken sei mein Problem, war ihr Urteil. Ich versuchte gar nicht erst L, davon zu überzeugen, dass das ständige Grübeln und Schnüren von Gedankenschleifen genau das war, was mich glücklich machte.

Die Schwester redete immer noch. Ich hörte ihr noch immer nicht zu.

Geliebt habe ich sie schon immer. Ja, wahrscheinlich auch damals, als die Schwester begann zu wüten, denn sind wir mal ehrlich: Es war ihr gutes Recht. Damals, als unser kleinbürgerliches, spießiges Leben noch intakt schien. Ich frage mich heute, war es die Normalität der Pubertät oder war L sogar die Erste, die erkannt hatte, dass hier etwas nicht stimmte. Wir waren so eine liebevolle Familie: Mutter, Vater, Kind (mal zwei), gemeinsames Abendessen. Schöne Inszenierung, denn das ganze Konstrukt wurde nur durch eine entscheidende Komponente zusammengehalten, welche über Jahre hinweg verhinderte, dass das ganze Kartenhaus lautlos ineinander sackte. Es war ein Mutterherz, das verhinderte, dass ein Mann unterging und zwei Kinder auf der Strecke blieben.

Die Schwester redete immer noch. Ich hörte ihr immer noch nicht zu.

Damals ist sie gegangen, hat mich verlassen, noch bevor der Vorhang unserer Inszenierung fiel. Die Schwester ist geflüchtet, bevor der Theatersaal leergeräumt war. Sie war weg und Berlin viel zu fern, als ich allein auf der Bühne stand und vor mir nur Leere.

Und die Schwester redete immer noch. Zog jetzt aber eine Fluppe.

»Hörst du mir überhaupt zu?«, grummelte sie nun und nippte an ihrem Tee. Wir beide lieben Tee. Das wussten wir schon längst voneinander. Neu war jedoch unser gegenseitiges Geständnis, dass wir unglaublich viele Süßsstoffteilchen in unserer heißen Plörre versenkten, weil wir beide diesen künstlichen Geschmack so sehr liebten. Über die Maßen süß, über die Maßen ungesund. War uns aber gemeinschaftlich egal. Ich lächelte entschuldigend. »Ich hatte gerade noch über deinen neuen Pony nachgedacht und wie toll ich ihn finde«, gab ich überzeugend zum Besten. Das war eine Halbwahrheit, vielleicht sogar eine Notlüge, aber die beste Taktik. Ich gestand, dass ich nicht zugehört hatte, bezeugte aber mein Interesse an ihr. Der Blick der Schwester wurde wohlwollend: »Ich sagte nur gerade, dass ich morgen wieder runter düse. Wir haben uns jetzt echt lange nicht gesehen.« Runter hieß in diesem Fall nach Münster, wo ihr Freund lebte. Und mit »lange nicht gesehen« meint sie zwei Tage, was so viel bedeutete wie: Drei Nächte. Ich schmunzelte. »Ach so, ja klar. Aber wir sehen uns ja am Wochenende, dann könnten wir ja ein Ründchen mit der Fellnasen drehen, oder?« »Jep.« wochenends waren wir beide eigentlich immer arbeiten. Erlebnisgastronomie at its best. Vor allem sonntags. Dieser Hang zur Feiertags-Geschirrschlacht wurde uns wohl in die Wiege gelegt. Während sie bevorzugte, morgens, also ich meine, eigentlich mitten in der Nacht aufzustehen, um die lieben Kurgäste und eiligen Rentner mit Frühstück zu versorgen, war ich eher die abendliche Tellertaxe und somit ergab sich sonntags immer ein kleines Zeitfenster, in dem wir uns den gastronomischen Staffelstab überreichten und für einen kurzen gemeinsamen Spaziergang aufeinandertrafen. L leerte das Glas vor ihrer Nase, gab mir zum Abschied eine feste Umarmung und winkte anschließend theatralisch. Ich blickte der Schwester beim Verlassen des Cafés amüsiert hinterher. »Irgendwann«, dachte ich. Da werde ich ein Buch darüber schreiben, wie aus meiner kleinen, großen, trotzigen Schwester eine solch bezaubernde Spießerin werden konnte. Hihi. Beide Mundwinkel nach oben gezogen, räumte ich unsere beiden Tassen vorbildlich ab und machte mich auf den Weg zur Arbeit. Der Abend würde noch lang werden.

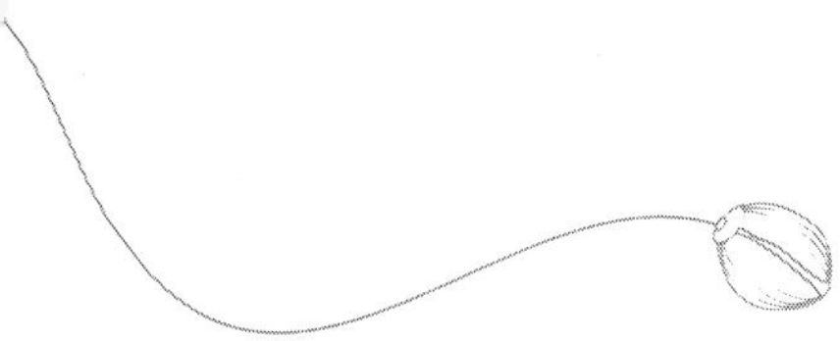

Du

Ich lese, ein Buch. Nein, ich lese das Buch. Das letzte Buch deiner Liste. S. 193, der Autor schreibt: Anmut und Irrsinn. Zwischen den Worten in all den von dir ausgewählten und doch fremden Zeilen entdecke ich dich. Hast du dich dort ebenso entdeckt, dich mit diesen unbekannten Formulierungen zugedeckt? Was hast du beim Wandern über die großen und kleinen Buchstaben, beim Abstürzen entlang der Absätze gefunden? Hast du dir die Kapitel angezogen wie andere Menschen ein Kleid, oder war der Text von vornhinein auf dein Seelenmaß geschneidert? Bist du erlesen vielleicht viel leichter, bist du eine Folgeerscheinung, eine einfache Wortwiederholung? Bist du eben genau so, zu dem geworden, was du jetzt Leben musst?

Anmut und Irrsinn. Reiz und Hoffnungslosigkeit. Versuchung und Wiedersinnigkeit. Besessenheit und Phrenesie. Verführung und Umnachtung. Anziehung und Unvernunft. Verwegenheit und Wahnsinn. Glanz und Verrücktheit. Zartgefühl und Sinnlosigkeit. Fragilität und Extravaganz. Empfindsamkeit und Eskapaden. Formvollendung und Fanatismus. Vornehmheit und Manie. Wunder und Irrtum. Grazie und Hirngespinst. Zierlichkeit und Widerspruch. Magie und Paradoxie. Kunst und Abwegigkeit. Freisinn und Verfahrenheit. Harmonie und Absurdität. Begierde und Unvernunft. Schönheit und Aussichtslosigkeit. Verrat liegt in der Luft, doch ich verRATE dich nicht.

Die Farbpalette

In meiner Welt hat ein jeder Mensch seine ganz eigene Farbe. Die Farbe seiner Innenwelt, die all das ausdrückt, was er wirklich ist. Es gibt Menschen, die sprechen von Aura, andere nennen es Charme. Diese Farbe kann mal stärker mal blasser, mal intensiv mal ausgeblichen sein, aber der Ton bleibt immer derselbe. Stelle dir vor, du malst dich von innen an.
Welche Farbe würdest du dich wagen?

Klingt nach einer einfachen Frage, aber pass auf, denn ich rede von »für immer!« Du denkst vielleicht an die Freunde-Bücher als du und ich noch ganz klein waren. Eine Erinnerung an die Zeiten, als zu wissen, welche die Lieblingsfarbe des anderen ist, eine der wichtigsten Informationen war, die es von deinem Gegenüber einzuholen galt. Aber ich meine nicht deine Lieblingsfarbe. Es geht nicht darum, was du dir gerne ansiehst. Es geht nicht darum, was du gern wärst. Ich will wissen, wer du bist. Und wenn du jetzt beginnst, ehrlich darüber nachzudenken, eine Idee davon zu bekommen, welche Färbung dir entspricht, wirst du feststellen, dass du sehr bald eine ganz konkrete Vorstellung hast. Du siehst ganz klar, welche Nuancen in dir leuchten. Und dann, ja dann wirst du versuchen, genau diesen Farbton in Worte zu fassen. Du wirst nach Buchstaben suchen, um Beschreibungen kreisen, Metaphern bitten, Vergleiche ziehen und zerren, du wirst alles geben. Doch ich verspreche dir: Du wirst versagen. Über Unsagbares können wir nicht sprechen. Du wirst keine Bezeichnung für deine Zeichnung finden. Weil es in der Welt, die wir teilen, nichts gibt, das dir entspricht.

Du bist allein damit.

Du bist einzigartig.

Die Yogastunde

Der einzige Ort auf der Welt, ohne Hund, morgens. Erst ich, dann der Tag. 6.00 Uhr. Wer zerknittert aufsteht, hat danach mehr Entfaltungsspielraum. Mein Montags-Motto. Der Wecker klingelte früh, beziehungsweise so spät, dass ich es gerade noch schaffte, mich mit zugekniffenen Augen in meine Sporthose zu dröseln, ein T-Shirt zu fischen, einen dicken Pulli zu knuffeln und meine Haare zu bürsten. Auf in den Tag, auf zum Sonnengruß, auf Socken auf die Matte, aufgeregt. Jedes Mal, wenn ich meinen schmalen, hellgrünen Untergrund ausrollte und meine persönliche Yoga-Wiese imaginierte, war ich aufgeregt. *Das klingt komisch?* War aber so. Aufgeregt darauf, ob es mir gelingen würde, mich abzuregen – äußerlich und aufzublühen – innerlich. Ich wollte mich in jeden Winkel des großen Sportsaals ziehen und gleichzeitig wie ein eingerollter Wrap auf dem Fußboden ausharren. Dabei tat ich nichts anderes als, ja als was eigentlich? Erst einmal genügte wohl: Atmen. Natürlich ist bei diesem kollektiven Ohm Ohm Shanti untersagt, sich umzuschauen, zu beobachten, wer da sonst so rumatmet. Und natürlich tat ich es trotzdem. Es ist doch verrückt, dachte ich in solchen Momenten. Wo kommt das her und wo will das hin? Wer hatte diesen Yogatrend diktiert? Wann haben die allmorgendlich ambitionierten Hausfrauen ihre Pforten geöffnet und eine Männerquote von mindestens 40% eingeführt? Es ist verrückt, dachte ich. Immer dann, wenn 50 Menschen gleichzeitig die Arme hoben, um die Figur des Baumes einzunehmen, während ihnen egal war, dass draußen die Wälder sterben. Wir sind alle eins, glaubten sie in diesem Moment zu fühlen und doch war jedem die Grenze seiner kleinen Yogamatte absolut heilig. Insulaner, allesamt. Wer waren diese Verrückten und warum gehörte ich dazu? Ich schielte auf die fremden Matten, weil ich es wissen wollte. Ich musste es herausfinden. Ich wollte verstehen, was uns antreibt und noch viel mehr wollte ich wissen, was uns aufhält. Während meine innere Mitte also weiterhin vom herabschauenden Hund in die Kobra fiel, ging ich dazu über, eine kleine Feldstudie zu vollziehen. Also beginnen wir bei den bereits genannten Klassikern: Den schon immer dort gewesenen und deshalb quasi mit einem festen Stellplatz der Matte inklusive Hausrecht auf lauten Tratsch (anders lassen sich diese Gesprächsfetzen einfach nicht bezeichnen) ausgestatteten Hausfrauen. Kleiner Tipp am Rande: Wage es bloß nicht – falls der seltene Fall eintreten sollte und du bist früher als besagte ambitionierte Supermommy im Saal – deine Matte an IHREM imaginären, reservierten Fleck abzulegen. Du wirst gestraft mit vernichtenden Blicken, und zwar die ganze Stunde lang! Dann gibt es da noch die Startklaren, welche nicht mit den Strebern verwechselt werden sollten. Ersteres Grüppchen ist unglaublich ausgerüstet: Zehenfreie Socken, eigene Yoga-Matte, ein Outfit, das quasi von allein sportelt, durchdesignte Trinkflasche – also das ganze Pipapo. Was allerdings nicht bedeutete – und sie somit von den Strebern abgrenzt –, dass sie es auch draufhaben. Die Startklaren kommen weniger mit den Händen an die Füße, wackeln in der Tänzerpose, sehen beim Baum aus wie der schiefe Turm von Pisa und machen statt einer Kerze einen Purzelbaum. Das würde dem Streber niemals passieren, er ist in jedem Fall stets drei Schritte weiter, wählt beharrlich die schwierigste Position und verharrt in den Balanceübungen beständig 30 Sekunden länger, damit auch die Menschen auf der anderen Seite des Saals ihre graziöse Anmut in schier unmöglichen Stellungen bewundern können. Hinzu kommt die bereits erwähnte, seit Neustem scheinbar inoffiziell eingeführte Männerquote, die diese so damenlastige Veranstaltung unterwanderte. Hier findet sich ein wildes Sammelsurium: Als Pendant zur Hausfrau der agile und bewusst lebende Hausmann; der spirituelle Muskelprotz, der sich zur seelischen Vorbereitung vor seiner absolut anstrengenden, stundenlangen Trainingseinheit noch in die Tiefenentspannung begibt; der Öko – in männlich und weiblich vorhanden – gekennzeichnet durch Baumwolle, Dreadlocks, niemals Socken und einer mit Sicherheit nicht ansteckenden Ich-umarm-die-Welt-aber-benutze-kein-Deo-Attitüde. Vereinzelt sind außerdem ein paar Sportmuffel zu finden, die zwar ihren inneren Schweinehund überwunden und den Weg zum Fitnesscenter inklusive Sporthose geschafft haben, nun aber hoffen, den absolut bewegungsärmsten Kurs ausgesucht zu haben. Kandidaten dieses Schlages würden am liebsten 60 Minuten lang in der Stellung des Kindes bleiben und sich danach unglaublich erfrischt und vital fühlen. Ich passte in keine der Klischee-Grüppchen. Aber irgendwie passt auch keiner der Yogis zu mir. Und doch fühlte ich mich in diesen 60 Minuten ein ganz kleines bisschen mit ihnen verbunden. Wenn wir so gleichzeitig unsere Arme hoben, wenn die Musik um uns herum schwang, wenn in jedem von uns ein bisschen Achtsamkeit wuchs, wenn wir so gemeinschaftlich das taten, was wir sonst halt auch tun: Atmen – und wenn wir dabei alle gemeinsam eins waren: Nämlich höchst konzentriert. Wir wollten es gut machen. Wir wollten tolle Yogis sein. Und somit widersprachen wir gewollt ungewollt mit unserem scheiß Leistungsdruck allem, was dem Yoga im

Ursprung zugrunde liegt. Loslassen ist das Ziel. Frei lassen ist der Weg. Liegen lassen ist eine Option. Gehen lassen ist eine Chance. Ruhen lassen ist deine Freiheit. Fallen lassen ist eine Unmöglichkeit. Bedauerlich, dass es lediglich die Worte »weiter«, »tiefer« und »mehr« sind, die wir kennen.

Nichtsdestotrotz konnte ich dieser verwestlichten und unserer kapitalistischen Leistungsgesellschaft angepassten spirituellen Möchtegern-Bewegungsabfolge zugute unserer physischen und psychischen Gesundheit eine Menge abgewinnen. Ich fühlte mich durchaus aufgehoben, manchmal sogar in diesem kurzzeitigen Kollektiv ent-, ge- und erHALTen. Denn auch wenn der innere Anspruch, die kleinen und die großen Sorgen, die Zweifel und manchmal auch die Trauer nicht abgestreift werden können, so war dennoch ganz klar zu erkennen, wie die bösen, feindseligen Gedanken draußen vor der Tür abgestellt wurden. Dort jammerten, schrien, heulten und weinten sie. Die miesen, fiesen Pläne und hinterhältigen Komplotte kratzten an den Türen, aber sie schafften es nicht über die Schwelle. Denn dies hier, das war ein Ort, an dem Frieden versucht wurde. Also beendete ich meinen Blick in die Runde, begann meinen Blick nach innen zu richten. Aus meiner Matte wurde ebenfalls eine Insel. Ich hörte das Rauschen des Meeres, sah Farben, hörte Töne, streckte und reckte mich, kehre in mich, wuchs über mich hinaus, stand still, blieb im Flow, atmete ein und atmete aus. Wer zerknittert aufsteht, hat mehr Entfaltungsspielraum – das Motto des Morgens. Wer sich entfaltet, hat mehr Lebensspielraum – mein Yogamotto. 1 Stunde; 60 Minuten. Dann warf ich all die Ruhe über Bord, hetzte nach Hause und weckte den Hund. 9.30 Uhr. »Erst der Tag, dann ich«, dachte Klecks. Wer nicht aufsteht, kriegt auch keine Knitterfalten, ist das Montags-Motto des Haustiers. Ich sprang in mein Spitzenkleid mit Turnschuhen, schnappte den Pulli, der sich alljährlich mit schleichender Notwendigkeit in meinen Alltag integrierte, um mich warm zu halten, wenn die Blätter nicht mehr halten können, was sie im Frühjahr versprachen. Samt verschlafenem Faulpelz schlug ich den Weg in Richtung Arbeit ein und forderte den Tag auf, mich zu überraschen.

Der Pullover

In den Weiten verschwinde ich, zwischen den gewobenen Fäden, wie Wellen aus Maschen in einem Meer aus Flausch. Verloren gegangen zwischen all dem, was ich nicht mehr ausfülle. All der Platz für eine Masse, die ich jetzt nicht mehr schaffe. Eine Größe, der ich nicht mehr gewachsen bin. Einen Raum, den ich nicht mehr füllen kann, weil dies nicht mehr meine Dimension ist.

Der Pullover hängt lose an mir herunter. Ich hänge lose im Stoff. Ich passe nicht. Auf mich auf. Das habe ich nie getan.

All die Verbindungen waren keine festen Knoten, sondern eine trügerische Schleife, die sich ganz leise und heimlich löste; unbemerkt, bis über die Schnürbänder gefallen und auf den Boden der Tatsachen gekracht.

Nicht mit mir. Ich bin besser (geworden) allein. Es ist schön, wenn Missverständnis auf Gegenseitigkeit beruht. Die Menschen reden und alles ist simpel, so einfach. Für alles gibt es nur ein Fach, eine Schublade, weil alles in ihrer Welt ein Wort braucht. Gegenstände, Gefühle, Weltenseele: Machen wir eins draus. Alles ein Brei, alles ein Begriff, alles steht im Duden. Die Definitionen steinigen die Bedeutungen. Sie wissen nicht, dass es hunderte von Rottönen gibt, sie sehen die vielen Facetten von Blau nicht, sie kennen den Unterschied nicht zwischen brennendem Schmerz oder kalter Einsamkeit,

Sonnen-grell ist für sie das gleiche wie Zitronenfalter-blassgelb, heiß ist zu warm und in der Dunkelheit sind sie blind. EINfach, alles ist eins und doch in hundertfacher Ausgabe.

Mühelos leben sie, lose im Leben.

Ich nicht.

Glücklich sind sie.

Ich anders.

Leicht sind sie.

Ich auch.

Erst eins, dann zwei, dann drei, bis die verlorenen Kilos zweistellig wurden. Maßhalten war noch nie meine Stärke und Gewicht ist nicht wichtig. Nicht essen, nicht trinken. Dann viel trinken. Tee gegen die Kälte. Weil der Pullover zu groß ist, der Stoff mich nicht wärmt, weil dort so viel Platz ist, dass sich selbst im Juli die klirrende Kälte bei mir versteckt. Ich gebe ihr Unterschlupf, ich habe genug Platz in meinem Pullover. Das ist nicht der Stoff, aus dem Träume gemacht werden, aber es ist das Gewebe, aus dem sich meine Realität spinnt. Kein Gewicht zu haben, ist Gewalt. Ob ich Angst habe? Nein, ich habe einen Pullover.

Ob ich verschwinden werde?

Vielleicht, vom Winde verweht.

Du

Ich wähle diesmal den Vordereingang der Kleinkunstbühne. Ich weiß: Heute wirst du später als gewohnt auftauchen, erst nach dem Vortrag (auf den du dich wie ein Groupie freust) zur Arbeit eilen, deine Kollegin auslösen und dich bei ihr mit einem Schokoriegel für die Vertretung bedanken. Du wirst in deinem Kopf noch den ganzen Abend lang in den Wortfetzen der Rede hängen. Du wirst all das tun, was du sonst für gewöhnlich auch tust. Du wirst Gläser mit Wein ausschenken, Türen aufhalten, freundlich lächeln und den Gästen am Ende eine Gute Nacht wünschen. Du wirst liebreizend sein. Doch gedanklich wanderst du in deiner Wahrheit woanders. Du suchst nach Verknüpfungen, speicherst die vorgetragene Weltperspektive ab, beherzigst das Wissen, welches du dir aus dem ganzen Haufen an Worten erwählt hast. Du versuchst Verknüpfungen, um das Gehörte hinsichtlich deiner eigenen Haltung abzugleichen. Du bist kein Mensch, der einfach zuhört und hinnimmt. Etwas, das dich erreicht, wird gründlich hinterfragt, verworfen oder als Eindruck gerahmt und im Weitblick deines Horizonts erhängen. Du hängst den Worten nach, du bist nicht verträumt, du bist fokussiert. Doch das weiß keiner. Sachkenntnis erfordert bei dir immer auch Reifezeit, in der du deine neuen Kennnisse kennenlernst. Erst dann wagst du, von Erkenntnis zu sprechen, erst dann sei es deine MEINung. Und somit bleibst du von außen betrachtet ein niedliches, leicht lebensfremdes Wesen.

Eine belanglose Person öffnet mir genervt die Tür, als ich kurz vor offiziellem Einlass mit vehementem Klopfen an der Eingangstür auf mich aufmerksam mache. Ich lächle überzeugend. Sie grient unterkühlt. Ich ziehe einen winzigen zusammengeklappten Papierfetzen aus der linken und einen Magneten aus der rechten Hosentasche.

»Könntest du das bitte im Café an euren Kühlschrank bappen?«, versuche ich es jetzt auf die charmante Tour. Sie ist jetzt leicht verlegen, kurz irritiert, dann die Erkenntnis. Nur eine Person in diesem Laden konnte so etwas seltsames provozieren. »Für die Kleene?«. Sie hat verstanden, also drücke ich ihr den Kram in die Hand, wende mich ab und werfe ein »Danke« über meine Schulter. Ich bin mir mehr als sicher, dass diese fade Person im Eingang meine Botschaft aufhängen wird. Natürlich weiß ich auch, dass sie ihre Neugier unbedingt befriedigen muss. Und so wird sie meinen Zettel zuerst lesen, schlicht und simpel, Tinte auf weiß geschrieben:

Dienstag, 17 Uhr, Parkcafé, Buch-Besprechungs-Bedarf – D.

Und ich bin mir ebenfalls mehr als sicher: Du wirst kommen. Dies ist genau dein Stil, ich habe dich durchschaut.

Herbst

Heute war es soweit.

Es gab jedes Jahr diesen einen Tag, an dem ich die Rollläden hochzog und die Welt mir plötzlich eine Veränderung vorführte. Ich traute mich, das Fenster zu öffnen, um meine Nase in die Luft zu halten, denn so konnte ich es sogar schnuppern. Es roch nach leidenschaftlicher Wendung, nach geerdeter Erinnerung. In diesen Momenten will man Erdbeereis – aber auch Spekulatius. Dieser Tag ist mit keiner Ausnahme, also absolut immer in Sonnenschein getaucht. Es ist wie das letzte Winken der warmen Jahreszeit, die noch einmal Auf Wiedersehen sagen möchte. Ein Sommer, der sich noch nicht lösen mag, weil die Menschen ganz plötzlich beginnen, dankbar für jeden einzelnen wärmenden Strahl zu sein. Nicht so gierig und fordernd wie im Frühling. Nicht gereizt, verschwitzt triefend und nach Abkühlung hechelnd. Sie suchen nicht nach Schatten, sie streben keine Deckung an. Nein, nein, die Menschen an diesem Tag sind friedlich. All das, was sie noch bekommen können, wollen sie mitnehmen.

Es verhält sich ähnlich wie im Sonderausverkauf: Nimm, was du kriegen kannst, denn dies ist der Rest. Auch die Blätter der Bäume untermalen dieses Marketing, denn sie zeigen die schönsten Farben.

An diesem Tag wurden über Nacht die Baumkronen übertüncht, von Grün wechseln sie auf Rot, Orange und Gelb. Wie bei einer Ampel, die umschaltet, hält eine solche Welt zum Verweilen an. Du musst hinschauen, du musst kurz bleiben, du darfst ruhen. Es ist wunderschön.

An diesem Tag bin ich immer ein bisschen aufgeregt, weil ich so gerne wüsste, was noch kommt. Wenn das Leben die Natur überrascht, dann hält es vielleicht noch etwas für mich bereit. Denn stell dir doch nur mal vor, du seiest ein Blatt und über die Dauer deiner gesamten Existenz denkst du, du könntest nichts anderes sein als grün. Und plötzlich, ohne dass du nur das Geringste dafür tun musst, ändern sich über Nacht die Tatsachen. Das Wesen der Dinge bleibt dasselbe, lediglich eine neue Farbe umarmt das, was du tief innen bist.

Dieser eine Tag im Jahr kam plötzlich. Ich konnte mich nicht darauf vorbereiten, es nicht in den Kalender eintragen. Ich musste ihn einfach hinnehmen, mich von ihm mitnehmen lassen. Ich nahm es mal leicht, statt schwer und vor allem nahm ich mir jedes Jahr für diesen Tag frei. Nichts im Terminplaner konnte so wichtig sein, um mich davon abzuhalten, meinen Tag im Freien zu verbringen. Ich ließ also das Fenster geöffnet, suchte den Lieblingspullover heraus und verzichte ein letztes Mal auf die Jacke. Die Fellnase schien ebenfalls von der enormen Wichtigkeit unseres heutigen gemeinsamen Ausflugs zu wissen, blickte mich zufrieden an und schob sich flott durch den ersten geöffneten Türspalt. Falls du diesen Tag bisher noch nicht entdeckt hast, falls dich ein solcher Moment noch nicht besucht und auch nicht an deinem Fenster geklopft hat, wenn du noch nichts von der Tragweite dieses Umschwungs der Zeiten wusstest, dann mach dir bewusst, dass du trotzdem bereits Teil dieses Tages gewesen bist. Du durftest teilhaben, ohne teilzunehmen.

Gib dich hin, gib nach, vergebe dem was war, übergib dich der Begebenheit, gib die Sorgen ab und dich nicht auf.

Gib diesem Tag nichts vor.

Und dann: Schenke diesem Nichts deine Achtsamkeit. Bis die Acht kippt, sich als Unendlichkeitszeichen auf die Gelegenheiten legt und dir beweist, dass du bereits Teil von all dem warst.

Heute gab es diesen einen Tag,
an dem sich alles veränderte,
um das Gleiche zu bleiben.

Die Tragweite

Fünf Minuten zu spät, also fast pünktlich, weil die Anzahl der Warteminuten noch nicht ins Zweistellige reichte, weil meine Verabredung noch nicht begonnen hatte, sich zu wundern. Was schade war, weil wundern eine der wunderbarsten Fähigkeiten ist, die wir besitzen. Zu schade also, denn ich war zeitnah, bereits da. Also, ich schneite fast pünktlich zur Tür hinein. Befreite mich von mehr als drei Jacken, warf den Regen und die Kälte über den Stuhl, kletterte auf einen der hohen Stühle, hob Klecks auf meinen Schoß. Strahlte mein Gegenüber so überzeugend an, dass er die Nicht-zweistelligen-Warteminuten vergaß und ich begann, ihn zu bewundern. Er bestellte Kaffee und verwickelte mich in ein Gespräch. Ich hörte zu, ich antwortete. Aus irgendeinem seltsamen Grund, (er)reichten wir uns. Es war schön, in einer richtigen Begegnung zu sitzen. Ich mied für gewöhnlich diese Treffen, diese Dates, bei denen an Zwischenmenschlichkeit nichts zu finden war, weil zwischen den beiden Redenden nichts passiert, weil nichts passt. Keine Bewegung, eine Lücke. Bloß zwei Leute, die sich gegenseitig von außen anmalen, ohne sich jemals auf eine Farbe geeinigt zu haben. Langeweile, weil Belanglosigkeit getauscht und lose in den Raum gehangen wird. Aber mit dir war es anders. Für gewöhnlich traf ich mich nicht. Weil ich nicht wollte, dass mich etwas traf, nicht im Herzen, nicht da, wo es bedeutsam wäre. Aber an dich, ich glaube an dich könnte ich mich gewöhnen. NIEMALS. Weil wir über das Gleiche redeten, ohne dasselbe zu erzählen. Weil sich die Zeit mit dir nicht übergangen anfühlte, aber die Stunden zwischen den Stühlen, trotzdem davonliefen. »Ich folge keinem Plan, ich folge einer Bewegung«, seine Worte. Dieser Satz ist geklaut. Es ist nicht meiner und doch wollte ich, dass diese Idee meine würde. Wozu plaudern, wohin plänkeln. Konversation ohne Konversen funktioniert nicht, wenn die ganze Welt zur Debatte steht. Wir saßen uns gegenüber, aber lieber noch setzten wir uns auseinander. Und plötzlich waren Denken und Fühlen keine gegenüberliegenden Pole mehr. In diesem Moment waren sie beide gleichberechtigt möglich, fanden statt, zwischen uns im Raum. Zwischen uns. Zwischen Menschen. Zwischenmenschlichkeit. NIEMALS. Seine Worte waren schwer, sein Wissen weit. Ich bemühte mich, ihm zu folgen. Die Spur, die er legte, war so klar zu erkennen, weil dort wo er lief, niemand Weite anstrebte. Ich ging mit, balanciere auf seiner Tragweite. Ich ertrug *Zwei*fel. Denn *Zwei*feln meint, mehr zu sehen als das, was scheint. Er durfte zusehen, wenn ich EINs in ZWEI teilte, um zu begreifen, dass wir abschweifen. Meins und seins ist eins, er und ich, siehst du das nicht? Ich stelle in Frage – ohne Antwort. Ich schwanke – eine Bewegung. Ich befürchte, ohne Angst. NIEMALS. Ich bedenke einen Gedanken. Ich misstraue keiner Trauer.

Ich war unsicher, eine Gefahr. Doch er könnte NIEMALS mein Gefährte sein. Ich wusste, er hatte seine ganz eigene Art und Weise. Er würde mich tragen, wenn ich versage, wenn Worte nicht mehr reichen, um zuhause zu erreichen. Wenn ich zerfalle, ent*zwei*e in *Zwei*fel. *Zwei* Seelen ganz dicht, bitte verlass mich nicht. NIEMALS.

Die Minuten wurden dreistellig, es war Zeit. Zu gehen.

Die Jacke hatte sich von der Kälte verabschiedet, umarmte mich in Wiedersehensfreude, begleitete mich hinaus. »Auf Wiedersehen«, rief ich ihm noch zu.

Dann war ich verschwunden, vergangen. Denn es wisperte bereits, in meinen Tiefen.

NIEMALS.

Es raunte, es schlich sich in jeden Gedanken. Flüsterte mir leise zu, ließ mich wissen, dass das Gefühl von Geborgenheit nur geliehen war.

NIEMALS.

Echote es in jede meiner Einzelheiten. Unter keinen Umständen durfte sich eine solche Begegnung wiederholen.

NIEMALS,

durfte ich in Erwägung ziehen, meinen Weg nicht allein zu gehen.

NIEMALS,

würde mir meine Einsamkeit das verzeihen.

Ein weiteres Mal mit ihm war unmöglich. Ausgeschlossen. Also hatte ich bereits beschlossen, mein Herz zu verschließen, denn keinesfalls falle ich. In deine Arme.

Nirgendwann, nirgendwo,

NIEMALS.

Schreib mich nach Hause

Ich atme und schreibe: Ich möchte schreiben wie atmen. Ich möchte Buchstaben malen, die Leidenschaft leben, Hoffnung tragen und Hingabe aufbewahren. Schreiben ist dynamisch, umrundet sich selbst und führt zur Ganzheitlichkeit. Ich denke an die Yoga-Stunde. Ich denke von Kopf bis Fuß, ich spüre von der Wurzel bis zur Krone. Was der Hinduismus will, kann Schreiben schon lange. 7 Chakren sind es, aus denen ich bestehen soll. 7 Gedanken sind es, von denen ich erzählen muss.

Also notiere ich:

1. Wurzelchakra
Geerdet seist du, denn du hast gesündigt.

2. Sakralchakra
Fülle und Wonne, Freude und Glück sei mit dir.

3. Solar Plexus Chakra
Dein Selbstbewusstsein komme, wie im Wert als auch in der Achtung.

4. Herzchakra
Deine Liebe geschehe. Frieden geschehe.

5. Halschakra
Denn dein tägliches Wort ist die Realität und die Wahrheit.

6. Augenchakra
Versuche zu träumen, befreie dich von deiner Last.

7. Kronenchakra
Denn du bist die Kraft, in Ewigkeit.

A men. Es geschehe. Von *B* bis *Z*.

Du

Vielleicht, nein mit Sicherheit, fühlen sich viele Männer neben dir einsam. Sie fühlen sich fern. Sie fühlen dich fern. Du bist ein Schatten, eine Idee. Denn wenn sie von Liebe sprechen, meinen sie eigentlich ein Selbstkonzept. Sie reden von der Vorstellung ihrer Selbst, sie meinen die Idealvorstellung des eigenen Abbildes. Sie hoffen, durch dich derjenige zu werden, den sie ganz tief in sich erkennen. Aber du gibst keine Acht darauf, wippst zwischen deinen Extremen hin und her. Dein Ausgleich ist die Unausgeglichenheit. Du bist wie Ying und Yang, Schwarz und Weiß, versuchst du Grau? Du schreist nach Stille. Du umarmst für Einsamkeit. Du gehst, um zu bleiben, weil du nur gekommen bist, um zu gehen. Die Männer behaupten, dich zu kennen; ohne sich zu kennen. Sie wollen dich grundlos aus deinen Abgründen befreien, statt sich gründlich zu überlegen, ob sie nicht vielleicht einfach ein bisschen neben dir am Boden der Tatsachen verweilen. Wer unten ist, kann nach oben schauen, nach Höherem streben. Wer oben ist, wer schwebt, der kann nur hinabsehen oder fallen. Dein Verstand verfängt sich viel zu oft in Details. Und deine Details würdest du niemals hergeben, denn dein Ausschnitt der Wirklichkeit ist das Wertvollste, was du besitzt. Niemand könnte deine besondere Perspektive auf die Welt so sehr behüten, wie du es tust. Die Männer, sie greifen nach dem Ganzen, ohne zu verstehen, dass es dich nicht im Ganzen gibt.

Du bist eine Einheit aus Einzelheiten. Wie es ist, du zu sein, wollen sie wissen. Ich will das nicht. Ich kann das nicht. Ich möchte dich nicht. Verstehen. Ich will dich. Nicht zerreißen. Mir genügt es, wenn du bei mir bist, um mir meine Luft wegzuatmen, mir meine Sonnenstrahlen und meinen Winterpulli klaust, meinen Raum ausfüllst und ja, du darfst mein Herz schwer machen. Je schwerer, desto wichtiger – bin ich; mit dir. Und du, du schweigst. Seit unserer Begegnung, seit Wochen. Ich weiß, es ist schwierig. Mit dir. Also warte auch ich, schweigend, geduldig. Gierig.

Das Aussehen

Nicht, dass es mich provozieren, verärgern oder gar aggressiv machen würde. Gerne würde ich sogar behaupten, es kümmere mich nicht. Aber um ehrlich zu sein: Es quält mich, zerrt an meinen Nerven, zieht an meinem Verstand, zerrüttet mich. Da ist Unverständnis. Da ist eine dringende Frage: Wer seid ihr bloß, dass ihr euch anmaßt, mir eure Meinung aufzudrängen? Mich nach eurem Maß vermesst. Ohne zu fragen, alles kommentiert. Ich finde das übergriffig. Eine auswüchsige Einmischung einer offensiven Ermächtigung. Eure polemische Lesart beleuchtet meine Fassade. Eure Bestimmtheit ist der Beleg meiner Darstellung. Eure Kommentare sind wie Hände, die sich nach mir ausstrecken, nach mir greifen. Ihr zieht an mir, nicht nur in vier Himmelsrichtungen, nein, jeder in seine eigene Perspektive. Unter euren eigenen Gesichtspunkten in eure eigene Schräge. Doch ich zerreiße nicht – nein –: ich verforme. Biege mich, ohne zu zerbrechen. Entfremdung, ohne jemals bekannt gewesen zu sein. Bis ich keinen Schatten mehr werfe, weil er mir nicht mehr folgen kann. Bis mir der Spiegel kein Bild mehr zeigt, weil selbst der nicht mehr weiß, wer da eigentlich steht. Habt ihr ein Recht dazu, mich so lange zu verkennen, bis ich mich selbst nicht mehr erkenne? Hat euch irgendjemand gesagt, dass ihr das dürft? Zu jeder Zeit die Passform meiner Existenz zu beantworten, mein Kommen und Gehen zu interpretieren, mein Kleid zu zerpflücken, um meine Augenringe anzuhalten, meine Haare zu richten und mein Lächeln zu lamentieren. Ich will mich nicht veräußern. Mein Grundgerüst ist keine Konstruktion aus Gerippe, dem ihr anhängen könnt, was euch beliebt. Ich bin keine laufende Provokation und ich habe euch nicht nach eurer Meinung gefragt. Meine Erscheinung gehört euch nicht und wenn ihr euch daran beteiligen wollt, dann verdammt noch mal: Tut es konstruktiv. Sagt etwas Bedeutendes, etwas zu all den Farben in mir drin, etwas, dass mich be- oder anrührt, etwas, dass mich bewegt. Ihr müsst keine lieben Worte wählen, kritisiert mich in Grund und Boden, aber eben nur dann, wenn ihr euch sicher seid, tief genug geblickt zu haben, um meinen Ursprung zu begreifen. Doch eure Kompetenz kommt dort nicht an. Ihr schafft es, mich an einem Tag in alle Ecken des Raumes zu drängen. Ein bisschen müde, frisch, frech und fröhlich, schweigsam und schüchtern, ausgeglichen und aufgeregt, die Worte eures Zuspruchs. Könnt ihr euch nicht zumindest einigen? Zu niedlich, zu dunkel, zu grell, zu hell, zu nachdenklich, zu traurig, zu leise, zu laut, zu sensibel, zu schwach, zu hart, zumeist zu empfindlich. Hört ihr euch eigentlich selbst zu? Lieb gemeint finde ich trotzdem gemein, bitte lasst mir mein. Sein. Lasst das einfach sein. Ich finde das übergriffig. Aber ich werde nicht zum Angriff übergehen. Ich bleibe lieber bei mir. Denn so werdet ihr mich nie zu fassen bekommen. Da bin ich. Mir sicher.

Schreib mich nach Hause

Und wieder:

Ich atme und schreibe: Ich möchte schreiben wie atmen. Ich brauche Buchstaben, die Kraft NOTieren.

Also sitze ich vor Wortbrocken, zwischen Zeilen-Ruinen, ohne Punkt, ohne Komma, ohne Struktur mit Sinn, schiebe hoch, schubse runter, versuche, etwas zu erschreiben, was da ist, aber noch nicht auf dieses Blatt will.

Ich versuche, die Buchstaben zu überzeugen, mir zu gehorchen. Sie sollen sich ablegen und aufleben.

Ich überzeuge die Zeichen, mir zu vertrauen, weil ich behutsam bin, weil ich verSPRECHE, auf sie aufzupassen. Achtsam kombiniere ich, ohne ihre Synonyme anzugreifen, ohne ihre Etymologie auszuplündern, ohne sie gegen ihre Interpretation auszuspielen.

Ich will meine Worte nicht erzwingen, ich will, dass sie mir zuhören. Mir antworten.

Ich suche ihre Form und finde meine. Denn alles, was ich schreibe, das werde ich auch leben müssen. Einschreiben statt aussprechen, wenn der Mut fehlt. Auf dem Papier, da sind wir sicher. Ich weiß, dass es nicht einfach ist, es sind 30 Buchstaben, in Höhe und Breite verschieden, manche spitz, manche rund, manche hoch, andere tief. Jede einzelne Letter verdient ihre Aufmerksamkeit, ihre Ausführung in Perfektion.

Ob groß oder klein, unter Druck oder in Schreibschrift: Jedes Zeichen möchte bezirzen, sich hervorheben, sich wohlfühlen, auf den Zeilen flanieren, in Absätzen eskalieren.

Ich baue also weiter, staple meine Satzgefüge auf Haupt- und Nebenschauplätzen, erweitere für alle Fälle, ich versuche attraktives Aktiv, aber auch provokatives Passiv, präsentiere in Zukunft das Präteritum. Ich gebe echt mein Bestes, bis zu dem Zeitpunkt, an dem ich mich wortlos auflösen werde.
Dies ist mein einziger Anhaltspunkt,
bevor ich verloren
gehe,
rückhaltlos,
haltlos,
gehaltlos.

Die Mutter

»Ich gehe mal flott Hey-hey sagen«, singt sie und ehe die Mutter sich versieht, ist die Tochter bereits aufgestanden und aus ihrem Blickfeld verschwunden. Das geht manchmal ganz schnell, sie steht hinter, neben und vor jemandem und ist dabei so leise, dass dieser jemand ihre Anwesenheit meist erst dann registriert, wenn sie erneut ihren Standort wechselt. Häufig wundert sich die Mutter, wie das sein konnte, das auch ihr das passierte, auch ihr erschien dieses plötzliche Ab- und Auftauchen der Tochter verwirrend. Schließlich kannte die Mutter die Tochter, sie waren diejenigen füreinander, für die es lange Zeit kein Noch-näher gab: Mutter und Tochter. Es macht die Mutter glücklich, zu wissen, so eine Verbindung geschaffen zu haben, obwohl so manches anders war, als sie es sich vorgestellt hatte. Eigentlich war alles anders. Wobei, wenn sie so recht überlegte, hatte sie sich auch nichts vorgestellt. Denn die Mutter blieb in ihrem Leben nicht stehen, sie lief, von einem Brandherd zum nächsten und doch verlor sie nie die Hoheit über ihre Lebensführung. Sie behielt ihre Selbstständigkeit, sie legte die Weichen im Gemetzel des Befreiungskrieges. Sie siegte an allen Fronten: Vom Elternhaus geflüchtet, den Verehrern entwischt, dem Leben getrotzt.

Bis zu der einen Entscheidung, sich ins Schach zu setzen, jegliche Beweglichkeit verloren. Ein Baby – nein zwei. Glück nannte sie es, für das die Mutter mit mehr als einem Jahrzehnt Ehehölle bezahlte. Denn ihr Fortgang war kein Alleingang mehr, weil dort mehr als ein Leben im Raum stand. Weil plötzlich nicht nur ein Kind, sondern zwei Nasen existierten. Weil ein Mann plötzlich nicht mehr da, aber anwesend war. Sie hielt aus, sie hielt durch. Der Glanz der Erinnerung fuhr im vorbeirauschenden Zug davon. Die Mutter kannte Liebe, kannte Begehrt-werden und ja, die Mutter kannte Luxus. Doch all das war ihr nicht einen Tag wert, den sie in dieser Verbundenheit mit ihren Töchtern verbrachte. Na gut, sie musste eingestehen, ein Kind hätte ihr wohl reichen können. Aber jetzt war es unmöglich, auf nur eine Zelle von einem der beiden zu verzichten. So unterschiedlich sie auch waren, und so häufig ihre Andersartigkeit die Mutter irritierte, desto öfter merkte sie, dass ihre Mädchen zu einem gemeinsamen Familienbund zusammenwachsen können. Mit der Zeit wurden aus zwei nach Liebe und Form schreienden Neuankömmlingen zwei Suchende. Die Eine in der inneren Tiefe, die Andere in der äußeren Ferne.

»…mit meiner Mom, wir sitzen dort drüben«, hört man die Tochter halblaut sagen, während sie mit der linken Hand auf die Frau verwies. Ein Lächeln, ein Winken. Die Tochter diskutierte mit einer Gleichaltrigen, eher trist wirkenden junge Frau. Eigentlich, dachte die Mutter, hatte die Tochter noch nie eine normale Unterhaltung geführt. Nicht, dass sie nicht gewollt hätte, die Wahrheit war: Die Tochter konnte keine einfache Konversation halten. Total unfähig, weshalb die Mutter sich immer wieder fragte, was zur Hölle sie da nur falsch gemacht habe. Für die Tochter gab es lediglich liebevolle Worte der Wertschätzung und Dankbarkeit, politische oder soziale Missionsreden, Fragen über Fragen vor allem über die Vergangenheit und philosophische Einwürfe (situativ meist unpassend und selten verstanden). Ihre Lieblingsform der Auseinandersetzung war jedoch die Diskussion inklusive einer Menge stichhaltiger Argumente (die sie auch von ihrem Gegenüber einforderte). Sie trieb das Ganze so weit und so lang, bis sie mal enttäuscht, mal entrüstet in Gesichter voller Missmut und Überforderung blickt. Und dann, Na ja, dann war da noch das ganz große, raumfüllende Schweigen. Die Mutter schaute die Kleine, so nannte sie ihre jüngere Tochter in ihrer Abwesenheit häufig, weiter an, beobachtete sie. Ihre eigene Tochter. Es war seltsam, dieser Moment, denn sie fragte sich, was für einen Menschen sie da geschaffen hatte. Die Mutter wusste von den tiefen Tälern, wenngleich die Tochter sie niemals hinabblicken lassen würde. Für die Tochter war die Mutter der Berg, dessen Oben es unmöglich machte, es gemeinsam hinab zu schaffen. Das ging einfach konstitutionell schon nicht. Und so blieb der Mutter nichts anderes übrig als hinabzusehen, wenn die Tochter sich im Schlamassel vergrub. Trotzdem oder gerade wegen dieser Täler ist die Tochter ein positiver Mensch, der immer mehr Freude statt Leid weckt, mehr Hilfe als Not. Und darauf war die Mutter stolz, denn genau das war es, was sie ihren Kindern vermitteln wollte. Allerdings, niemand weiß warum, hatte die Kleine ein wenig zu tief in die Prinzipienkiste gegriffen. Man sagt ja immer, sowas habe seinen Ursprung in der frühesten Kindheit. Aber der springende Punkt blieb versteckt. Die Mutter überlegte, schließlich war sie dabei gewesen. Vielleicht passiertes es, als sich die Tochter nachts auf die Treppe schlich, statt zu schlafen. Vielleicht stand dort hinter der Süßigkeitenkiste im hintersten Regal noch eine Box voller Moral. Vielleicht hatte sie sich all das aber auch draußen beim Spielen zusammengesammelt, im Inneren verpackt und ihren Wertekodex wie einen unsichtbaren Freund aufgezogen. In der Realität hingegen verhielt es sich wie ein, aus Prinzipiensteinen erbauter Yengaturm. Jegliches Entfernen eines einzelnen

Bestandteils konnte zum Zusammenbruch des gesamten Komplexes führen, während die Tochter gleichzeitig fleißig weiter in die Höhe stapelte. Fortlaufend legte sie mit all dem Wissen, den Informationen, Eindrücken und Ereignissen ihrer Umwelt weitere Steine oben auf. Hinzu kam die Ansammlung unumstößlicher Ansichten sowie die Steine, die ihr in den Weg gelegt wurden, verwandelt in kleine, feine Lehrsätze und auch diese wurde zweifelsohne einfach angehäuft. Und so wuchs der niedliche Yengaturm zu einem monströsen Über-Ich. Mit ansteigender Höhe wurde die Luft dünn und die Standhaftigkeit gefährlich. Die Schieflage war kaum noch zu leugnen und die Tragödie, die sie ereilen würde, wenn die Tochter eines Tages vor ihrem inneren Trümmerhaufe stehen würde, nahm konkrete Gestalt an. Doch, dachte die Mutter, es geschah ihr recht, denn wenn kein Stein mehr auf dem anderen steht, bestand eine kleine Hoffnung. Denn wenn alle Moral dem Erdboden gleich gemacht werden würde, wäre es dann möglich endlich mal wieder freie Sicht zu haben? Die Mutter wartete auf den Tag, an dem der Koloss aufgab, ihre Tochter frei gab und sie sich sahen. Ganz und pur. Keine Sperre, kein Hindernis, kein Widerstand, sondern ein Wiedersehen. Die Mutter lächelte, zu schade nur, dass die Tochter all dies nicht wusste, nicht sah. Hinter ihrem Turm verschanzt, fehlte ihr trotz Umsicht die Weitsicht. Unbeantwortet blieb neben dem Ursprung auch die Frage nach dem Ziel des Auftürmens, es war nicht nachvollziehbar, weshalb die Tochter so lebte. Das allerdings mit einer beständigen und immer wieder neu erwachenden Euphorie. Es gab nichts Konkretes, die Tochter war wahrscheinlich eine Streberin. Als die Mutter fragte, war die Antwort: »Wir sind Sternenstaub, hast du mir erzählt, als ich klein war. Also sind wir streng genommen das Universum. Wir wachsen, wir dehnen uns aus, wir futtern Wissen in uns hinein und…«. Die Tochter fuchtelte wie wild mit den Armen in der Weltgeschichte herum. »Wird's dann nicht zwangsweise ein bisschen schwer, mit all dem Zeugs herumzulaufen?«, witzelte die Mutter. Die Tochter grinste: »Ja, dann werden wir wichtig.«

Die Kleine stand immer noch auf der gegenüberliegenden Straßenseite, auch jetzt malte sie große Kreise in die Luft, um irgendetwas zu erklären. Ihre Weltanschauung schwappte immer ein wenig über, nicht dezent, aber auch nicht diktatorisch. Eher weil sie ihre Ideen und Vorstellungen mit solch einer Progressivität in die Welt setzt, dass für nichts anderes Platz schien.

»Bis bald«, säuselte sie endlich, winkt über die Schulter und wandte sich um. Das Kleid, nein, ihr ganzes Kind wehte im Wind während sie die Straße überquert und von einem langen Schal verfolgt wird. Seit etwa 2 Jahren war sie dazu übergegangen, ein kleiner Öko zu sein und ihre persönliche Kapitalismuskritik dahingehend auszuleben, ihre extravagante Kleidung im Secondhandladen und auf Flohmärkten zu sammeln. Die Mutter hingegen war elegant, durch und durch, fast schon edel, aber niemals protzig. Die Kleiderwahl war jedoch keine jugendliche Revolte, denn trotz des Unterschiedes war dort eine entscheidende Komponente vorhanden, die in Sachen Kleiderwahl für beide Frauen oberste Priorität hatte und die nannte sich »Stil«. Dieser Grundsatz ging nicht mit der Mode – nein – Stil ging mit Geschmack, mit dem Bedürfnis nach Ästhetik. Das hatte nichts mit Geld oder Preis zu tun, es war eine Sache des richtigen Arrangements, der Kombination und vor allem: Eine Frage der Haltung. Und in eben dieser Überzeugung waren sich Mutter und Tochter einig. Die meisten Außenstehenden unterstellten ihnen jedoch eine enorme Gleichartigkeit. In Wirklichkeit konnte diese Einschätzung einzig auf die auffällig hellen, blonden Haare, die graublauen Augen und die geteilte Vorliebe für kräftig-roten oder -violetten Lippenstift zurückgeführt werden. Hinter dieser oberflächlichen Kategorisierung versteckte sich außerdem eine gewisse Unnahbarkeit. Beiden war schon aus der Ferne anzusehen, dass hier eine abstrakte Unangreifbarkeit auf dem Feld stand, die dich mit Freundlichkeit abfedert und mit warmen Worten auf Abstand hält.

Mutter und Tochter. Lieblingscafé an der Ecke. Für eine Stunde wieder vereint. Nie im Thema, aber stets ineinander vertieft.

Der Moment

Ein Ort.

Egal wo.

Eine Erscheinung, egal wann.

Ein Moment, egal warum.

Manchmal sitze ich gerne in der Sonne. Im Schneidersitz mit den Turnschuhen auf dem Stuhl. An einer Cola nuckelnd, geschlossene Augen, Gesicht direkt in die zu jeder Jahreszeit wärmenden Leuchtestrahlen gedreht. In diesen Momenten mache ich mir selbst (inklusive jeder einzelnen Zelle in mir) vor, ich könnte so etwas wie Photosynthese betreiben. In diesem Moment hänge ich meinen Gedanken nach oder besser gesagt, ich sehe ihnen hinterher, wie sie sich von mir abwenden und einer breiten Zufriedenheit Platz machen. In diesen Momenten bin ich wirklich verträumt und gleichzeitig in einer verträumten Wirklichkeit. Leichtsinn würde ich diesen Zustand gern nennen. Doch dieses Wort ist verbraucht, mit zu vielen Vorstellungen besetzt und daher unbrauchbar, um das erfahrbar zu machen, wovon ich hier fasle. Ich schreibe daher lieber Frohsinn. In diesen Momenten plaudert mein kleines, aber starkes, sonst so verschwiegenes Herz mit der ganzen Welt. Während gleichzeitig das bleierne Schweigen vor meinen Füßen zu friedlicher Ruhe verdunstet. In diesen Momenten denke ich: Vielleicht stehen mir mein Schmerz, meine Sorgen und meine miesen Gedanken gar nicht zu. Vielleicht gehört all das in Wahrheit jemand anderem und ist nur versehentlich bei mir liegen geblieben. Es handelt sich bei jedem Zweifeln und jeder Furchtsamkeit um ein großes Missverständnis. Ein geheimnisvoller Unbekannter, der im Vorbeigehen ein wenig Ballast bei mir abgeworfen hat. Denn eigentlich ist es doch so, dass mir diese emotionale Schwere überhaupt nicht passt, mal zu groß und mal zu klein ist, an allen Enden beißt und juckt. Dieser Gedanke macht mich neugierig. Ich will es wissen. Ich will verdammt noch mal wissen, wer es gewagt hat, all die Seelenlast ausgerechnet bei mir abzuladen. Aber noch mehr will ich wissen, ob mich jemand befreien wird, wenn ich es selbst nicht schaffe. Oder geht es darum, durchzuhalten, darauf zu warten, dass sich das Monster der Verzagtheit verzieht? Vielleicht muss ich mich nur oft genug in die Sonne setzen, bis der Winkel im Zenit steht, so fällt, dass ich keine Schatten werfe. Bis dahin warten. Doch die Freiheit wird nicht vorbeikommen. Sie wird nicht an meiner Tür klingeln, über die Schwelle stolpern und verlegen murmeln: »Tut mir leid, ich bin zu spät, aber du weißt ja, es ist wüst, da draußen…«. Trübseliges Außen, trübseliges Innen. Aber nein, so geht die Geschichte nicht. Die Freiheit ist brutal. Sie kommt nicht bedingungslos daher, sie will erkämpft werden. Und somit kämpfe ich, während die Welt mir dabei zusieht und sich ohne eine einzige Frage ihr Urteil erlaubt. »Erdrückt die Bedrückung?«, wollen sie nicht wissen. »Ist die Ausweglosigkeit verfahren?«, scheint nicht zu interessieren. »Für wen sind die tiefen Augenringe über deinem breiten Lächeln?«, entdecken sie wohl kaum. »Wo kommt das her, wo will das hin?« Verfolgen sie mich? Und zu meiner Verteidigung habe ich nichts vorzubringen, außer meine in kleinen Bruchstücken zusammengesetzten Gedankenschnipsel.

Ich versuche, der Außenwelt ein Bild zu zeichnen. Ein Gemälde meiner Innenwelt, damit sie verstehen können. Doch wie soll das genügen, wenn wir nicht dasselbe Farbspektrum teilen? Verbundenheit kann nicht hergestellt werden, wenn sich die Identität verkriecht, versteckt, verhüllt, verdeckt und am Ende verreckt.

Aber in diesen Momenten, da ist das Ende noch weit entfernt, weil der Anfang nicht geschrieben und der Höhepunkt nicht erklommen wurde.

In diesen Momenten zerbreche ich nicht, weil ich mich ganz fühle.
Ganz
allein,
im Sein.

Ich möchte meine Hand ausstrecken, mich weit über den Tellerrand Richtung Horizont beugen und von der Welt ergriffen werden. In diesen Momenten verzichte ich auf ihr Verständnis. Einfach nur, weil es keinen Verstand braucht, um meine Hand zu halten. In diesem Moment erscheint dieser Ort. Meiner zu sein.

Die Schneekugel

Lange hatte ich euch beim Atmen beobachtet, beim Reden zugeschaut und beim Bewegen hingehört. Doch ich entdeckte nichts, das mir entsprach. Lange war ich auf der Suche nach etwas, mit dem ich mich vergleichen könnte, ein Etwas, in dem ich mich wiederfinden könnte. Ein Sinnbild, kein Abbild. Eine Idee, die mir entspricht, die mir hilft, mich zu fassen. Aber nichts schien mir zu passen, zu klein, zu groß, zu eng, zu weit. Doch dann kam der heutige Tag und mit ihm eine verglaste Feinheit. In meiner Hand ein gläserner Ball. Schon vor der ersten Berührung angerührt. Ein in sich geschlossenes System, Eintritt unmöglich, hindurchdringen weder gewollt noch praktikabel. Doch obwohl ich nicht hineinkam, schwappte dort etwas über, ließ mich den Ort in mir finden, an dem ich meine FantaSIE versteckt hielt. Jeder Mensch bewahrt einen kleinen Platz in seinem Inneren, an dem er seine Irrationalität wahrt. Ich konnte schütteln und rütteln, für Schneesturm sorgen und mir die Sicht vernebeln. Es nützte nichts. Das weiße Konfetti wird stets lautlos auf den Grund fallen und mir in Klarheit meine Wahrheit präsentieren. In dieser Weltenkugel: Stille. Im gläsernen Käfig: Frieden. Ich will ebenso geschüttelt werden, will, dass mich das Leben rüttelt, will, dass ich zerspringe, ohne mich an den Scherben zu schneiden. Doch ich bin wie in dieser Glaskugel behütet, mich erreicht lediglich ein kurzer Moment der Verwirrung vor so viel Aufruhr an meinem Firmament. Komme, was wolle, ich bewahre meine geschlossene Vorstellung. Niemals würde mich etwas von außen durchdringen. Ich lebe in meiner Schneekugel und somit habe ich mir mein wertvollstes Gut zu eigen gemacht. Denn dort muss ich mich nicht einmal verstecken, um allein zu bleiben.

Schreib mich nach Hause

Wie wirken Worte wohl, wenn wir Wahrheit wählen, Wünsche wecken, Wankelmut wagen und Weite weben?

Welche Wirkungsmechanismen warten wohlweißlich, wenn wir wissen, was wir wahrsagen wollen?

Die Forschung verSPRICHT viel. Heilsames schreiben nennen sie es in der Wissenschaft, die kein Wissen schafft. Denn Theorie hin und her. Verhandelt wird im Text, du hast dir deine Worte eingehandelt, also handle deinen Lebenssinn auch aus. Setze dich ins Verhältnis zu deiner Welt, trete in Beziehung zu deinem Alltag, indem du versuchst ihn zu beschreiben.

Verweigere dich nicht, sondern dokumentiere, was wichtig erscheint.

Gestalte deine Erfahrungen, indem du Ausdrücke bemühst, um deine Geschichtlichkeit zu formen.

Schreibe dir deine Vergangenheit ins Jetzt und setzt dich über die Raum- und Zeitkonzepte hinweg.

Korrigiere das Gewesene und lege dir eine neue Lesart deines Lebens zu. Eine Neubewertung deiner Tatsächlichkeit kostet dich einzig und allein die schriftliche Auswertung deiner Lebensdetails. Integriere deine individuelle Identität in das große Ganze.

Schreibe an, schreibe ab, auf und um.

Konditioniere dich kontinuierlich kathartisch, korrigiere kausale Katastrophen.

Bedingungszusammenhang binden Buchstaben an Blätter, bilden Beistand bei Bedarf.

Die Nachbarin

Der Tag zwischen Montag und Mittwoch, morgens, Hausflur. Zwischen Topfpflanze und Fußmatte. Nachdem Klecks erfolgreich den Postboten nicht gefressen hatte, belohnte ich ihn mit einem großen Stück Mortadella. Vermutlich war dies die falsche Botschaft und didaktisch nicht genügend durchdacht. Ich befürchtete sogar kontraproduktiv, meiner Fellnase nun eingetrichtert zu haben: Wenn du den Postboten niedermachst, gibt's Mortadella, sobald der gelbe Eindringling das Weite gesucht hat. Nun gut, kleiner Fauxpas meinerseits, den ich im Folgenden einfach weiter ignorierte und dem Postboten das Hundefrauchen typische »das tut der sonst nie« entgegen lächelte. Nun aber, nach dieser lauten Aufruhe im Hausflur öffnete sich plötzlich die Wohnungstür der untersten Einheit des kleinen Mehrparteienhauses, das auch unser Zuhause beinhaltete. Die Nachbarin lugte etwas schüchtern hinaus und begann zu lächeln, sobald sie Klecks erspäht hatte. Sie kniete sich auf ihre Fußmatte, winkte den Vierbeiner heran und fragte zögernd: »Meinst du, ich kann sie kurz in den Arm nehmen?«

Diese Nachbarin war anders. Wir redeten nie viel, aber ich mochte sie. Vielleicht deshalb. Wir teilten den Hauseingang und gelegentlich legten wir einfach, obwohl wir uns so gut wie überhaupt nicht kannten, ein paar schwere

Gedanken vor den Füßen des anderen ab. Ich meine dabei nicht die wirklich schweren Seelenlasten, sondern schlicht und einfach die winzigen Zweifel, die kleinen Ängste. All diese zarten Problemhäufchen ließen wir dann, ohne sie in irgendeiner Art und Weise zu diskutieren, einfach auf dem Flur liegen und sperrten sie aus. Die Nachbarin hatte mich schon einige male zu sich eingeladen, jedoch hatten unsere unterschiedlichen Arbeitszeiten ein Treffen ausgeschlossen und so begegneten wir uns immer nur im Gehen. Gelegentlich lief ich ihr außerdem in der Uni über den Weg, da wir an der gleichen Hochschule, jedoch mit unterschiedlichen Fächern, eingeschrieben waren. Die Nachbarin war sensibel. Das wusste ich, bevor ich sie zum ersten Mal gesehen hatte. Denn zu meinem Einzug, vor etwa einem halben Jahr, in die oberste Wohnung des Hauses fand ich eines Abends plötzlich einen riesigen Strauß Margeriten vor meiner Tür. Und da ich mittels Ausschlusskriterien die Wohngemeinschaft in der mittleren Etage des Hauses für diese Geste disqualifizierte, erahnte ich, dass hinter dem Klingelschild der untersten Wohnung ein eindrucksvoller Mensch wohnen musste. Als ich ihr dann endlich zum ersten Mal persönlich begegnete, bedankte ich mich überschwänglich, während ich gleichzeitig befand, dass sie in ihrem mohnblumenfarbenen Kleid aussah wie eine verträumte Waldelfe. Um ehrlich zu sein: Sie war hinreißend. Auf ihre ganz eigene Art und Weise verlockend mit ihrer blassen Haut, den Sommersprossen und den großen Augen, die hinter den Brillengläsern Bambi-Gefühle in mir auslösten. Lächelnd kommentierte sie lediglich: »Margeriten, unverfälschtes Glück.« Irritiert starrte ich erst sie und dann die hinter ihr geschlossene Haustür an, bis auch ich das Haus verließ.

Seitdem Klecks zu mir gezogen war, häuften sich die Momente, in denen sich die Tür ganz plötzlich genau dann einen kleinen Spalt öffnete, wenn ich mal wieder durch den Hausflur schlenderte, oft hetzte, manchmal stolperte, gelegentlich tanzte oder auch einfach nur im Gleichschritt mit der Fellnase tapste. »Natürlich, schmust ihr ruhig eine Runde, sowas tut immer gut«, ermunterte ich sie dann und bemerkte den dunklen Schatten in ihrem Gesicht. »Was beschäftigt dich gerade?«, frage ich vorsichtig mit der Option mich an ihren Augenringen teilhaben zu lassen, ebenso gut konnte sie auf diese Frage jedoch auch mit »staubsaugen« oder »Netflix« antworten. »Ich bin so traurig und gleichzeitig unglaublich glücklich«, schniefte die Nachbarin unerwartet direkt, »einfach so, und ich weiß nicht warum«. Die meisten Menschen wären mit einem »gerade gehts mir nicht so gut« eingestiegen oder hätten ein »muss ja« zum Besten gegeben. Nicht die Nachbarin. Sie schien mehr so vom Schlag »ganz oder gar nicht« zu sein. Und gleichzeitig spürte ich, dass sie nicht vielen Menschen in ihrem Umfeld das »ganz« zutraute und daher im ganzen »Gar nicht« etwas einsam wurde. Die Waldelfe kniete nun, um an Klecks' Ohren heranzureichen und aus irgendeinem absonderlichen Gefühl von Verbundenheit heraus ließ ich meinen Rucksack fallen und setzte mich ebenfalls auf den Boden. »Ich kenne das Gefühl, das du meinst. Und ich bin mir ziemlich sicher, dass es nicht dieser Zustand ist, der uns verunsichert. Ich meine, wer hat uns gesagt, dass glücklich das Gegenteil von traurig sein muss?« Ein schmales Lächeln auf den Lippen der Nachbarin. »Aber ich weiß nicht, woher das kommt…«, zweifelte sie weiter. »Vielleicht ist das auch nicht wichtig. Du musst mal überlegen, da hat dich ein außergewöhnliches Gefühl gefunden und du tust nichts anderes als seinen Ursprung zu suchen, statt es willkommen zu heißen«. Jetzt lächelten wir beide, während sie die Hände in die Luft schmiss und in den hallenden Flur rief »Willkommen Gefühl, ich bin ergriffen«, – wir lachten. Und ich muss gestehen, das traf es ziemlich gut, denn oft hatte ich das Gefühl, mein Innenleben sei übergriffig und weil ich so überrumpelt bin, verwechselte ich meine Ergriffenheit mit Trauer, obwohl ich Demut meinte. Demut vor all den Formen, die da in mir möglich sind. Die Gesellschaft konfrontiert uns nicht damit. Die Welt ist lieber schwarz oder weiß. Glücklich oder eben nicht. Es ist aber all das dazwischen, was uns menschlich macht. Menschen besteigen Berge, heben in Flugzeugen ab und durchsegeln die Weltmeere. Aber im Inneren bleiben wir Sklaven unserer selbst. Kein höher, tiefer, breiter. Nur glücklich oder traurig, wütend oder lieb.

Abrupt stand die Nachbarin auf, setzt Klecks liebevoll zu ihren Füßen ab, grinste und gab bekannt: »Heute habe ich Großes vor«, drehte sich um und verschwand mal wieder hinter der Tür. Ich grinste ebenfalls, allerdings in mich hinein. Mit einem Schwung wurde die Tür vor mir noch ein letztes Mal aufgewirbelt: »Pass auf dich auf«, flötete es, aus dem Nirwana, das hinter dem Eingang lag, bis die Tür mit einem Rums wieder ins Schloss fiel.

Ohne uns bekannt zu sein und vor allem ohne Verstand lag dort plötzlich Erkenntnis, Verständnis und Bekenntnis zwischen uns. Von nun an wurde es zu einer schönen Tradition, schwere Gedanke im Treppenflur abzulegen, die Probleme dort liegen zu lassen und beim Wiederkehren eine mögliche Lösung zu begrüßen, die bereits sehnsüchtig vor der Haustür kauert und um Einlass bettelte.

Die Farbe Rot

Wenn du mich anschaust, weiß ich, dass du es wissen willst.

Die Fragen stehen dir ins Gesicht geschrieben.

Deine Augen nehmen mich wahr, aber nicht hin.

Du willst wissen, warum ich meinen Lippen auf die Linie genau zeichne, meinen Mund in einen Rotton tauche, der so viele Schlussfolgerungen zulässt. Ein Rot, das anzieht, das Gedanken an ausziehen zulässt, aber auch ein Rot, das warnt. Ein Rot, das abschreckt. Ein Rot, das »begehre mich, vielleicht«, flirtet und im nächsten Augenblick »fass mich nicht an!« schreit. Und so erkennst du, dass ich mich noch nicht anerkannt habe. Rot ist LEIDENschaft, weil es Leiden schafft. Ganz nah dran an E-ROTik, kann Klasse haben, wenn man den richtigen Ton trifft. Ein roter Kussmund lässt sich nicht radikal aufpinseln. Farbiges Schönschreiben im Gesicht fabuliert nur das Gegebene. Nicht anstreichen, sondern unterstreichen. Doch in keinem Fall aggressiv, wie mit dem hellen Grell deines Textmarkers.

Bitte verstehe meine roten Lippen eher als seien sie ein Wort in einem Text, dass dir bedeutend erscheint. Ein Wort wie ein Hinweis, den du ganz sanft mit einem Bleistift unterstreichst, um die Seite nicht zu erschrecken. Stilvoll. Auch rot kann still sein. Auch Rot kann zu jeder Zeit in ein Weltbild passen. Natürlich strebe ich Ästhetik an, aber noch mehr möchte ich all das sagen, was nur mit geschlossenem Mund zu vermitteln ist.

Wenn du mich ansiehst. Dein Blick an mir hängen bleibt, weil dich dort etwas festhält.

Ein Ton,
eine Farbe,
eine Inspiration.

Du

Immer noch. Stille. Kein Wort. Zwischen uns. Nichts.

Der Verrat

Soll ich RATen?

Soll ich es dir verRATen?

Erzählen, was hinter all dem steckt?

Ich weiß nicht, ob ich das kann. Ehrlich, in einem Moment, glaube ich zu wissen, was mich antreibt, im nächsten Moment fahnde ich blind nach einer Ahnung und dann verstricke ich mich, in meinen eigenen Erklärungen. Ich spanne die Begründungen für mein eigenes Verhalten wie Gummitwist um die Säulen meines Lebens und wundere mich, dass ich immer wieder selbst darüber falle. Manchmal, da kann ich mich vor dem Sturz noch abfangen, wackele nur ein wenig und richte mich wieder auf. Doch gelegentlich lege ich mich auch weit entfernt von graziös auf die Fresse, während ich versuche, elegant um die eigenen Lebensweisheiten herumzuscharwenzeln. Ich gebe den haushohen Prinzipien die Schuld für meinen Sturz und verwirre weiter mit Gedanken, die nur in Worte passen, wenn sie auf Seiten aufgespannt werden.

Es ist nötig, all das auf Papier zu bringen, um der Verwirrung Gestalt zu geben, denn ist das Unverständliche erst einmal fest auf dem Papier verankert, fällt es viel leichter mit einer gehörigen Portion Mut, über diese Hürden der eigenen Biografie hinweg zu klettern. Ich bin nicht Jeannie und du hast dir diese BeRATung mit Sicherheit nicht gewünscht, aber für diesen Hindernislauf möchte ich dir drei Wahrheiten mit auf den Weg geben:

Nummer 1: Wer Antworten sucht muss fragen. Die Frage ist stets eine Anleitung für die Lösung. Deine Fragen sind Schatzkarten.

Also: Was willst du wissen?

Bedenke jedoch die 2. Wahrheit, sie lautet: Frage nicht nach Dingen, die du schon weißt.

Und die 3. Wahrheit: Gib Obacht, was du fragen magst, denn wer sich einmal wissenshungrig auf die Suche gemacht hat, wird ohne Antworten verhungern.

Es ist ein himmlischer Fluch.

Ohne Antwort keine Ausflucht – ohne Lösung kein Ausweg…? Deine Frage ist der Eingang, das Ende ungewiss.

Denn Wissen ist bekanntlich begrenzt.

Wer bin ich?, meine erste und einzige Frage. Alle meine Sinne, alle meine Gedanken darauf fixiert. Wie ein Junkie nach Stoff, sucht mein Inneres nach Identität. Ich zweifle, dann aus Verzweiflung geschrieben. Geschrieben und gelesen. Mich erlesen. Mit neuem Wissen, die erste und einzige Frage gestrichen.

Wer bin ich?

Das Fragewort sitzt in der Falle, fallen gelassen.

bin ich.

Mich aus der Affäre gezogen.

bin

Die Schatztruhe geöffnet und meine Antwort in seine Ursprungsform gehoben.

Das reine *SEIN.*

Meine Frage löst sich auf, aus dem Sein entsteht ein Raum. Ich öffne die Tür

Warum – wie – und wofür,

lauern in diesem Zimmer,

denn so ist es immer.

Sobald du die AntWORT hast, verlangt das Leben einen Satz.

Doch bis dahin werden noch viele Seiten nötig sein. AkuRATe KRATzer, RATlose LiteRATur. RepeRATur auf VorRAT, demonstRATive KonzentRATion, irRATionale KonfiguRATion, IllustRATion auf RATen…

Ich bleibe ein Verräter.

2

Der Schlussstrich

Vielleicht sollte ich Schluss machen.

Vielleicht wäre es ganz leicht.

Sich fallen lassen, ins Ungewisse tauchen.

Den Moment für den Absprung finden. Los lassen. Aufhören. Mich fest zu klammern. An all dem Alltag.

Das Gewohnte verlassen, um neue Plätze zu bewohnen. Mutig sein, zwei und nicht nur einen Schritt nach vorn, bevor das Leben vorbeizieht.

»Entschuldigen Sie, junge Dame, könnten wir noch eine letzte Runde bekommen?«, unterbrach der Herr am Tresen meine Gedanken. Ich lächelte. Meine letzte Runde.

»Ich denke, das geht in Ordnung«, erwiderte ich lächelnd und öffnete noch eine weitere Flasche Rotwein für den Tisch, der an diesem Abend aus heiterem Himmel übrig gebliebenen war. Zurückgeblieben und nun vom Rest der Gäste verlassen, drei Herren, zwei Frauen. Ihre Gesichter noch nicht ganz so rot wie der Wein und dennoch glühend vom Alkohol. Ein Zusammentreffen, dass scheinbar so selten war, dass es sich lohnte, erst die Öffnungszeiten, dann sich selbst zu vergessen, um Aufschub zu bitten, um diese Nacht noch ein wenig länger werden zu lassen, um sie tiefer in die Erinnerungen zu graben und morgen früh mit dem dicken Stempel »rundum gelungen« zu versehen. Sie prosteten sich zu, »so jung kommen wir nicht wieder zusammen«, dankbares Nicken in meine Richtung, dass ich noch aushielt. Dass ich noch ausharrte.

Denn sie wussten nicht, dass ich seit Tagen nichts anderes tat, weil sich dort etwas in mir bewegte. Weil ich verharrte, um zu warten, bis die Gedanken sich ordneten und zum Vorschein brachten, was sie angestoßen hatten.

Vielleicht war es Zeit. Gut möglich, dass es mein innerer Wecker war, der mich daran erinnerte, meine Verabredung nicht zu verpassen. Mein Rendezvous mit all den Begegnungen, die mir noch bevorstanden.

Damals, auf der Flucht vor der falschen Ordnung, dann süchtig suchende nach Sinn und Sein. Aber jetzt, wo die Diskrepanz zwischen Beständigkeit im Außen und dem Gedankenrennen im Inneren wuchs, war es wohl unumgänglich, dass das eine über das andere stolpert. Ein neuer Impuls muss her, um nicht zu Boden zu gehen.

Ich begehre ein Bestreben.

Verzehre mich nach Lebenshunger.

Dort war eine sich windende Not.

Etwas in mir verlangte, Veränderung zu versuchen.

Ich will nicht mehr

überleben.

Ich will Begeisterung. Ich will Manie. Ich will Besessenheit.

Die Gleichzeitigkeit von Heim- und Fernweh nennt sich Sehnsucht. Sie begann ganz zart, bis sie schmerzte und schrie.

Der Routine eine Abfuhr verpassen, mich in neue Abhängigkeiten vorwagen. Wäre es denkbar mit einem anderen Einkommen auszukommen? Mal auszugehen, um heimzukehren.

Gedankenverloren polierte ich jetzt schon seit geschlagenen zehn Minuten dasselbe Glas, hielt es ins Licht, entdeckte immer noch hauchfeine Schliere und drehte es anschließend weiter in meinem plüschig-blauen Geschirrtuch. Dabei starrte ich auf den Tellerberg vor mir, der ordentlich gestapelt den Blick in das

Foyer versperrte. Seit mittlerweile 4 Jahren arbeitete ich nun hier. Eine Kleinkunstbühne, eine Galerie inklusive alltäglichem Trubel im dazugehörigen Café mit Option auf Restaurant. Die Menschen hier waren meine Lebensbegleiter, wenngleich ich nur sehr wenige von ihnen als Freunde bezeichnen würde. So war der Ort doch eine Beständigkeit geworden. Ein Versteck im Öffentlichen, ein kreatives Nest, nachdem der Vorhang der Familienvorstellung gefallen war und das ohnehin nur nach außen stabil scheinendem Gerüst namens ›Leben‹ rasant einkrachte. Eine, sich ungeduldig auflösende Konstruktion, ein Drama in vier Akten. 1. Erkenntnis und Angst (allerdings machte Einer da nicht mit) 2. Ver- und Loslassen, (auch hier machte Einer nicht mit), 3. Neuformatierung (verweigert von Einem), sowie 4. Alkohol (hier machte nur der Eine mit). Der Eine, der erst wütete, danach verstummte und schließlich verschwand. Außenstehend hätte ich vermutlich erraten können, dass es so kommen würde. Doch es war ohnehin egal, denn meine Familie wurde von dem Mut einer Frau, einer Kämpferin, einer Mutter befreit, bevor wir alle an Lieblosigkeit verreckt wären. Der Schleier der Illusion wurde gehoben, die Beziehungslosen in ihrer Konformität bloßgestellt und eine Neupositionierung eingefordert. Nach dieser Verwirrung verstand ich, dass ich mein Lebenskonzept mit Verstand angehen wollte. Emotionale und finanzielle Selbstständigkeit hatte absolute, vorrangige Priorität, um sicherzustellen, im Notfall für das, was von der Familienbande übrig war, einzustehen. Genug Ressourcen zu haben, um meine Mom, meine Schwester und mich aus allem Übel freizukaufen, wenn dies die einzige Option war. Mein Einkommen sollte reichen, um dem Berg an Schund, den der Eine hinterlassen hatte, zu entkommen. Meine Geschichte begann mit einem kleinen Praktikum nach der Schule und war schnell in einen kleinen, aber größenwahnsinnigen Job neben der Uni umgeschlagen. Also wurde aus dem geringfügigen ein reichhaltiger Job, bis ich von einer Aushilfskraft zum Inventar heranreifte. Die Jahre, der Schulabschluss und der Bachelor vergingen – ich blieb. Und das war gut so. Es gab (wie man sich das für einen künstlerischen Betrieb vorstellt und wie es eigentlich überall ist, wo exzentrische Menschen aufeinandertreffen) eine Menge Dramen, doch es waren nie meine. Ich beobachtete in diesen Räumen, auf und hinter den Kulissen dieses kleinen, aber erfolgreichen Betriebs bereits die fantastischsten Begegnungen, heiße Romanzen, Eifersucht, Neid, Hass, sozialen Abstieg, gesellschaftlichen Aufstieg, Freundschaft, sehr viel Leid, vor allem aus Angst, Sex, Drugs und nur wenig Rock 'n Roll. Ich war keine Voyeuse, sondern stille Beobachterin. Ich lernte viel über Gruppendynamiken, über Beziehungen und vor allem darüber, warum Beziehungen endeten. Ich war gewachsen, immens. Über mich hinaus. Doch jetzt: Schien ich stillzustehen. Verfahren festgefahren. Kein Stau, keine Pause, mir wurde zunehmend klar: Dies musste mein Nullpunkt sein. Meine Ideen fielen hier nicht mehr auf fruchtbaren Boden, meine Meinungen malten keine Muster mehr. Die Stimmung zunehmend erdrückend, weil alle und alles so bleiben wollte, wie gehabt, nur ich nicht. Mein Charakterbild gab kein stimmiges Konzept mehr her, um mit meiner Umgebung ein sinnvolles Zusammenspiel zu ergeben. Wie gesagt, ich wuchs. Ihnen wohl über den Kopf. Ich war bedürftig, ein Freigeist. Doch blieb elendig unvermögend, denn aus ihrer Perspektive musste ich mit meinem akuten Geistesgewächs gefährlich erscheinen. Vielleicht war dort Furcht, etwas vom Eigenen abgeben zu müssen, wenn dort noch jemand atmet, denkt und Teil haben will. Vielleicht bestand aber auch einfach ein Missverständnis darüber, dass Teilen nicht Abgeben und daher keinen Verlust, sondern einen Fortschritt bedeutet. Meine Ideen, Konzepte und Projekte fuhren gegen die Wand, vor der nun auch ich stand und nicht weiterwusste. Erbärmlich fühlte ich mich stehen gelassen, als ob jemand einen ganzen Weg lang meine Hand hielt, nur um mich dort vor einer Einbahnstraße abzustellen und von mir zu verlangen, zu verharren. Ich war noch nicht erschüttert über diesen Zustand, ich befand mich eher in einer Schockstarre, allein gelassen, planlos, ahnungslos. In meinem Seelenhaus herrschte Fassungslosigkeit über meine verwirrte Verfassung, Irritation über diese unerwartete Veränderung, bei gleichzeitiger, absolut statischer Rahmung meiner gleichbleibenden Umgebung.

Ich stellte das Glas, das nun viel zu lang schon in meiner Hand verweilte, ab und griff nach einem neuen.

Je größer man wird, desto mehr Aussicht hat man. Sieht in den Weiten ferne Träume winken, während vor der eigenen Nase der Überblick die Überraschungen frisst.

Plötzlich rinnt Rot entlang des Glases in meiner Hand, als müsste es so. Jedoch; viel zu hell für die Farbe von Wein, viel zu zäh und langsam bahnte sich die Flüssigkeit ihren Weg und tropfte schließlich auf den Fliesenboden. Aufdringliche Gedanken führen manchmal zu gewaltigen Taten. In diesem Fall war jedoch lediglich die Glaskrone das Opfer, dass ich in meiner geistigen Abwesenheit verloren, viel zu kräftig gedreht hatte. Die Scherben schnitten sich in meine Fingerkuppen, ohne einen Schmerz da zulassen, ohne mich in die Realität zurückzuholen. Ich dachte gar nicht daran, mir ein Pflaster aus dem Schubladensumpf zu fischen. Ich dachte vielmehr, was für ein Glück es war, dass ich mich heute Morgen nicht für das weiße Kleid entschieden hatte. Die schwarze Spitze meiner Kleidung versteckte die dunkelroten Tropfen im zart beleuchteten Raum. Ein paar Schnitte, Schunden und Schrammen – für hartgesottene Fachkräfte der gastronomischen Erlebniswelt kaum etwas Besonderes, unvermeidbarer Arbeitsverschleiß der eigenen körperlichen

Unversehrtheit. Ein paar Schnitte, Schlitze und Kratzer – für Dunkelseelige nichts außergewöhnliches, eher eine unumgängliche Nebenwirkung des Versuchs zu Leben.

Einschneidende Erlebnisse kannte ich also. Doch in dieser Nacht bahnte sich eine Gewissheit in mir an. Ich lächelte: Es war Zeit für Veränderungen. Stillstand wäre Feigheit, was zu lange verweilt und steht, vergeht. Veränderung heißt, sich dem Gang der Welt entsprechend zu verhalten. Ich meine damit nicht treiben lassen, sondern viel mehr Mut zu fassen, aufzusatteln, die Segel zu setzen, die Wellen zu ergreifen, bei Wind und Wetter, Freude und Trauer. Denn ich allein trug die Verantwortung für die Welt. Nicht für alle Welten, nur für meine. Kann sein, dass du eine andere Welt bewohnst, tu das – es geht mich nichts an. Zielsicher befestige ich das Geschirrtuch um meine Finger, sodass ich beim Wiederaufnehmen meiner Tätigkeiten keine Flecken hinterließ. Ich besiegte in Windeseile all die übrigen Geschirrhaufen, zog die Abrechnung und stopfte abschließend einen riesigen Handtuchberg in die Waschmaschine. Die Gäste bemerkten meinen plötzlichen Turbo-Modus erst, als ich bereits in meine vier Jacken geschlüpft war und meine blonden Haare unter einer dicken Wollmütze versteckte. Etwas überrumpelt, kurz vor traurig, fingen sie hektisch an, nach ihren Gläsern zu greifen, gefasst darauf, die letzten Schlucke des Abends herunterzustürzen. Sie erweckten den Eindruck eines Kindergeburtstages, der nun abrupt beendet war, da an der Haustür die erste Mutti zur Abholung der eigenen Brut bereitstand. Grinsend offerierte ich, dass ich andere Pläne hegte. Ich schnappte mir eine weitere Flasche Wein, knallte sie auf den Tisch und verkündigte: »Eine geht noch, geht aufs Haus«. Wann Schluss ist bestimmte immer noch ich.

»Die Tür bitte mit einem kräftigen Ruck hinter euch zuziehen, wenn ihr geht, Kerzen aus … der Lichtschalter ist dort drüben«, mit diesen Worten schnappte ich meinen Rucksack und wandte mich zum Gehen. Fünf freudestrahlende Gesichter, heute durften sie länger wach bleiben, heute war die Uhrzeit egal, heute ein wenig Unvernunft wagen.

Die Farbe Grau

Woran denkst du, wenn du an Grau denkst?

Was entsteht für ein Gefühl, wenn du versuchst, diese Farbe zu fühlen? Schleichen sich trübe Gedanken ein? Verhängt sich deine Fantasie, siehst du eine monotone Landschaft?

Oder vielleicht folgen deine Gedanken einem faden Pfad in ein wolkenbezogenes Nichts?

Bekennt sich deine Einbildungskraft zu Nebel? Denkst du an schlichte, trostlose Räume, an bedeckte Tage? Siehst du aschfahle Gesichter vor eintönigem Hintergrund? Wie fühlst du dich, wenn du in dir die Farbe Grau heraufbeschwörst? Apathisch wandelnd in empfindungsloser Langeweile gefangen? Wirst du gleichgültig gegenüber einer vermeintlichen Ereignislosigkeit? Verfängt sich dein Gesicht in Ausdruckslosigkeit? Tristes in all deinen Bewegungen?

Und was würdest du sagen, wenn ich dir verrate, dass Grau meine Lieblingsfarbe ist? Wenn mein liebster Pulli in genau diesem Farbton warmhält. Wenn ich all diese Zuschreibungen mehr als gemein finde. Wenn ich mich mit diesem Farbton solidarisiere, weil ich ihm nicht keine Endung vorschreibe. Grau ist nicht das GRAUen.

Grau steckt voller Magie. Grau ist kein MischMasch, keine Plörre, sondern eine Vereinigung der Extreme. Grau kann schwarz, grau kann weiß. Grau ist aufregend, grau ist frei. Grau versteckt dich, grau würde dich niemals verraten. Die Wörterbücher hingegen sprechen von einer gewissen Reizlosigkeit, aber meinen sie damit nicht genau das, was wir anstreben? Ein Entkommen vor der Überflutung des Gedränges im Außen, still in uns drin, strebsam und achtsam. Die Farbe Grau tut nicht so, als wisse sie, was wahr und was falsch ist. Grau wird nicht von Irrealität gefüttert. Diese Farbe trübt viel lieber die Illusion und konfrontiert dich mit der Weltwahrheit: Schwarz und Weiß, immer gleichzeitig niemals in einfacher Ausformung.

Gut und Böse sind Märchen.

Die Wirklichkeit ist rau, die Wahrheit ist grau.

Ich fühle mich gern. GRAUENvoll, bis zum Rand, hinaus in eine zeitliche Ferne bis in die GRAUzone. Und so liegt dir diese Farbe schimmernd zu Füßen, grau – ein schwaches Verb, nimm es an dich und l(i)ebe es.

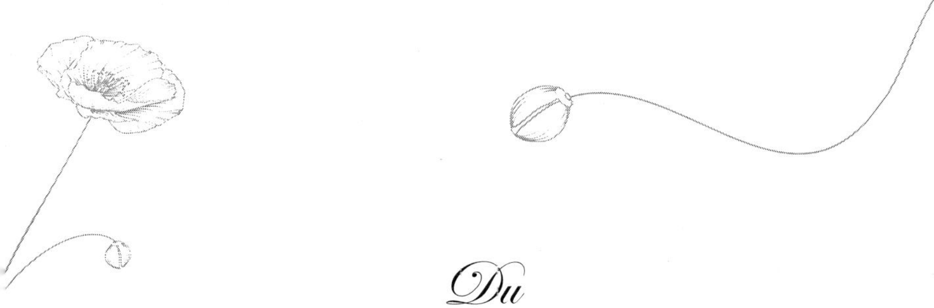

Du

Ich muss das Schweigen brechen, bevor du so weit weg bist, dass ich dich nicht mehr greifen kann. Keine Sorge! Ich rede nicht von ergreifen, kein übergriffiger Angriff auf deine Integrität. Und doch: Ich muss durchgreifen, sonst gehst du verloren. Seit Wochen bist du aus meinem Sichtfeld verschwunden. Ich habe ehrlich Angst, dass du dich einfach aufgelöst hast, dass du den Rest deines Untergewichtes an einen Haken gehangen hast, wie andere ihre Jacke oder den Job. Dass du beschlossen hast, von nun an, ohne eine physische Grundlage zu wandern. Weil du einen weiten Weg vor dir hast und es sich so viel einfacher vorankommen lässt. Also halte ich mich fast täglich an deinen Orten auf, aber nirgendwo entdecke ich die Farbe deines Lippenstiftes, keine Kneipe riecht nach dir, kein Buchladen wurde in deinem Chaos hinterlassen. Die Straßen und meine Träume sind leer ohne dich. Wie soll ich dich auffangen, wenn du auf fremden Boden fällst?

Die weitere Frage

Ich öffnete meinen Postkasten. Schon seit Harry Potter war mir klar: Es gibt kaum etwas so Aufregendes wie den Weg zum Briefkasten. Trotz voranschreitender, ich würde sogar behaupten, fast dahin beamender Digitalisierung kommen die wahren Knüller des Lebens, schwarz auf weiß, in gelben Autos, im weißen Kuvert. Ziehen wir das raumfüllende, zu Werbezwecken sich anbiedernde Kunterbunt ab, dann gibt es genau zwei Möglichkeiten: Die Apokalypse oder aber die Anmut. Erstere prophezeit finanzielle Umverteilung, meist zum eigenen Nachteil oder aber Belege deiner Teilhabe am kapitalistischen System. Fordernde Worte verpackt im bürokratischen Anstandskorsett. Zweitere Variante hingegen ist ganz anders drauf. Die Feinheit einer Tintenfeder, die Grazie der geschwungenen Handschrift, der Charme einer seltenen Botschaft in geheimnisvoller Aura, wahre Worte aus der Weite.

Ich schob die viel zu kleine Klappe auf, griff hinein und fischte (neben besagtem Schmierpapier) keinen Umschlag, dafür aber ein quadratisches Wortschiff aus dem Kasten. Auf Postkarten segeln kleine Sätze um die Welt und bilden sich etwas auf ihre Vorderseite ein. In meiner Hand behutsam herausgeangelt: »Und was tust du so?«, gekritzelt. Mehr nicht, keine Adresse, dafür Gewissheit: Es war die Nachbarin, die in einer längeren Nicht-Sehens-Phase auf die schriftliche Korrespondenz umstieg. Ich schmunzelte und schweifte ab.

Was tat ich? Ich befand mich im Strudel der Uni-fast-Beender. Die Fellnase und ich lebten, dachten (mal der eine mehr als der andere, dann wieder umgekehrt), die innere Mitte war in Sicht, jedoch noch etwas in Schieflage und würde zu meinem Bedauern daher noch etwas dauern. Den herabschauenden Hund kriegte ich beim Yoga wohl besser hin als Klecks, jedoch niemals so elegant wie die Pose des Kriegers. Schreiben, lesen, lesen, ganz viel arbeiten, ganz viel oben ist unten und unten ist oben, manchmal um die Ecke, manchmal stehenbleiben, manchmal würfeln, welcher Weg der Beste ist, um dann doch die andere Richtung zu wählen. Auf jeden Fall immer wählen. Auch wenn es eine Qual ist. Irgendwie war es wohl anders, als die anderen es tun würden. Ich wandelte im Wandel.

Ich schloss den Postkasten behutsam und drückte die Karte auf meinen Mund. Der rote Abdruck meiner Lippen unterschrieb die gelesenen Worte. Beim Hineingehen schob ich die erknutschte Antwort durch den Türspalt. Morgen würden Worte folgen. In einem weißen Kuvert. Ohne Adresse. Geparkt im Postkasten, direkt unter meinem.

Schreib mich nach Hause

Es war mittlerweile nach neun Uhr. Der Vorhang aus dunkelsamter Dämmerung bereits geöffnet und die Bühne der Nacht eröffnet. Der Tag war geschafft.

Ich ihn, er mich, wir uns?

Egal, es war schön.

Ich war dankbar, sehr sogar.

Sachte zog ich den Schlüssel aus dem Zündschloss, schaltete die Lichter aus und lehnte mich zurück. Der Hund schlief friedlich auf dem Beifahrersitz, während vor meinem Auto eine mausgraue Katze über die Straße scharwenzelte. Ich musste schmunzeln. Für eine solche Konfrontation waren wir – weder die Fellnase noch ich – jetzt bereit. Daher beschloss ich einfach noch einen Moment zu verweilen. Drehte das Radio ein bisschen lauter und ließ Paolo Nutini meinen Feierabend beträllern. Ich war glücklich, heute endlich einen einsamen Moment abzubekommen. Eine kurze Weile (nicht die lange) in meinem Autovakuum, um das schlafende Leben zu beobachten als vergehe hier keine Zeit, weil wir auf dem Standstreifen standen, aufhörten uns um uns selbst zu drehen. Mein einziges Verlangen lag darin, hinauszusehen.

Die anschleichende Einsamkeit überraschte mich nicht.

Denn ich wusste, dass ich Nähe brauchte, während ich Abstand suchte.

In der Überzeugung, dass jedes Nah mich festhielt.

Fest am Boden.

Und dort, am Boden, dort lag bereits der Abgrund, den ich nur allzu gut kannte.

Und daher wusste ich ebenso, was du nicht weißt: Am Boden ist man besser allein.

Die Leere in meinem Auto sickerte in mein Innerstes, während sich die Luft unbemerkt mit Gedanken tränkte, Ängste auffing, bis das Atmen schwerfiel. Meine Hand tastete widerspruchslos in die Seitenablage. Beim letzten Einkauf an der Supermarktkasse nach den Ersatzklingen gegriffen. Doch ich wusste, was du nicht weißt: Sie passen nicht – weder in meine hellblauen Einwegrasierer noch in mein Leben. Für den Notfall – redete ich mir ein. Wenn die Standhaftigkeit meines Verstandes stolperte, wenn der Druck zwischen Innen und Außen so groß würde, dass meine Haut dem nicht gewappnet war. Für einen kurzen Augenblick, ins Innere blicken, nur kurz sicherstellen, ob es dort in mir noch lebt, ob sich da was bewegte.

Kurz vor dem Angriff, los! Die Klinge los und fallen gelassen.

Ich nahm Reißaus, riss die Tür auf, schnappte nach Luft und anschließend nach Klecks. Der Vierbeiner wurde getragen (ausnahmsweise), da ich heute nichts anderes zu tragen hatte (ausnahmsweise). In Stille schlichen wir das Treppenhaus hinauf, zweiter Stock, wir brauchten kein Licht im Flur. Was ich jetzt brauchte, war meine Erleuchtung am Schreibtisch. Einen Zettel, einen Stift, ein Zuhause für die Sorgen, die mir heimlich auf leisen Sohlen vom Auto in die Wohnung gefolgt waren. Der Bleistift schrieb.

Ich treffe mich. Und andere. Nicht.
Um mir zu beweisen, was ich will.

Um mir zu zeigen, was ich kann. Wenn ich will.
Es wäre eine Lüge. Wenn es nicht Selbstbetrug wäre.
Denn wer will schon, wenn er nicht kann.
Ich höre auf zu fühlen. Weil ich beginne zu denken.
Ich höre auf zu denken, weil ich beginne zu schneiden.
Tag ein Tag aus.
Arm aufwärts, Bein abwärts.
Ich höre auf zu schneiden, weil ich beginne zu schreiben.
Die ganze Nacht.

Die Blume

Ich tastete mich in den dunklen Raum vor, wusste wo der Lichtschalter schlief und erhellte die Galerie. Meinen Rucksack schubste ich in die Ecke und lief auf den Tresen des kleinen Cafés zu, der mich so oft vor den Gästen beschützte, an dem ich mich so gern festhielt über den ich schon so viele Gläser geschoben hatte und den ich zu jedem Feierabend frei machte von all seinen Erlebnissen des Tages. Auch die Gegenstände mussten sich von Zeit zu Zeit ausruhen. Doch heute: Dienstbeginn 17 Uhr, ich – eigentlich die erste im Haus und doch konnte ich die vergangen Fußspuren auf dem Marmor vor mir erraten. Der Tresen hatte zu tragen, war besetzt. Eine nicht einsame Limonadenflasche, die zwar ihren eigentlichen Gehalt bereits verloren hatte, doch nun mit einer roten Kitsch-Rose geschmückt war. Ich trat näher und begutachtete das Stillleben. Ich revidierte meine Meinung, ersetze Kitsch und sprach dieser wunderschönen Blume eindeutige Kleine-Prinz-Qualitäten zu. Eine Ahnung beschlich mich. Ich lächelte ohne Grund, denn ich hatte ein ernsthaftes Problem. Dort wurde jemand unverschämt aufdringlich! Das Etikett direkt unter dem Flaschenhals hatte ein paar weitere Zeichen erhalten. Zehn Ziffern, eine Telefonnummer, kein Name. Mist. Und ich dachte, ich sei ihn los. Das konnte doch nicht wahr sein, ich begann zu grummeln, während sich irgendetwas in mir freute, der Mühe wert zu sein, nicht aufgegeben zu werden. Gerade als die Panik im Gedankenkarusell spielen gehen wollte, wurde die Tür des Hintereingangs aufgerissen. Schon am Stampfen der Schritte erkannte ich meine Kollegin. Manchmal wünschte ich mir sehr, die Menschen würden sich etwas dezenter bewegen. Auch Räume brauchten ihre Ruhe, von Zeit zu Zeit.

Ich drehte mich also um und wendete mich der aufkommenden Gesellschaft zu. »Hey, du bist aber früh, fein! Wie geht es dir?«, schätzte ich ihr Engagement und ihr pünktliches Erscheinen wert. »Och, ganz gut, nur total müüde, ich hatte ges…«, sie redete ich hörte nicht zu, dafür nickte ich und warf ab und zu ein bedauerndes »oh manno« in die Luft und machte mich an die Arbeit. Die Blume blieb. Jedoch stellte ich sie ans Fenster, um ihr ein wenig Helligkeit zu schenken. Auch Blumen brauchen von Zeit zu Zeit etwas Erleuchtung.

Die Müdigkeit

Müde war alles was ich hörte.

Alle um mich herum waren zu jeder Zeit ständig und pausenlos müde. Wobei, das stimmt nicht ganz. Das Wort »müde« scheint nachts zu schlafen, sich erst im frühen Morgengrauen in fremde Wortschätze zu schleichen. Noch nie habe ich diese Selbstauskunft nach Einbruch der Dunkelheit vermittelt bekommen. Müde scheint viel mehr eine Angelegenheit im Angesicht von Tageslicht zu sein. Niemals würde dir eine aufgetakelte Partyhyäne, sich auf ihrem Barhocker räkelnd an ihrem dritten Cocktail nuckeln, auf die Frage »Na, wie geht's?« mit »Boah, ey ganz schön müde« antworten. Ausgeschlossen. In der Nacht war alles möglich. Das Wort Müde bei Helligkeit hingegen schloss diesen Möglichkeitsraum ab. Tatsache war ein Zustand mangelnder Leistungsfähigkeit, der mit diesen vier Buchstaben und zwei Punkten entschuldigt wurde. Wobei, auch das stimmt nicht ganz. Gelegentlich gab es Menschen, die wählten die elegantere Variante und nannten sich erschöpft, so als seien sie das passive Endprodukt ihres nur schwer zu ertragenden Alltags. Dann wiederum gab es diejenigen sensiblen Seelchen, die einfach überanstrengt waren, weil ihnen keinerlei Lebensleistungen aus purer Gewohnheit zugeflogen war und der Tag eine gewisse aktive Haltung forderte. Urlaubsreif nannten sich vor allem diejenigen, die zu wenig frische Luft schnappten, dies waren ebenfalls genau diejenigen, die nicht wussten, dass die Sonne auch hinter den Wolken scheint. Verbraucht ist die etwas krassere Variante von müde, weniger zeitlich abgeschlossen, mehr ganzheitlich und irreversibel. Da half auch kein Schlaf. Dieser Ausdruck wird meist von Menschen verwendet, die zu oft oder über einen zu langen Zeitraum mit der falschen Person geschlafen, sich hingegeben und nun vollkommen aufgegeben hatten. Schwach wiederum fühlen sich die Müden, die noch nie wirklich stark sein mussten. Ebenfalls Diagnose: Heilung unwahrscheinlich. Zu den absoluten Klassikern gehört übrigens ebenso eine der häufigsten Pendants, genannt: gestresst. Dieser Titel erfreut sich ähnlicher Beliebtheit, kann vor, nach und sogar gleichzeitig mit müde stattfinden und ist immer gern gesehen. Gleich neben schlapp (körperlich und seelisch), verkatert (von der letzten Nacht, dem letzten Wochenende, dem letzten Monat), überarbeitet (weil wegen heute 30 Minuten später aus dem eigenen Büro geschlendert), halbtot (denn noch nie gelebt), geschafft (nur was?), abgespannt (weil nichts spannendes passiert), abgekämpft (aber noch nie eine Schlacht geschlagen).

Müde, müder, am müdesten.

Wer kann mehr, wer will weniger?

Und vor allem: Was soll das?

Ich würde dieses Spiel gerne mitspielen, aber niemand erklärt mir, wie das geht. Wenn ich Frage, woher das Müde kommt, wohin es will und was es mit uns macht, kapituliert der Konsens. Die einen faseln von durchzechten Nächten, die anderen von ihren Pflichten, weitere von der Bürde ihrer Begabung. Es klingt nach schrecklicher Monotonie, nach sachtem Abgleiten in einen Standby-Modus, nach mangelndem Chaos und rigoroser Ordnung. Müde kann exzessiv, ja geradezu ganzheitlich werden. Ein solches Debakel entsteht, wenn die Ermüdung keine Konsequenz der eigenen Taten ist, sondern das generelle Dasein betrifft. Müde vom Leben. Lebensmüde.

Genau diesem Zustand des Vor-sich-her-dümpelns, mit einer gleichzeitigen, beständigen und in jeder Situation an den Mann zu bringenden Jammermentalität würde ich niemals (so habe ich mir geschworen) verfallen.

Jetzt allerdings saß ich, starrte aus dem Fenster. War beschäftigt mit Atmen und Augenaufhalten, während das Grün draußen an mir vorbeizog und das leichte Sirren der Bahn meine Gedanken davontrug. Entschlossen kniff ich meine Augen fest zu, bewegte mich vorsichtig aus meiner Starre und tat das einzig hilfreiche in solchen Situationen. Ich griff nach meinem Handy und schaute auf die Uhr: Punkt 11:00. Ich stellte meinen Wecker erneut. In zehn Minuten würde mich das Ringen endgültig wachgerüttelt haben, für diesen Tag begeistern und mich in mein Abenteuer schupsen. Das machte ich immer so, wenn sich ein Augen-Zu-Bedürfnis einstellte: Einfach noch mal neu wecken lassen. Diese Methode war eine viel zu unbekannte und zweifelsohne immer funktionierende Lösung. Da bin ich mir sicher. Den leicht lädierten Zustand meiner Zugfahrt möchte ich auf ein viel schöneres Wort zurückführen: Ich war mitgenommen. Mitgenommen von der abhandengekommenen Nacht, davongetragen vom Sternenhimmel, den all die schlafenden, hinter ihren herunter gelassenen Jalousien niemals sahen, entkommen in die kalte Dunkelheit auf Nachtwanderung unter längst erloschenen Laternenpfeilern. Aufgehalten von den letzten Seiten meines Buches, mitgenommen von meinen Gedanken, die im Kreis liefen, angehalten von einer viel zu heißen Dusche. Eine Verkettung von Ereignissen, die nur in der Nacht zustande kommen konnte und sich in der Magie der Schlaflosigkeit entfalteten.

Und nun halt: Mitgenommen von der Bahn (Halleluja, eine Seltenheit).

11:10 Uhr, das leise Zurren meiner Uhr bäumte sich auf und plötzlich, als ich so erwachte und meinem Tag entgegenlächelte, wusste ich, was Müde-sein für die Menschen bedeuten musste.

Mühseligkeit und Müdigkeit wuchsen auf gleichem Boden, denn es sind wohl diejenigen befallen, die sich täglich verausgaben, sich anstrengen, weil sie nicht sie selbst sind. Sie tun nicht das, was ihnen entspricht, selbst ihr Denken ist unecht, denn ihre Gedanken sind nicht die eigenen. Sie verleumden ihre Wesenseinheit – Tag ein Tag aus.

Das strengt an. Das zehrt aus.

Man machte mit.

Und somit musste man.

Müde davon werden.

Das Grauen

Es gibt Tage, die ziehen sich in die Länge, weil sie nicht vorbeigehen wollen, sie sind aufmüpfig und verdrängen die schüchterne Nacht. Diese Tage sind eigensinnig, halten sich nicht an Uhrzeiten. Halten dich auf. Sie hängen an deinen Füßen und betteln dich an, noch ein bisschen verweilen zu dürfen. Sie locken dich mit Dingen, die du heute noch schaffen könntest, wenn du nur zulassen würdest, den Tag festzuhalten. Du kannst kaum widerstehen, nicht wirklich Nein sagen, wenn so ein Tag herzzerreißend vor Abschiedsschmerz weint. Und so muss auch hier eine präzise und erfolgsversprechende Lösung her. Und ich sage es dir, es ist recht einfach, dich freizumachen von diesem anhänglichen Tag. Du musst mit dem Überraschungsmoment arbeiten, den Moment erschrecken, ihn gruseln, denn Tage haben Angst in der Dunkelheit. Nehmen wir an, du kommst heim, möchtest in dein Bett fallen, aber der Tag verführt dich, ihm am Schreibtisch eine Gute-Nacht-Geschichte zu erzählen und noch ein wenig in Erinnerungen zu verweilen. Dann entschuldigst du dich kurz, verschwindest ins Bad; tust so als wolltest du dich nur kurz frisch machen. Dein Plan ist aber wie folgt: Du wirst dich nun vom Rest der Schminke befreien, die der Wind und das Wetter von draußen noch nicht abgetragen hat. Nicht so vornehmlich, wie du es gewohnt bist. Nicht mit

Wattepad und Vanilleöl. Nein, pass auf (falls du das noch nie getan hast: Es wird ein riesiger Spaß): Mache deine Hände nass und dann reibe dir wie ein verschlafenes Kind deine Augen, ziehe die gesamte, aufgequollene Tusche längs durch dein ganzes Gesicht. Die Überreste des Lippenstifts, der dir den Mund zuklebt, die Trümmer von Puder und Tusche, die dir zum Halse raushängen, weil sie dich so selten wirklich verstecken. Zerstöre die sorgfältig gehaltene Attrappe deines Antlitzes, schmier dich an, wage es, auszusehen wie ein schrecklicher Abklatsch von Queen. Begutachte dich im Spiegel und beobachte, wie der Tag sich ängstigt. Sich verkriecht vor diesem scheußlichen Anblick. Griene weiter in dein eigenes Abbild und lass all die Fassade gehen. Vergiss, was hätte sein können an diesem Tag, entsage all dem, was dir von dem Unbekannten außen im Alltagsgemetzel aufgedrängt wird, bewahre keine Haltung, verlasse die Realität, schwirre ab und gestehe dir zu, deiner dunklen Seite, deiner Hässlichkeit, deinem abgewrackten, in Schwarz und Grau getauchtem Gesicht gegenüberzustehen. Und dann, wenn du genug hast, wasche es weg, spüle es davon, entferne alles, benutze keine Creme, fühl dich frei, weil jeder Millimeter deines Gesichts offen liegt, weil du deinen Vorhang nicht brauchst, weil du in diesem Moment nicht schutzlos bist. Weil du gefährlich bist. Du wanderst zwischen Tag und Nacht und das einzige, was gerade dort im Raum steht, bist du.

Pur und ehrlich.
Nicht hässlich, nicht schön, aber lebendig.
Und dann,
schlafe in Geborgenheit.

Das Wunder

»Glaubst du, wir gewöhnen uns an Wunder?«, platzte es aus mir heraus und ich übersprang somit jegliche Einleitungsfloskel, verzichtete auf »Hallo« und »Hey-hey«, lies auch »Wie geht es dir?« und »Schön dich zu sehen« hinter mir. Die Mutter ersetzte ihre kurze Irritation durch ein typisches Mom-Lächeln. Diese nur ganz leicht hochgezogenen Mundwinkel, die dir das gute Gefühl geben, dass es auf alle Fragen nicht nur tausend Antworten gibt, sondern dass dort draußen deine ganz eigene Aufklärung auf dich wartete. Deine eigene Lebensart, die perfekt auf dich zugeschnitten ist, dir steht, mit dir geht, die mal rennt und mal ruht. Die Mutter musste eigentlich gar nicht mehr antworten, denn ich wusste bereits, was ich wissen wollte. Wunder gab es für jeden nur in Einzahl, weil sie eben nicht im Außen, sondern im Innen gelagert werden. Und somit bestand wohl unsere allgemeine Lebensaufgab darin, uns nicht für selbstverständlich zu nehmen. Nicht der Gewohnheit zu verfallen, das Magische zu übersehen, dass uns von innen verzaubern konnte.

»Wo möchtest du sitzen, du kleines Wunder?«, fragte die schöne Frau vor meiner Nase. Die Mom wusste, dass ich 1. Beim Denken vergessen hatte, weiterzuleben, meine dicke Jacke auszuziehen, mich hinzusetzen und 2. Wusste sie, dass ich in Sachen Sitzplatzwahl – nennen wir es mal: speziell – war.

Gelegentlich konnte ich es einfach nicht aushalten, wenn dort hinter meinem Stuhl ein reger Betrieb von hinein und hinaus bzw. von Tisch zu Tisch laufenden Menschen herrschte. Sie ahnten nicht, dass mit jedem Schritt und jedem Geräusch meine inneren Warnglocken läuteten, meine Warnzeichen auf Bedrohung standen und es in meinem Kopf somit so laut wurde, dass ich keinem anständigen Tischgespräch beiwohnen konnte.

Also Umformatierung der Sitzkonstellation, ich an der Wand, sie mit dem Rücken zum Trubel.

Der Lieblingskellner kredenzte mir meine Cola (manche Dinge würden sich nie ändern) und eben das waren die Gewohnheiten, die wunderschön sein konnten. Nicht auszumalen, welche Verwirrung ich damit stiften würde, einfach mal auf eine Limo zu bestehen, ein lustiger Gedanke, absolut abwegig und irgendwann würde ich genau das tun, einfach nur so, weil die Zeit gekommen war. Doch heute nicht. Heute war meine Coki mehr als toll. Ich kleiner Koffein-Junkie wollte eigentlich schon immer mal von dem Zeug runterkommen, aber an irgendetwas muss man ja sterben und ich war bereit dazu, mich mit Cola in den Tot zu süppeln. Trinker-Gene, witzelte ich gern und verschlang grinsend literweise diese braune Plörre.

»Können wir bitte instant an den Punkt springen, an dem ich ein bisschen so werde wie du?«, forderte ich, nach dem die Hälfte der Flasche geleert war. »Wozu das denn?«, lachte mein Gegenüber. »Na ja, dann hätte ich vielleicht ein bisschen mehr Weisheit, und die Erkenntnis darüber, wie man Dinge so tut. Oder vielleicht hast du einfach verpasst, mir das Entscheidende beizubringen? So als ob ich nur eine Gabel und Messer zum Auslöffeln der Lebenssuppe bekommen hätte. Sie wusste, dass ich vor Ironie tropfte, aber in jedem Spaß steckt bekanntlich auch ein wenig Wahrheit und plötzlich kippte die Stimmung. Wir sahen uns ernst an. »Vielleicht weiß ich es auch nicht«, gab sie ehrlich zu bedenken. Das konnte nicht sein! Absolut nicht (!), die Mutter wusste alles. Es konnte bloß ab und zu, ganz gelegentlich, der Fall sein, dass sie all ihr Wissen nicht direkt verriet, um mir meine Entscheidungsfreiheit nicht zu nehmen. Das fand ich bisher immer ziemlich ungerecht, bis ich verstand, dass wir das wirklich Wichtige selbst entdecken mussten. »Na ja, es ist kein Problem Menschen anzuziehen, sie auszuziehen gestaltet sich als schwieriger, ist jedoch unter Umständen möglich, sie zu halten jedoch scheint mir unerreichbar. Nicht weil sie nicht wollen, nicht weil ich nicht will, sondern weil ich nicht kann.«, schilderte ich meine Ausgangslage. »Doch natürlich, ich bin ja schließlich auch hier. Und genau in dem Moment, wenn du aufgibst daran zu denken, wird auch jemand auftauchen, der dich aushält.« Wir brauchten jetzt ein kleines bisschen Sarkasmus, denn anders ließ sich dieses Thema nicht debattieren. »Mom, ich will nicht, dass dort jemand auch nur auf die Idee kommt, es an meiner Seite auszuhalten. Ich will nicht, dass sich jemand um eine Idee von Zweisamkeit mit mir bemüht, wenn ich von Anfang an weiß, dass ich das nicht schaffen kann.« »Aber natürlich kannst du das schaffen.«, gab sie gutgläubig bekannt, während ich mir nicht sicher war, ob sie da aus Überzeugung sprach. »Nein, ich weiß doch nichts. Ich weiß nicht mal, wie man sich anständig unterhält, unauffällig zusammen essen geht oder einen Kaffee bestellt, wenn noch jemand neben einem steht, der sich dafür interessiert, ob ich ihn schwarz oder mit Milch und Zucker will...«, jetzt bin ich wirklich verzweifelt und sehe dabei vermutlich ziemlich komisch aus. Denn ich verziehe mein Gesicht zu einem aufmüpfigen Schmollmund, um meinen Standpunkt zu bestärken. »Lass es doch einfach zu, probiere es aus. Ich meine, du wusstest auch nicht, dass Brokkoli dein

Lieblingsessen ist, bevor du es nicht probiert hast. Du musst nicht direkt heiraten, du könntest einfach mal ausgehen.« »Ich habe Angst«, wurde mir erst wirklich bewusst, als ich es ausgesprochen hatte. »Aber wovor denn?«, ihre Hand auf meiner. »Na ja, nehmen wir an, ich probiere es, es klappt nicht…und später sehe ich ihn wieder, schaue ihn an und entdecke, dass seine Vergangenheit jetzt jemand anderem gehört. Eine Vergangenheit, die auch mir hätte gehören können.« Ich verstrickte mich in Nebensätzen. »Und dann fällt dir plötzlich auf, dass Ostern und Weihnachten am gleichen Tag stattfindet und du weißt nicht, ob du einen Stiefel vor die Tür stellst oder Ostereier suchen sollst…«, okay, ertappt. Ich war mal wieder mit Um-die-Ecke- Denken beschäftigt, um mir meine eigene Dystopie anzudichten. »Ich bin ein Eisblock, ich weiß«, jammerte ich also. »Ja, und falls du irgendwann mal beschließt zu schmelzen sollten wir ein <Achtung rutschig> Schild aufstellen« und mit einem Grinsen versank der Rest des Nachmittags in harmonischem Geplänkel und Wiederherstellung des gegenseitigen Informationsbestandes.

»Ich liebe dich«, sagte ich, als die Zeit zum Gehen gekommen war. »Ich dich auch sehr«, erwiderte die Mutter. Da war sie wohl die Einzige, die das konnte, da war ich mir sicher. Ich verließ die Bar, draußen war es genau so kalt wie in mir. Doch, wenn der Winter überstanden war, dann musste doch… Mist, aus den Gedanken, gefallen. Immer dieses Schnürsenkel-Problem, dass sich die Bindungsstörungen auch immer von Kopf bis Fuß durchziehen mussten. Anhalten, zu Boden gehen, Schleifchen binden und weitertänzeln. Immer gen Norden, der Nase nach.

Schreib mich nach Hause

Ob diese Gedanken sich wahrhaftig nennen dürfen?

Ob Gefühle Teil der Realität sind oder reine Fantasie?

Ich weiß es nicht, aber ich weiß, dass meine Buchstaben die Wahrheit sind. Wahrhaftig niedergeschrieben.

Mal unter Tränen, mal mit einem Schmunzeln.

Nachts, morgens, in der Bahn. Beim Warten auf die Bahn.

Im Liegen, im Sitzen, im Stehen.

Gekritzelt, getippt, geschwungen, punktiert, ausgearbeitet, verschnörkelt, geschmiert, gepinselt, gekrakelt. Worte gesucht, Sätze gefunden.

Konzentriert, verträumt.

Lyrisch. Episch. Nicht selten auch dramatisch.

Erwartungsvoll, aber nicht fordernd. Gelegentlich enttäuscht, aber niemals getäuscht.

Jedes Wort auf diesen Seiten ist die Wahrheit. Kein Synonym wäre möglich gewesen, denn ich sage nie, was ich denke, aber schreibe immer, was ich meine. Mein Alphabet legt mir meine Spur zum Spielplatz meiner Seele. Ich schreibe für die Einsicht, ich schreibe für eine Aussicht. Meine Wortwiederholungen stellen die Diagnose meines Zustandes. Erfahrungen sind die Grundlage meiner Reflektion und die Ausgangslage meiner Fantasie. Beim Schreiben versteht mich der Verstand und dann – ja dann verlässt er auf leisen

Sohlen den Raum, winkt noch einmal durch das Zeitfenster, dass mir für meine schriftliche Praxis zur Verfügung steht, bis er endgültig abhandenkommt. Und wenn der Alltag dann in weite Ferne gerückt ist, beginnen die Worte zu flüstern. Sie säuseln und wispern, entkleiden die Illusionen, murmeln und tuscheln. Buchstaben brabbeln bedürftig, piepsen und glucksen. Sätze sieben neue Perspektiven aus und ergreifen aus der Tiefe ihren Sinn. Aussagen vermitteln Annahmen. Ganze Seiten zischeln vor Verlangen, rascheln, nuscheln, japsen und raunen.

Schreiben heißt hinhören,
zuhören und vor allem nicht aufhören.

Die Bekannte

Universität, Mitten im Leben, Mitten im Mittwoch. »Schön dich zu sehen«, murmelte ich ehrlich, allerdings lächelte ich dabei wohl eher wenig überzeugend. »Das finde ich auch, das weißt du«, erwiderte die Nachbarin. »Magst du dich dazusetzen?«, schlug ich nun vor. Ich meinte es ehrlich, diesmal, obwohl ich sowas sonst auch immer sagte, aber niemals meinte. Ich teilte meinen Tisch nicht gern, denn die Menschen übersahen, dass ich bereits all meine Ideen und Gedanken vorsorglich, wohl strukturiert vor mir geordnet auf der Tischplatte abgelegt hatte. Sowas nimmt Platz ein. Heute war ein besonders trubliger Tag, die Erstsemester hatten sich mittlerweile so langsam eingelebt, zurechtgefunden und begannen, sich heimisch zu fühlen. Die anfängliche Vorsicht der Massen an Studiumsbeginnern zum Wintersemester wich einem zunehmenden Revierabstecken. Grüppchen hatten sich gebildet, Verhaltensweisen routiniert und gleichzeitig verzichtete auch der Inhalt der Vorlesungen so langsam auf den Welpenschutz der Neuankömmlinge. Es herrschte also ein geschäftiges Treiben im Cafeteria-Bereich. Konsequenterweise saß ich an meinem Tisch wie gefangen in einer Schneekugel. Jedes Vorbeikommen und jedes dahergeschlenderte, bekannte Gesicht konnte einen Schneesturm auslösen und meine Konzentration für die darauffolgenden Minuten und manchmal sogar für eine ganze halbe Stunde durcheinanderbringen. Sie wussten das nicht. Sie waren freundlich, weil man das halt so ist. Small-Talk versteckte sich in jeder Ecke, egal wie weit abseits ich meinen Arbeitsplatz wählte. Natürlich, das muss ausdrücklich gesagt werden, bin ich dankbar für jeden kleinen Lächel-Austausch von einer Tischseite hinüber zu den gegenüberliegenden Tischreihen. Aber warum zur Hölle reicht uns diese, durch die Ferne geworfene gegenseitige Wertschätzung nicht. Haben sie Angst, dass ein Lächeln auf eine längere Distanz als 5 Metern seine Wirksamkeit oder, viel schlimmer, seine Wärme verlieren würde? Ich sage euch hiermit: Dem ist nicht so. Lächeln auf die Reise zu schicken ist so viel schöner, als es mir in meinen fleißigen Moment auf den überfüllten Tisch zu knallen und zu fordern, dass ich mich für einen Wörteraustausch interessiere. Das waren meine Worte. Für diesen Moment zumindest. Ich wollte in diesem Moment einfach nicht, ich wollte sie nicht teilen. Ich propagiere in solchen Stunden somit einen neuen Vorschlag: Winken. Winken ist eine absolut unterschätzte Tätigkeit! – versprochen. Probiert es aus. Wenn ihr das nächste Mal jemanden seht, den ihr kennt, stürmt nicht hin, behaltet eure Worte für euch: Winkt hinüber. Sowas geht groß und überschwänglich (macht Freu(n)de), klein, charmant und zurückhaltend (macht ebenso Freu(n)de). Winken ist wie ein imaginäres Händereichen, bloß findet die Berührung im Inneren statt äußerlich statt. Es gibt kein zu fest, kein zu weit, weder zu doll noch zu lang, kein zu persönlich, kein zu förmlich und vor allem gibt es auch keine Ungewissheit darüber, wann diese kleine Verbindung vorbei sein wird. Ein Winken ist vergänglich und geht deshalb immer, auch vorbei.

Aber, bevor ich es vergesse, die Nachbarin stand immer noch vor mir. Ich erwähnte bereits, dass die Nachbarin einer der ganz besonderen Menschen ist, deren Talent in einer absoluten Feinfühligkeit liegt. Sie ist Situations-Sensibel. Also dauerte es einen Moment, bis sie sich tatsächlich auf den Stuhl mir gegenüber niederließ. Weil sie wusste, dass ich es ernst meinte, als ich ihr den Platz anbot. Sie ließ sich auf den Stuhl fallen und ich musste feststellen, dass sie mal wieder anders aussah. Ich meine nicht anders als gestern, sondern anders als die anderen. Man müsste meinen, eine Universität sei ohnehin ein Ort der Diversität, ein Platz an dem so viele verschiedene, eigensinnige Menschen zusammenkommen, sodass ich mir den Campus früher wie eine bunte Blumenwiese vorstellte. Diese Illusion war jedoch in der ersten Vorlesung »Einführung in die Literaturwissenschaften« geplatzt. Ich: Letzte Reihe (getarnter Streber); vor mir in der Reihe: 3* blond, 3*Seitenscheitel mit wohlgebürstetem Pony, 3*weiße Bluse- Röhrenjeans- Kombination, 2* rosa, 1* blaues Federmäppchen. Redebeiträge vor und nach der Vorlesung zu den Themengebieten: Welchen Sekt am Abend, Fingernägel inklusive der passenden Lackierung, sowie die letzte Folge Gossip Girl. Ich war absolut geschockt, desillusioniert und fühlte mich – mal wieder – einfach unpassend. Dies war der Prolog meines universitären Einzelgangs mit strikter Ablehnung von Gruppenarbeiten. Die besagte Nachbarin hingegen war einzigartig. Sie konnte gepunktet und gestreift ohne jeglichen Zweifel kombinieren, ihre Kleider waren oft ungebügelt, wobei ich ihr heimlich unterstelle, dass sie jede einzelne Knitterfalter, absichtlich genau dort beließ, um dem Kleid seine Entfaltung selbst zu überlassen.

»Was hat dich aufgehalten?«, fragte sie ernst, aber liebevoll. Und das, genau das, war das Tolle an ihr. Sie fragte nicht als Vorwurf. Sie macht mich nicht verantwortlich für mein Versäumnis. Sie fragte nicht »Warum hast du dich nicht gemeldet?« Sie wählte auch keinen wehleidigen Satz wie: »Schade, dass ich so gar nichts von dir gehört habe in der letzten Zeit«. Nein. Sie wusste, dass sich Vorwürfe viel zu tief in mich bohren und eine produktive Antwort im Vorhinein ausschließt würden. In meinem Leben gab es (leider) nicht so viele Menschen, die ihre Gefühle mir gegenüber, aber auch ihre Mutmaßungen und edel verpackte Kritik zumuteten. Auch wenn die Nachbarin quasi aus dem Nichts auftauchte und ihre Frage in den Raum stellte, fühlte ich mich in diesem Moment nicht gestört, sondern wertgeschätzt. Es lag an ihrer einfühlsamen Art und Weise, die Dinge nicht nur in Wirklichkeit anzusehen, sondern gleichzeitig ihre Hintergründe zu hinterfragen. Und darin waren wir uns schon damals einig: Für uns war die Welt nicht nur schwarz, nicht nur weiß. Mit dem Unterschied: Unsere beiden Welten waren bunt, ihre jedoch laut und meine leise. Die Nachbarin alias Waldelfe blickte aus dem Fenster in die Herbstsonne, während sie eigentlich noch auf meine Antwort wartete. »Hm, ich musste viel schreiben«, lächelte ich ebenfalls in die Sonne. Herbstsonne muss man unbedingt anlächeln. Das ist ein ungeschriebenes Gesetz. Denn es sind die letzten Sonnenstrahlen des Jahres. Während im Frühling jeder warme Moment sehnsüchtig und viel zu ungeduldig erwartet, fast schon eingefordert wird, verhält es sich im Herbst anders. Herbstsonne ist ein liebevoller Abschied von der Hitze der letzten Monate. Es ist ein eleganter Abgang, der Vorhang des Sommers fällt mit dem schönsten Rot bis Orange in den Baumkronen. »...Na ja und die Arbeit, du kennst mich ja.«, gluckste ich nun direkt in ihre Richtung. »Und bei dir? Wie geht es dir?« »Du kennst mich«, wiederholt sie mich. »Ich bin spießig, bei mir ändert sich so schnell nichts. Das Semester, der Freund, das Meerschweinchen, mehr brauche ich nicht. Mehr passt auch nicht in meinen Tag und ICH brauch meinen Schlaf«, ich liebte ihre Mischung aus Selbstironie und Sarkasmus. Doch es stimmte: Sie war durch und durch organisiert und an Klarheit nicht zu überbieten. Diese Differenz in unserer Lebensführung führte dazu, dass wir uns bei unseren Begegnungen im Hausflur oder in der Uni häufig in einem ganz anderen Modus befanden. Während sie abends, wenn ich im Spitzenkleid von der Arbeit tüddelte, meist schon im Schlafanzug war, verhielt es sich morgens andersherum: Wenn ich gegen zehn meine Alltagsdefensive startete, hatte sie bereits Berge versetzt. In der Uni reihte sich bei ihr eine Veranstaltung an die andere, während ich lesend oder schreibend in der Bibliothek hinter einem großen Bücherstapel oder in der Cafeteria hinter Laptop und Tee versteckt war. Und so befanden wir uns immer in einem etwas merkwürdigen Zwischenraum, welcher ganz ähnlich des in der Universität gängigen akademischen Viertels oder der klassischen 5-Minuten-Pause in der Schule funktionierte: Möglich war ein kurzes Gespräch, nötig jedoch auch ein Raum- bzw. Ortwechsel; es war ein Moment zwischen den Punkten auf der alltäglichen To-do-Liste.

Die Nachbarin hatte sich für jeden gewählten Kurs ihres Studiengangs eine Anwesenheitspflicht auferlegt und war somit montags bis freitags 8 bis 17 Uhr fleißig. Die Wochenenden verbrachten sie und ihr Freund gemeinsam: Samstags gab es einen Ausflug und sonntags blieben sie zu Hause. Ich hingegen arbeitete, tagsüber ausschweifend, abends am Tresen und nachts bevorzugt am Schreibtisch. Sonntags war ich nie Zuhause. Dieser Alltagstrott, den die Nachbarin für keinen Preis der Welt aufgeben würde, für kein Abenteuer, für keinen Seitensprung, für keinen guten Song und nicht mal für einen Augenblick, der ließ sie nach außen eher langweilig wirken. Aber ich wusste es besser. Sie war aufregend, denn während sie für sich selbst den gleichförmigen Gleichschritt wählte, besitzt sie die Gabe, all das Getümmel um sie herum und all die Wahnsinnigen und Verrückten, die durch die Welt stapfen, hetzen, stolpern, tanzen und kriechen, zu beobachten. Und wenn sie jemanden gefunden hatte, so jemanden wie mich, der sie auf eine gewisse Weise reizte, interessierte oder irritierte, verstand sie es, die richtigen Fragen zu stellen. Es musste wohl gerade dieser Wesenszug, dieses Talent der schlichten Beobachtung kombiniert mit ihrer Einfühlsamkeit sein, der zuließ, dass die Nachbarin langsam, aber sicher eine Bekannte wurde. Und so sollte an dieser Stelle unbedingt festgehalten werden: Eine gute Bekannte zu haben, wird von vielen, ja ich würde behaupten von den meisten Menschen unterschätzt. Sie überstürzen ganz gekonnt jegliche Annäherung, stürzen sich auf Freundschaften, stoßen sich in ihrem Eifer gegenseitig um und zerfallen anschließend in einer großen Tragödie. All das nur, weil sie versuchen, die Einleitung zu überspringen, direkt zum Hauptteil gelangen wollen, das Vorspiel des Erkennens verkennen und den Höhepunkt vermissen. Sie rackern sich ab, sie machen sich emotional nackt, sie halten sich aus, sie halten sich an, sie machen sich etwas vor, nur um der Illusion einer Gemeinschaft gerecht zu werden. Eine Bekanntschaft hingegen beginnt sachte, sie geht von Kenntnis aus. Ein Bekannter ist eine Seele, der in seinen Grundzügen erkannt wurde und seinerseits bekennt, dich anzuerkennen.

»Ich habe noch einen Kurs bist du danach noch hier?«, versuchte die eigentliche Nachbarin und nun mehr neue Bekannte meinen Tagesplan zu durchblicken. »Jep«, freute ich mich, denn ich wusste, was sie wollte: »Spaziergang vor BWL?«. Die Bekannte hatte heute eine Lücke in ihrem Stundenplan und ich konnte mir denken, dass uns beiden eine Runde im Park hinter dem Mensagebäude absolut guttun würde. Ein bisschen durchlüften. »16.08 Uhr vor dem Eingang!«, legte sie fest und verschwand im studentischen Gewusel. Ich hingegen verschwand wieder hinter meinem aufgeklappten Notebook. Klecks auf meinem Schoß. Welt aus. Konzentration an.

Die Schleife

Wie wäre sie?

Wie würde sie aussehen, wie würde sie ins Bett gehen und wie wieder aufstehen?

Ist sie jeden Tag dieselbe, oder an all den Morgen anders?

Die Beziehung, die ich mich traue – wo könnte sie anfangen, wo müsste sie enden?

Wäre sie ein beharrlicher Knoten, der mich festhält, zu- und abschnürt, gefangen und zusammenhält? Eine Verbindung, die mir die Luft zum Atmen nimmt, weil alles bereits gebunden ist wie ein Buch zwischen zwei Deckeln. Eingebunden, damit sich der Inhalt nicht heimlich davonschleicht.

Oder ist die Bindung, die ich mich traue, eher eine nette Schleife. Jederzeit durch einen einzigen Zug der Auflösung ausgeliefert? Zwei Runden, aber auch zwei offene Enden, in ewiger Warteschleife.

Ich will es. Ich will herausfinden, in welchen Verhältnissen ich leben kann, was ich wage zu verlieren, welche Ungewissheit ich nicht ertragen kann, welche Gewissheit mich bedrängt. Was darf ich erwarten, was verlangen, was muss ich einfordern und welche Person werde ich dann sein? Innere Zerrissenheit: Bleiben oder gehen, lieben oder leben. Ich bin nicht teilbar, ich bin nicht kompromissbereit. Und doch könnte ich jederzeit alles abgeben, ohne mich herzugeben, ohne in

Abhängigkeit zu geraten. Denn ich weiß, dass innere Leere etwas ist, mit dem ich umgehen kann.

Sich aufeinander beziehen, sich anziehen, ausziehen, erziehen, verziehen, endgültig entziehen und letztlich abziehen. Das ist die Verkettung eines Werdegangs, dem ich mich niemals hingeben werde. Und daher muss ich wissen, ob die Aussicht auf eine andere Kombination besteht. Kann ich mich verbinden, meinen Charakter kombinieren, mein Wesen zusammensetzen, mich verflechten und verwickeln, um mich einem gemeinsamen Besonderen anzunähern? Ein zusammenhängendes Bündnis in Abhängigkeit einer gegenseitigen Wechselwirkung? Ist es möglich, keinen Rahmen für das Selbstbild, sondern vielmehr eine Ergänzung der eigenen Lebensblaupause anzustreben? Nicht umrandet, sondern umarmt zu werden?

Vielleicht gibt es diese Art von Beziehung, vielleicht wächst eine solche Verbindung und vielleicht wäre dies eine Beziehung, die ich mich trauen würde. Doch ich traue mir nicht. Traue mich niemandem zu. Glaube nicht an Beständigkeit, misstraue der Harmonie, segle beharrlich gegen die Wogen der Ausgeglichenheit. Der Begriff ›Sicherheit‹ wurde in meinem Wortschatz nicht definiert. Alle Wellen, die kommen, werden gehen. Alle gegenwärtigen Worte besitzen ihr Präteritum, der Tag wird jeden Abend zur Nacht. Deine Zuneigung wird abwandern, deine Hand loslassen, deine Wärme erfrieren, deine Stimme verklingen und deine Liebe verräumt werden. Der einzige Bestandteil, der letztlich bleibt, bin ich, als kleinste Einheit zum Erhalt eines einzigen stabilen Systems, das allein durch eine winzige Berührung zu Fall gebracht werden kann. Denn Nähe brennt auf meiner Haut, lässt meine Bewegungen verharren und meine Gefühle erstarren. Unbestimmte Angst drängelt in konfusen Fetzen durch meinen Kopf. Eine Blockade, über die keine Bindung zu klettern vermag, weil auch Beziehungen Höhenangst haben, wenn die Hürden bis zum Himmel reichen. Und somit bin ich verdammt zum Texten, um mir meine Begegnungen zu erschreiben. Doch das Echo meiner Buchstaben verrät die Furcht, niemals gefunden zu werden. Eine ewig Suchende zu bleiben, gefangen als Leerstelle zwischen den Zeichen, spurlos und unsichtbar.

Leerstellen knoten keine Schleifen.
Leerstellen bleiben.
Bedeutungslos.
Leerstellen rahmen keine Bilder.
Leerstellen sind Einsilber.
Bindungslos.
Leerstellen weinen ungern.
Leerstellen verhungern.
Beispiellos.

Du

Das Handy piept. Aufdringliches Teil, nervt mich schon den ganzen Tag. Ich werfe einen kurzen Blick auf das aufleuchtende Display und erstarre. Eine fremde Zahlenkombination: Ich fasse es nicht. Es war so weit. Krass! Zwei Tage lang hatte ich gewartet, seit einem dann aufgegeben. Drei Tage, seitdem du deine Blume entdeckt haben musstest. Drei Tage, in denen mein Kopf bereits jegliche Szenarien durchgespielt hatte und mein virtuelles Postfach mit deinem Schweigen randvoll überquoll. Und jetzt, Dienstag, 17: 01 Uhr haben sich die Tatsache gewendet. Ich befreie deine Nachricht von der Tastensperre und lese:

»Schön, meine Blume«, drei Worte, kein Name, weil wir beide wissen, dass diese Worte nur deine sein können. Ich beginne zu grübeln: Jetzt antworten oder mich lieber dem elenden Spiel von Nicht-Melden à la Kunstpause und Abwarten hingeben? Ich musste bedacht vorgehen, jede Kleinigkeit konnte für dich ein unwiderrufliches Ende der ganz vorsichtig aufgebauten Kontaktaufnahme bedeuten. Ich kann deinen imaginären Kriterienkatalog, nach dem du deine Begegnungen verweigerst, nicht nachvollziehen und genau diese Geheimnistuerei macht mich jetzt zunehmend nervös. Also…

Zucken, leichtes surren, dann ein erneuter Ton: mein Handy lässt ein zweites Mal seinen Aufmerksamkeitsbedarf verlauteten:

»Entschuldige, ich wollte nicht so besitzergreifend sein. DIESE

Blume ist schön. Und es ist ebenso schön, dass sie jetzt bei mir wohnt. Sie steht am Fenster und schaut in die Welt.«

Ich schmunzele, klicke auf Antworten und tippe:

»Ich hoffe, ihr seid glücklich zusammen.«

Gesendet, dann Stille, dann Surren.

»Nein, sie sieht unglücklich aus. Ich glaube, sie hat Heimweh nach Wiese.«

Oh man, typisch du, nichts aber auch gar nichts kann einfach idyllisch sein. Keine Blume glücklich und kein Moment vollständig. Wie kannst du bloß so leben? Am liebsten würde ich dich schütteln, anbrüllen und jeder Zelle in dir erklären: Das Leben ist nur so schwer, wie du es dir machst. Ungerecht: ja! – aber eben auch wunderschön. Das Überleben in deiner Welt macht mich wahnsinnig, weil du jedem Detail deiner Wirklichkeit das Höchstmaß an Intensität abverlangst. Alles und jeder ist oder wird von dir verrückt und verlassen. Du bist irrsinnig. Und genau hier liegt eben das Problem. Falsch: Mein Problem. Dieser winzige Umstand, der sich mir immer wieder in den Weg stellt, wenn ich einfach nur normal sein will: Ich bin verrückt. Nach dir.

Schreib mich nach Hause

Jedem Schreiben geht ein Mindestmaß an Lesen voran.

Jedes Leben macht ein bisschen Lesen notwendig.

Bücher können deine Vorstellungen verändern, Geschichten deinen Weg beeinflussen, Sätze dein Schicksal schubsen und ein einzelnes Wort an der Welt drehen. Das klingt pathetisch, passt aber.

Willst du wissen, wer vor dir steht, willst du ihn verstehen, willst du ihn in seinem ganzen Wesen wirklich wahrnehmen? Dann frage dein Gegenüber, ob du sein Bücherregal begutachten darfst. Sagt er unbedacht ja, sei dir bewusst darüber, dass er nicht weiß, welche Intimität er dir dort gerade offenbart. Ganze Psychotherapien könnten Seligkeit erreichen, würden die Patienten zum ersten Termin eine Literaturliste ihres Hausbestandes mitbringen. Deine Bibliografie verrät dich. Der Nachweis deiner Belesenheit listet die Leben, die du erlesen hast. Das Register deiner Genre-Auswahl richtet sich nach deinen Bedürfnissen. Der Katalog deiner Charaktere charakterisiert dich mehr als sich selbst. Das Verzeichnis deiner Geschichten ist die Konzentration all der Vielfältigkeit, die du zu sein vermagst. Ein Katalog wie ein Handbuch zur Übersicht deines innerlichen Inventars.

Riecht dein Abenteuerroman nach Freiheit?

Welche Länder bereist du, welche Auffassungsgabe schult

dich dein Krimi, von wem träumst du in deinen rosa Schnulzen, in welchem Spannungsbogen stürzt du dich deinen Thriller hinunter und welche Gute-Nacht-Geschichte fängt dich wieder auf?

Wer bist du, wer willst und was könntest du alles sein, wenn du mehr als das eine, mehr als das eigene Leben hättest?

Und dann, wenn du magst, puzzle weiter.

Verschenke Bücher, empfange sie.

Gib Gedanken ab, markiere Buchstaben, Sätze, Zeilen oder ganze Absätze.

Erinnere dich mit Knicken im Papier auf welchen Seiten du eingetaucht bist.

Ins Buch gefallen und mit einem Hauch von Ahnung wieder in den Gang der Dinge zurückgefunden hast.

Erlies dir die richtige Richtung oder zumindest die rechte Haltung auf dem falschen Weg.

Verzweifle nur halb, weil die Geschichten beweisen, dass bereits andere am Leben gehadert haben. Hinter jedem Gedanken und jeder Entscheidung ist eine Fußnote möglich, die dir die Quellenangabe deiner Intention verrät.

Und dann: Stelle die Bücher zurück ins Regal.

Lege ein leeres Blatt auf den Tisch und beginne zu schreiben.

Die Arbeitsatmosphäre

Ich fühle mich wie Kaugummi, durchgekaut, in alle Richtungen verzogen, aufgepustet bis zum geht nicht mehr, während ihr freudig aufs Platzen der rosa Blase wartet. Ihr tut gerade so, als könnte ich jede Form annehmen und bliebe am Ende doch wieder an den denkbar ungünstigsten Stellen kleben, weil meine einzige Funktion ein kurzweiliger Zeitvertreib ist; ausgespuckt, bevor der Geschmack verloren geht. Dabei gebe ich mir doch Mühe, gebe so viel ich kann, gebe alles – außer auf. Doch es will nicht reichen, denn biete ich Hände, wollen sie Füße. Sie schreien nach Ohren zum Zuhören. Und dann, wenn ich tatsächlich aufhorche, dann sollte ich gefälligst auch mal kurz hingucken. Sie hauen mir die Fragen um die Ohren, denn sie wollen wissen, wie all das denkbar ist, wie sie sich wunschgerecht verlaufen, wie man Fortkommen vollbringt und wie man vortäuscht, zu genügen.

Es wäre daher angebracht, wenn ich da wäre, weil ich doch immer hier sei – bis ich plötzlich weg war. Also soll ich zurückkommen, alles was ich habe, alles was ich kann, und vor allem alles, was ich nicht kann, mitbringen und hergeben. Ich darf nicht Nein sagen, weil nur zwei Buchstaben erlaubt sind. Weil nur »Ja« zu meinem Wortschatz gehört. Ich darf nicht weniger als aufs Ganze gehen, weil die Hälfte nicht reicht, sie wollen das Drum und Dran, ohne das Drinnen und Innen. Sie wollen, das alles ist wie immer. Bitte keine Veränderung, um niemanden zu erschrecken. Und so sind sie Diebe meiner Darstellung, bis ich fast die Vorstellung vergesse, die in mir von mir und für mich ruht. Doch noch ist es nicht zu spät. Und so zeichne ich jeden Abend die Konturen meines Selbstbildes nach, um sicherzugehen, dass ich mir nicht abhandenkomme.

Ich bin angezählt, aber Kaugummi ist zäh und das ist alles, was zählt.

Die Straße

Ich saß am Straßenrand, auf der Bordsteinkante und gab wohl ein Bild ab, das sich irgendwo zwischen total abgefuckt und graziös einordnen ließ, da mir der Spitzenstoff trotz tiefliegender Junkie-Augenringe eindeutig ein wenig Rest-Eleganz bewahrte. Die blaue Stunde läutete die Nacht ein und so begann auch die Dunkelheit langsam an meinem weißen Kleid zu zupfen. Ich stand auf. Nicht weil ich fürchtete, dass mein Fummel, der – so sagte meine Kollegin immer – bei jedem anderen absolut drüber gewesen wäre, dreckig werden könnte. Nein. Ich erhob mich, aus meinem eigens initiierten Stillleben, weil ich spürte, dass ein Umbruch bevorstand. Von Tag zu Nacht. Von laut zu leise. Von verirrt zu klar. Von Herbst zu Winter. Von Grau zu Weiß. Konzentriert stieg ich zwei Schritte die Eingangsstufen vor dem Foyer hinab und schaute angestrengt in die Luft, als stünde dort etwas am Firmament geschrieben. Manchmal konnte man eindeutige Ankündigungen im Wind vernehmen. Die Menschen sagen oft, etwas sei ganz plötzlich geschehen, hätte sie überrascht und überrumpelt. Aber in Wahrheit kündigen sich alle Stürme bereits im vermeintlichen Nichts ihrer Lufthülle an. Unser Dunstkreis fängt unsere Puste auf und schenkt uns neuen Atem. Es ist unsere eigene Atmosphäre, die alles über uns weiß, die uns in kleinen Brisen anhaucht und uns eine Ahnung des

Ganzen zuflüstert. Nur du verzichtest. Denn du ziehst den Schal höher, lässt die Weltatmung Wetter sein und versuchst dich dem zu entziehen, aus dem du bestehst.

Paradox sind wir.

Aber heute Nacht wollte ich pur sein, wollte, dass der erste Frost unter mein Kleid kriecht und meine Knochen zum Beben bringt. Ich wollte, dass sich vor Kälte alles in mir zusammenzieht, eng und nah auf einen Mittelpunkt fokussiert, sodass ich einen dichten Kern ergebe. Ich wollte erzittern, ich wollte weißen Schnee-Rauch ausatmen, ich wollte endlich mal wieder alles spüren. Also trug ich keine Jacke, ging ohne Schuhe.

Am Ende der Zufahrt vor dem Hintergrund der Kleinkunstbühne setzte ich mich erneut. Diesmal zentrisch inmitten des Gehwegs. Die letzten Absätze verließen diesen Weg schon vor zwei Stunden. Der Schlüssel hatte sich bereits im Schloss umgedreht und mich allein zurückgelassen. Anstatt die Lichter zu löschen, ebenfalls meine Jacke anzuziehen und über den Hintereingang in die Nacht zu verschwinden, blieb ich. Im Dunkeln, im Kerzenschein. Meine Füße wechseln nicht von Turnschuhen in die Winterboots. Nein; sie blieben gar sockenlos. Meinem von der Hitze des Abends erwärmten Körper fügte ich nichts weiter hinzu, als auch ich zum Vordereingang hinausschlich.

Ich verharrte. Meine Finger begannen taub zu werden, Leichenblässe wurde durch einen feinen Blauschimmer ersetzt. Dann, ganz langsam, lehnte ich mich nach hinten, um mich vollständig am Boden abzulegen. Keinen Millimeter zwischen mir und der Erde, jeder Stein vom Schutt des Fußgängerweges drückte sich spürbar in meinen Rücken. Diese Nähe zum Fundament ist im Stehen so viel schwerer zu erspüren. Am Tage und in Gesellschaft gehen die meisten darüber hinweg, weil dort unser minimaler Berührungspunkt nicht ausreicht, um die Schwingungen der beschleunigten Umgebung auszugleichen und wirklich am Grund anzukommen.

Ich kann den Zeitraum nicht bemessen, den ich dort lag und in den Sternenhimmel schaute. Je länger wir hinsehen, desto mehr Leuchtpunkte erscheinen. Also außen wie innen: Je mehr wir nachdenken, desto mehr Erleuchtung können wir erfahren.

»Ich bin allein, für immer«, flüsterte ich in die Nacht. Doch wo keiner zuhört, sind die Worte dort überhaupt gesprochen? »Ich will das so!«, fügte ich bestärkend hinzu. Und die Lüge schrie bis in den Himmel. Aber was ändert das schon. Selbstbetrug trägt sich täglich zu. Und in irgendetwas muss man ja gut sein. Lügen, das können sie, die Menschen, als sei es ihnen in die Wiege gelegt. Doch sich selbst glaubwürdig von einer Unwahrheit zu überzeugen war höhere Kunst. Doch an Überzeugung hatte es mir noch nie gemangelt.

Ich verweilte. Bis der Blauschimmer auch auf meinen Lippen angekommen war.

Und dann, mit einer Motivation aus dem Nichts, sprang ich mit einem Satz zurück auf die Füße, schlenderte zurück in das Gebäude, zog mich an, schnappte mir die schnarchende Fellnase, schloss die Tür vorn und verschwand aus dem Hintereingang.

Die Farbe Blau

Ich sehe genau,
von der Nacht bis in den Morgentau,
all diese Stunden: Voller Blau.
nicht düster, aber dunkel
schau und entdecke ein Gefunkel.
Blau ist tief, Blau ist weit,
Blau ist jederzeit bereit.
Blau trägt und wiegt mich,
Blau liebt alle, so auch dich.
Gemeinsam in die Nacht,
Wähle mit Bedacht,
wem du ins Blaue hinein,
deine Gesellschaft schenkst,
an wessen Fersen du dich hängst,
und wenn der Tag zur Nacht kippt,
folge ich dir auf Tritt und Schritt,
doch wenn der Tag mich wiederhat,
bleibt die Erinnerung ganz matt,
und ich,
einzigartig.
Allein,
daheim.

Schreib mich nach Hause

Seit Tagen und Wochen lebe ich in meinem Schreibraum.

Mein Text ist der einzige Ort, an dem ich mich aufgehoben fühle. Die Worte heben mich auf, bevor ich mich aufgebe, befreien mich von den trostlosen Gedanken und fangen die losen Gefühle ein.

Ich schreibe.

Aber mit welchem Gehalt?

Mit welchem Recht?

Für mich, für die Welt?

Ich frage mich: Wozu meine Begeisterung?

Was verbirgt sich hinter den Türen, wenn ich mich in meinem Schreibraum verschanze?

Welche Zweckdienlichkeit hat das Schreiben von Worten, die Herstellung von Text, das Hören des Klangs der eigens gewebten Satzreihen?

Mein Schreibraum ist kein konkreter Ort, er ist vielmehr ein Bedeutungsträger. Ich konstruiere Sinn, weil sich abseits meines Blatt Papiers keiner zu erkennen gibt. Ich erschreibe mir einen Übergangsraum, eine Sphäre zwischen Ich und Welt, eine Pufferzone, einen Schutzwall aus Tinte. Ich fange das Zusammentreffen von Innen und Außen ab, um die alltägliche Lebensbewältigung zu erleichtern.

Ich schreibe, um mir mein Verhalten zu erklären, einen möglichen Weg, eine denkbare Interpretation für all die Gegebenheiten der zukünftigen Tage zu erkennen. Keine Chance will ich verpassen, keine Fähigkeit übersehen. Ich erschreibe mir meinen eigenen Subjektivierungsprozess.

Du willst es konkreter, um den Gehalt meines Schreibraums zu erhellen?
Hier folgt also mein Manifest:

Geschrieben wird aus Trotz.
Mein Blatt ist mein Spiegel.
Ich ergreife das Erinnerte und Gedachte.
Ich halte das Erhoffte und Erwartete auf und fest.
Gefühle und Gedanken sind leichter verschriftlicht als verkündet.
Das Formulieren ist leichter als das Leben.

Und so ist meine Schreibe der Fluchtweg aus meiner emotionalen Sackgasse. Ich erahne, dass ich mehr Kontrolle über meinen Stift als über mein Leben habe. Denn der fliegt wie von allein über die Zeilen, wenn mein Innerstes droht, abhanden zu kommen. Der Stift konturiert meine Grenzen, im sicheren Hafen auf DIN A 4.

Ich durchbreche Muster, wenn ich sie in meinen Absätzen erkenne, tausche die Worte, tausche die Routine.

Traue mich, ab und zu, ein ganz bisschen anders zu sein. Denn wenn ich es ausformulieren kann, es schaffe, Alternativen niederzuschreiben, dann werde ich es auch schaffen, ohne Gefahr zu leben.

Die Angst zu bannen.

Ich erschreibe mir Souveränität, ich stabilisiere meinen Selbstbezug.

Ich fliehe in meinen Schreibraum, sammele Kraft, orientiere mich.

Ich werfe den seelischen Ballast in den Papierkorb.

Meine Schreibe, ein körperlicher Akt, der Disziplin verlang und Achtsamkeit schenkt.

Sieben Tage die Woche ist mein Schreibraum geöffnet und es tut so unglaublich gut zu wissen, dass dennoch nur ich den Schlüssel besitze.

Das Nichts

Es war dunkel.

Es war Nacht.

Es war nebelig.

Und vor allem war es endlich einmal still.

Der frostige Wind wehte in mein Gesicht. Die eisige Luft krachte durch meine Lunge. Es fühlt sich gut an. Denn wenn meine Haut beginnt zu frieren und meine Knochen anfangen zu zittern, dann weiß ich, dass es noch etwas gibt, das kälter ist als mein Herz. Die Welt!

Nichtsnichtsnichtsnichtsnichts, versuchte ich zu denken. Friedlich. Atmen. Nur atmen, mehr musste ich in diesem Moment nicht. Doch mein Kopf war voll. Tausend Gedanken, tausend Worte, eine Meinung, und zwar meine, zu allem und jedem. Ich wollte, konnte und musste alles benennen, weil es für alles mehr als ein Wort gab. Ich lief durch den Tag, als sei meine Wahrnehmung ein Vokabelheft, in dem ich das Gesehene in meine eigene Sprache übersetzte und dort auf ewig in seiner Bedeutung festlegte. Kein Platz für Spielraum, keine Zeit für Freiheit.

Ich lief durch die Nacht und versuchte an Nichts zu denken. Nichtsnichtsnichts. Wenn ich es jetzt nicht schaffte, meinen Kopf zum Schweigen zu bringen, die Gedanken zu bitten, sich schlafen zu legen und die Zweifel keine Gute-Nacht-Geschichte hören wollten, dann würde der folgende Tag gefährlich. Denn eine durchzechte Nacht des Verstandes brachte den Kreislauf von turbeligem Tag und geruhsamer Nacht durcheinander. Ein Gedankenkarusell zu Mitternacht verursachte zähe Trägheit des Geistes am Morgen. Aufwachen ausgeschlossen. Denn auf Abenteuer-Nächte im Besinnungs-Wahn folgten die dunklen Tage. Die dunklen Stunden. Die dunklen Momente, die sich in die Breite zogen, als würde die Zeit stillstehen. Alle Worte versteckten sich im Schatten der Erinnerung. Als hätte sie jemand aus meinem Wesen verband. Gelähmt, vertrieben oder verschreckt. Etwas in mir hatte ihnen den Eintritt verwehrt. Nur was? Das wusste ich nicht.

Ich lief also weiter durch die Nacht, um meinen Verstand mit Kälte zu betäuben und versuchte, weiter nur an Eines zu denken.

Nichtsnichtsnichts.

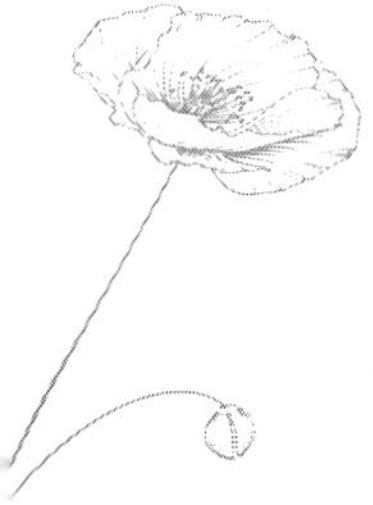

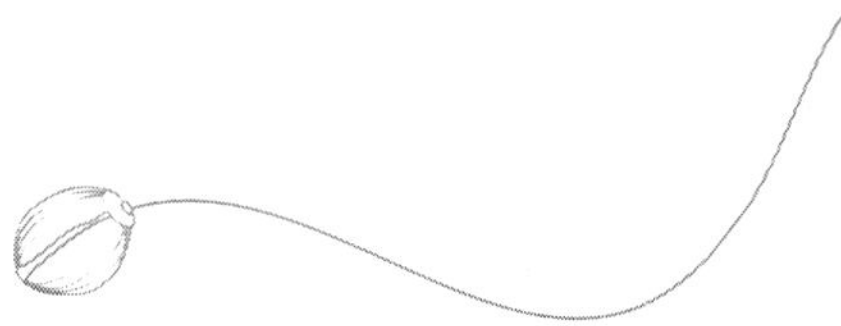

Du

»Das gibt es doch nicht. Verdammter Scheißdreck. Ich hasse sie.«, denke ich laut und schlage dabei mit der Faust gegen die Wand. Nicht, dass ich wirklich jemals gefährlich aggressiv gewesen bin, aber manchmal musste all das, was in mir brodelte einfach raus. Und das ging nun mal nicht anders als in einer kräftigen Entladung, deren Preis immer Schmerz sein sollte. Zwei Schritte gehe ich auf, dann wieder zwei ab. Ich liebe sie. Zwei Schritte wieder in dieselbe Richtung, dann zum Kühlschrank gestapft. Ich hole den eiskalten Kräuterlikör aus dem Gefrierfach, der dort für jegliche Notfälle oder Spontanbesuche geparkt ist und gieße mir einen Doppelten in ein viel zu großes Glas. Auf Ex. Und auf all die Zukünftigen, die niemals so sein werden, wie sie. Ich fülle das Glas noch einmal großzügig nach. Auf sie. Die niemals meine Ex sein wird. Weil sie nie mir gehören würde. Doch falls doch, dann wäre es für die Ewigkeit. Und genau das habe ich gewusst, beim ersten Blick in ihr puppenartiges Gesicht. Die Nachbildung einer menschlichen Gestalt, wie eine Larve, ein in Hülle befindliches Wesen, nicht dazu bereit, sich zu entpuppen, nicht angetreten, um sich der Welt hinzugeben.

Der Feierabend

Nachdem ich gefühlte 2 Stunden und reale 8,5 Minuten meinen Schlüssel in den Tiefen meines Mary-Poppins-Rucksackes suchte, während mich der Hund vorwurfsvoll anstarrte, hatte ich nun endlich die Eintrittskarte für mein ungeliebtes Auto gefunden. Es war kalt geworden und ich daher heute mal wieder mit dem Auto unterwegs. Leicht geschafft ließ ich mich auf den Fahrersitz fallen und hievte die Fellnase auf die flauschige Decke neben mir. Prompt war ein leises Surren und Schnarchen zu vernehmen. Fantastisch, wenigstens einer von uns beiden durfte bereits Träume angeln. Ich startete den Wagen und manövriere mich aus der viel zu engen Parklücke. Während mich das Auto fast automatisch bis vor die Haustür trug, überlegte ich angestrengt, ob ich heute die leise Nacht mochte oder ob ich eine Melodie brauchte. Als ich ankam, hatte ich mich just für Musik und für einen Radiosender entschieden. Der Radiosender hingegen hatte einen wunderschönen, mir unbekannten Song gewählt. Also verweilte ich mal wieder noch einen Moment in der Dunkelheit, bis ich zuerst die Autotür, dann die Haustür öffnete. Im Hausflur des Mehrparteienhauses brannte erstaunlicherweise Licht. Eigentlich ungewöhnlich um diese Uhrzeit. Für mich außerdem vor allem eines: Und zwar viel zu grell. Beim Überschreiten der Schwelle griff zunächst einmal dieses lustige Phänomen, wenn man in Dunkelheit mehr sieht als im Licht und somit war ich kurzfristig blind. Wir schlüpften also hinein und hangelten uns in den zweiten Stock. Meine Schritte viel zu laut, der Nachhall stolperte über die Marmortreppen und erschreckte das hohle Treppenhaus. Langsam gewöhnten sich meine Augen an die künstliche Erleuchtung und somit erkannte ich rechtzeitig den Stolperstein vor meiner Eingangstür. Irritiert blieben wir stehen. Auf der grün-grauen Fußmatte war ein kleines Etwas deponiert, dass ich beim ersten Hinsehen nun wirklich nicht identifizieren konnte. Ich ergriff es und brachte uns alle in die Küche. Neugierig flogen Jacke, Leine, Rucksack und Schuhe in die Ecke, während diese kleine Kiste und ich uns auf dem Teppich niederließen. Klecks ebenfalls aufgeregt mit dem gesamten Hinterteil wackelnd um mich herum tänzelnd, so zog ich drei kleine Gegenstände aus der Pappschatulle. Ich inspizierte: Ein rundliches Weckglas samt Zettelinhalt, ein winziges Büchlein, sowie ein Briefumschlag. Nach einem kurzen Hadern, welches Element zuerst meine Aufmerksamkeit bedurfte, beschloss ich ganz klassisch, zuerst den Umschlag zu öffnen. Gesagt, getan: Ich fischte einen kleinen Zettel heraus auf dem sich unerkenntlich die Schrift der Bekannten verschlungen zu Buchstaben formten:

Habe dich beobachtet, habe gesichtet, dass du mal wieder eingeschrumpft bist. Gewicht ist so lange unwichtig, bis es existentiell wird. Ich schließe also daraus, dass du dir wohl nicht über die enorme Wichtigkeit deiner Anwesenheit in meinem Leben bewusst bist. Ich fordere, dass du dich ebenso wichtig nimmst und nicht einfach so, irgendwann aus Mangel an körperlicher Substanz verschwindest. Und weil ich weiß, dass du nichts anrühren würdest, wenn ich versuche dich mit Keksen und Suppe anzufüttern, ist hier der alternativ Plan. Eine einmonatige Kur.

Ich stockte kurz. Jegliche Kommentare bezüglich meiner

äußeren Erscheinung, die sich in Phasen zwischen Skelett und Bohnenstange bewegte, waren mir zuwider. Ich weigerte mich einfach

ihre Sorgen anzunehmen, denn sie trafen nicht das Problem. Ich weigerte mich einfach

zu essen, denn es half mir nicht weiter. Ich weigerte mich einfach

so zu leben, als sei das normal. Ich wollte, alles oder nichts. Ich wollte weder eure Nudeln noch eure Ratschläge. Ich wollte nicht so tun, als sei ich in Ordnung. Denn in mir herrschte das Chaos. Doch die Bekannte war anders, also was hatte sie vor? Ich las weiter…

In diesem kleinen Glase habe ich dir 31 Komplimente notiert. Öffne sie, jeden Tag einen Zettel, schätze sie wert und dann schreibe in dieses Büchlein jeweils ein weiteres Kompliment, eines an und für dich. 31 Stück, jeden Tag eines.

Ich stockte, denn ich war gerührt über so viel … ja so viel was eigentlich? Ich konnte es nicht in Worte fassen. Keine Fürsorge, kein Bedrängen, kein leierndes und bleiernes Gespräch, nein – die bekannte Nachbarin war lösungsorientiert. Ich hielt das Glas in meiner Hand und entknitterte den ersten Zettel.

Zuhause bist.

Ich las ein zweites und ein drittes Mal dieselben Worte, bis eine Träne meine Wange herunter kullerte. Ich griff nach einem Stift, öffnete das leere Büchlein und schrieb:

Ich kann ein Zuhause sein, obwohl ich keines habe.

Der Heilige Abend

Es war fast da. Unvermeidbar, unwiderruflich. Immer schneller, als man denkt. Die Tage waren gezählt, bis zu dem einen, genau diesem Fest. Dem Familienfest. Ich musste weg. Nicht nur ein bisschen, sondern dringend, und zwar sofort. Das ganze Weihnachten sollte dieses Jahr einfach mal ausfallen. Es musste doch allen aufgefallen sein, dass es im Moment überhaupt nicht reinpasste. Es stimmte einfach nicht. Meine Feiertagslaune hätte sich am liebsten mit einer Lichterkette erhängten. Ich scherte mich noch nie um Bescherung. Doch im Gegensatz zu meiner absoluten, allumfänglichen, alljährlichen und immer wieder mit voller Begeisterung ausgelebten Weihnachtsstimmung, waren Halleluljapalmen in diesem Jahr nur Tannen, Frohlocken übernahmen lediglich meine Haare, Herzenswärme erfror im Jauchzen der Glühweinbuden, Lametta schien mich auszulachen, Klingglöckchen klirrten wie zerbrochenes Glas in meinen Ohren, das Krippenspiel fühlte sich an wie eine Lebenslüge, Lichterglanz glänzte mit aufdringlichem Blingbling, Zimtsterne krümelten ohne mich, Christbaumkugeln waren zu rund und das ganze Spektakel absolut übrig! Ich wünschte mir sehnlichst die grauen Männer von Momo, die mir meine Zeit stahlen und mir diesen besinnlichen Monat klauten. So kam es, dass ich mutig wurde. Wobei, eigentlich stimmt das nicht ganz, ich war weniger mutig, mehr verzweifelt. 22.12. Ich packte meine Tasche, den Hund, meinen verloren gegangenen Enthusiasmus und buchte mit einem Klick gleich zwei Tickets. Eines hin und eines zurück.

28.12. Zurückgekommen, genauso wie vorher, keine Pilgerreise, keine Erkenntnisse. Kein Wendepunkt auf diesen Seiten. Lediglich ein Ereignis, das übersprungen wurde.

Der Einschnitt

Meine Unantastbarkeit war unverhandelbar.

»Wir zerstören, was wir am meisten lieben«, las ich einst und behielt es für mich. Lieben war ausgeschlossen, denn niemals wollte ich bedürftig werden, niemals um die Liebe der anderen betteln müssen. Man musste sich vor Verzweiflung wappnen. Denn jeder Mensch besitzt lediglich einen kleinen Behälter für all die Zweifel, und meiner war bereits randvoll mit Selbstzweifeln gefüllt. Eine mögliche Zerrüttung durch die ungewisse Bindung an andere Menschen, die meine Luft atmen und meine Gedanken teilen wollten, musste also konsequent ausgeschlossen werden. Erlaubt im Leben war einzig und allein, was in Eigenregie inszeniert werden konnte. Fremdbestimmung gehörte nicht zu meinem Repertoire und das liegt vor allem daran, dass ich gelernt hatte, dass das Wort »kaputt« keine Steigerung besitzt. Gebrochen ist zerbrochen. Und so erschien mir die einzige Lösung mich vor jedem äußerlichen Einschnitt zu schützen, indem ich Vorsorge betrieb. Vorsorglich versteckte sich unter meiner Haut meine Seele. Vorsorglich lag im Schrank der Schlüssel für alles, was unter die Haut ging.

Lieber eine kaputte Oberfläche, bevor jemand es wagen würde, meine Seele

zu finden.

Das Ende

»Das Jahr war so fix!«, stellte die Mutter bestürzt fest. »Richtig rasant«, stimmte ihr die Tochter zu. Die Schwester nickte ebenso. Sie waren sich (was selten der Fall ist) endlich alle einig. »Aber es ist sooo viel passiert«, säuselte die Schwester zusätzlich. Das stimmte, was im Fall der Tochter jedoch keiner bemerkte. So viele Gedanken hatten sich in den vergangen 12 Monaten aneinandergereiht, Gefühle die Kante gegeben und Grenzen waren gewachsen. Sie hatte Hürden übersprungen, war viel gestolpert und hatte immer wieder: Trotzdem weiter gemacht. 365 Tage, in Höhen und Tiefen und doch überlebt.

Das Jahr der Schwester hingegen fiel tatsächlich durch markante Veränderungen auf, die ebenfalls mit einem latenten Wesenswandel einher gingen. Mitte des Jahres hatte die Schwester mit einer neuen Bekanntschaft aufgewartet. Die Mutter und die Tochter setzten keine große Hoffnung in eine erneute Liaison und begegneten dem Ganzen mit einer sympathisch getarnten Gleichgültigkeit. Doch dann, über die Wochen hinweg, hielt sich der neue Freund, hielten sich die beiden immer noch an den Händen, hielten sie zusammen. Das war er wohl, ein neuer Lebensabschnitt hatte sich eingeschlichen. Nicht nur für die Schwester, die ganze Familie merkte, dass ein Mitglied die Sehnsucht hinter sich ließ und nun endgültig in die sehnlichst erwünschte Zweisamkeit manövrierte. »Lebensabschnitt« fand ich für diese Begebenheit jedoch einen reichlich unzulänglichen Begriff und somit bevorzugte ich »Lebensdranklebe«. Schließlich ging es nicht darum, sich von allem Gewesenen zu entsagen, schließlich macht uns doch unsere Vergangenheit erst zu dem, was wir sind. Nein, nein, nein. Es geht darum, etwas hinzuzufügen, sich zu erweitern, um mehr zu Sein, mehr und weiter zu erleben.

Während die Schwester in ihrer Spießigkeit aufging, hielt die Tochter sich noch immer mit Fragen auf. Doch auch sie war im Wandel. Und so änderte sich nicht etwa ihr Lebensstil, dafür aber die Frage von »Was bin ich?« hin zu »Was bin ich nicht?«. Aus »Was mache ich mit diesem Leben?« wurde »Was hat es mit mir gemacht?«

Schnipsen vor der Nase der Tochter. »Träumst du?«. »Öhm ähh…«, stammelte sie und hatte wirklich überhaupt keinen Gesprächsfetzen mehr abbekommen. »Was ist dein Neujahrsvorsatz, Knuffel?«, piesackte die Schwester. Im Gegensatz zu den vielen Menschen, die von Neujahrsvorsätzen abrieten, war die Tochter ein großer Fan von diesen Ambitionen, auch wenn sich die ehrgeizigen Ziele ab und zu kurzfristig aus dem Staub machten. Stets erachtete sie es als durchaus sinnvoll, den eigenen Ansprüchen eine kurze Zeit auf dem Spielplatz zuzugestehen, damit sie schaukeln konnten, um hoch hinauszukommen, wippen, um zu wissen, dass Oben schöner ist als Unten und rutschen, damit sie wissen, wie schnell es bergab geht.

»Vielleicht brauche ich eine berufliche Umorientierung?!«, die Mutter und die Schwester starrten überrascht. Die Tochter lebte quasi seit Jahren in der Kleinkunstbühne. Die Menschen in der Stadt auf der Straße sprachen sie an, man kannte sie, denn ihr Gesicht war in ihren Welten verknüpft mit der kleinen Galerie und der bunten Bühne. Für all die Besucher gehörte die Tochter dort hin, die junge Frau war Teil des Bildes. Womit sie recht hatten, denn der Arbeitsplatz und die Tochter, sie standen sich gut. Mit einem winzigen Problem, das Konzept ging eben nur dann auf, wenn niemand sich bewegte. Doch die Tochter hatte genug von Stillstand.

»An was hast du gedacht?«, wollte die Mutter neugierig wissen.

»Das werde ich heute Abend wissen«, gab die Tochter bekannt, »ich werde mich vor einen Zettel setzen und es mir erschreiben«.

»Du hast einen Knall«, stellte die Schwester ohne jegliche Aufregung fest.

»Schnaps zum Jahresabschluss Mädels?«, unterbrach die Mutter die Runde und erinnerte an eine niedliche kleine Tradition.

»Na logo«, rief die Schwester und winkte dem Lieblingskellner. Er wäre nicht der Lieblingskellner, wenn er nicht schon von Weitem erraten hätte, was wir brauchten.

Also serviert er, drei Baileys auf Eis. Zwei Töchter, eine Mutter. In Liebe, auf uns.

Schreib mich nach Hause

Gesagt, getan, geschrieben.

Ich kam Heim, zog die Schuhe auf dem Weg zum Schreibtisch aus, schälte mich im Sitzen aus der Jacke, vergas die Mütze auf meinem Kopf, ließ Klecks an mir hochhüpfen und saß voller Erwartungen vor einem ebenfalls wartenden weißen Blatt Papier.

B

Ganz klar, meine Umorientierung musste eine gewaltige Ladung **B** beinhalten. Meine Alternative zur allabendlichen Gastronomischen-Gäste-Betreuung zwecks Lebensunterhaltverdienst und Unikarriere begann mit B. Ich überlegte weiter, schaute das Papier fragend an und grübelte. Suchend sah ich mich in meinem Wohnzimmer um und ließ meinen Blick über die Bücherregale wandern. Es dauerte einen ganzen, langen Moment, bis die Verknüpfung in meinem Kopf geschaffen war, doch dann fiel der Groschen: B – wie Bücher. Ich nahm den Stift wieder in die Hand und schrieb:

Was ich in meinem Leben erreichen möchte:

– Worte einfangen und sie in die richtige Reihenfolge setzen

– sie füttern bis sie zu ganzen Sätzen heranwachsen

– Satzgefüge basteln, die alle verwirren und deshalb am Ende in irgendeiner Form als weise gelten

– die Gedanken von Menschen von einer in die andere

Ecke schieben (oder von unten nach oben)

– ab und zu für die Atem- und Gedankenpausen ein Komma säen

– einsamen Kommata einen Punkt schenken und Semikolons kreieren

– wenn es absolut nichts mehr zu sagen gibt, einen Punkt behaupten und Feierabend machen

Somit war der Schlachtplan meines Lebensentwurfs geschmiedet, ich ersetzte den Stift in meiner Hand durch mein Handy und tippte begeistert eine euphorische SMS an meine Schwester:

»Ich weiß es jetzt!«

»Häää?« – die Antwort (sie stand mal wieder gehörig auf dem Schlauch).

»Na, berufliche Umorientierung und so.«

»Ach sooooo, hau raus« – die flotte Antwort.

»Ich werde in einer Wortsinnvermittlungsanstalt arbeiten«, prahlte ich.

»Häää?« – siehe oben.

»Oder in einer Buchstabenbetreuungsfirma«, versuchte ich mich zu konkretisieren.

»Kannst du dich bitte etwas genauer ausdrücken?« – ich glaube sie war genervt.

»Ähm, vielleicht könnte ich in einer Buchhandlung arbeiten«, tippte ich nun leicht verunsichert.

»Ach soooo, ja prima Idee, passt ja auch zu deinem Studiengang« – endlich ein positives Feedback.

»Dann wäre ich immer direkt am Tor-der-Welt beschäftigt«, schwärmte ich.

»Spinnerin. Schlaf gut Schatz« – ihre letzte Nachricht für heute.

»Gemeine Realistin. Schlaf selbst gut.«, meine letzte Nachricht für heute.

Ich sah es ganz konkret vor mir, wie ich die Welt nicht besser machte, indem ich den Menschen nicht nur für 5 Minuten in Form von Kaffee oder Kuchen das Leben versüßte, sondern viel nachhaltiger ein ganzes Leben durch das Anreichen der exakt richtigen Lektüre im absolut perfekt getimten Moment sorgte. Sowas konnte Leben verändern! Vielleicht könnte ich somit auch aus meiner bisherigen Geschirr-über-den-Tresen-reichen-Erfahrung schöpfen und weiterhin abgeben. Geschichtenabgabestation klang sowieso viel besser als Buchhandlung.

Der Silvesterempfang

Herzlichen Glückwunsch.

Jetzt war es mir endgültig klar geworden. Ich war sozial absolut inkompetent. Und das Schlimmste: Es war nicht mal angeboren, vielmehr schien es so, als hätte ich mir dieses Unvermögen im Laufe des letzten Jahres »ansozialisiert«. Die einmal jährlich stattfindende Eröffnungsfeier des neuen Ausstellungskonzeptes vor meiner Nase war im vollen Gange und überall tummelten sich freundliche, durchaus auch interessante Menschen. Es war langjährige Tradition, am Silvesterabend alle Beteiligten, sprich Künstler und vor allem auch die Stammgäste -, zu einer kleinen, aber mit steigendem Alkoholpegel rasante Auswüchse annehmende Silvesterparty zu laden. Inklusive ein paar kleiner Reden von großen Leuten und ein paar viel zu lange Offenbarungen von denjenigen, die noch groß rauszukommen gedachten. Sie lächelten, sie hatten Spaß und sie unterhielten sich. Ich lächelte auch. Ich hatte auch Spaß – irgendwie. Aber ich unterhielt mich nicht. Keine einzige Silbe abseits des üblichen Smalltalks verließ meine Lippen, lieber beobachtete ich das Gemenge und fragte mich:

Wie machten die das alle?

Sich amüsieren, meine ich. Habe ich das auch mal gekonnt und wenn ja, warum fiel es mir jetzt so schwer? Meine Ohnmacht, an der ausschweifende Feierei teilzunehmen, manifestierte sich vor allem dadurch, dass es mir so vorkam, als würden all diese plaudernden und trinkenden Menschen eine andere Sprache sprechen. Nicht nur mit Worten, auch Mimik und Gestik waren mir völlig fremd. Ich kam mir vor wie eine Kaulquappe unter Fröschen, das ganze Gequake machte mich nervös. Letztes Jahr zur selben Zeit, die gleiche Veranstaltung und unter ähnlichen Menschen dachte ich noch, es läge am Alkohol. Ich dachte, ich bräuchte es ihnen nur nachtun, tief in ein Glas schauen und damit das Bitzeln im Proseccoglas endlich auch mal wieder in meinem Inneren überschäumen lassen. Pustekuchen! Fazit meines Prickelwasserkonsums war lediglich eine unendliche Müdigkeit, eine anschließende, total überteuerte Fahrt mit dem Taxi nach Hause und ein verzweifelter Versucht, die rituellen Einschlaf-Seiten zu entziffern, während die Buchstaben hin und her hüpften. Der nächste Morgen: Ebenfalls keine Sternstunde. Also hatte ich für dieses Jahr beschlossen, mit kurzer Anwesenheit zu glänzen (was schon mal ein Schritt in die richtige Richtung war, schließlich mied ich das ganze Jahr über solche sozialen Events ansonsten ganzheitlich). Vier Stunden vor Jetzt, motivierte ich mich also dazu, mein nettestes Kleid aus dem Schrank zu holen, flocht meine Haare hoch und versuchte die Kälte, die über den rückenfreien Ausschnitt von hinten meine Rippen entlang kroch, mit flauschigen Boots und Stulpen an den Füßen wieder auszugleichen. Lippenstift, das musste an Farbe in meinem Gesicht reichen. So erschien ich also pünktlichst zur ausgeschriebenen Uhrzeit, was ebenfalls eine Seltenheit war, da ich sonst immer – obwohl ich ebenfalls als erste ging – zu spät kam. Wobei ich beim Verlassen solcher Partys das spontane Verschwinden bevorzugte. Dieses Jahr sollte also alles anders werden, so war der Plan noch vor zwei Stunden. Nun waren alle Gemälde vorgestellt, die Kunstwerke besprochen und jeder hatte sein intellektuelles

Überhangmandat ausgeschöpft. Das Büffet war eröffnet und die Sause des Abends begann aus der anfänglich herrschenden Kultiviertheit auszubrechen. Nebenbei möchte ich kurz darauf hinweisen, dass das Büffet für mich ein weiteres Grauen bei solchen Zusammentreffen darstellte. Direkt nach Startschuss tigerten alle anscheinend wochenlang Ausgehungerten auf zu ausladenden Häppchen am Tresen zu. Und ich schwöre es euch: Auf den ellenlangen gedeckten Tischen gab es niemals auch nur eine Sache, die ich mochte. Das ist kein Vorwurf, denn ich weiß, meinen Geschmack zu treffen, war wahrlich ein Ding der Unmöglichkeit. Dennoch stellte es mich vor eine logistische Herausforderung, da ich mit größtem Bemühen versuche, diese Untauglichkeit in Sachen hemmungsloser Buffet Vernichtung zu verbergen. Ich scharwenzelte also herum, drückte mich vor dem kollektiven Tellerholen und begründete möglichst plausibel, warum ich gerade NOCH absolut keinen Hunger, unglücklicherweise gerade gegessen hatte, aber später auf jeden Fall noch zuschlagen würde. »Ich meine, bei solchen Köstlichkeiten kann ja niemand wiederstehen«, säuselte ich dazu charmant. Lächeln, Guten Appetit wünschen, Gesprächspartner wechseln. Sinnvoll ist es in diesen Momenten, unter keinen Umständen mit den Menschen am Anfang der Buffett-Schlange zu kommunizieren. Die mit den vollen Tellern hatten nämlich meist auch einen vollen Mund und straften mich mit vorwurfsvollen Blicken, warum ich diesen kulinarischen Hochgenuss nicht teilte und verlangten aus Rache und aus Gründen der Praktikabilität, da ich schließlich die einzige mit freiem Mund war, interessante Dinge zu erzählen, während das Drumherum zustimmend »mhm«te. Um dem Ganzen zu entgehen balancierte ich nach der Buffeteröffnungszelebration also am hinteren Ende des Raums von Gesprächsfetzen zu Unterhaltungsschnipsel, hörte mir Fakten über die angesagteste Mode und die neusten Filme auf dem linken Ohr an, während auf dem rechten Ohr die harten politischen Debatten verhandelt wurden. Schließleich war es ein ungeschriebenes Gesetz, dass man auf all die ausstehenden brisanten Fragen der Gesellschaft nach dem dritten Glas Wein die besten Antworten parat hatte. Ungeduldig schaute ich auf meine Handyuhr und verhandelte mit mir selbst darüber, wann der Anstand es erlaubte, den Polnischen zu machen. Exakt drei Stunden nach Eröffnung war es dann vollbracht: Mein Alter-Ego flötete:

Ach wie schön, dass niemand weiß, dass ich auf all das einfach scheiß'.

Rucksack geschnappt, Jacke bewohnt, den Entgegenkommenden flüchtig gewunken und ein kurzes »bis gleich« genuschelt, um den Anschein einer flotten Zigarette im Freien zu erwecken, obwohl jeder hätte wissen können, dass ich nicht rauchte. Aber die Menschen taten das, was sie immer tun: Sie dachten nicht nach, hinterfragten meinen Abgang erst viel zu spät, nickten mir zu, als ob ich in 2 Minuten wiedererscheinen würde, während ich schon längst in der Dunkelheit verschwunden war. Ohne Zugabe, dafür mit Wehmut. Zu gerne würde ich nur ein Mal erleben, wie sie es erleben, wie es sich anfühlt, dabei zu sein, so voll und ganz. Vielleicht würde ich nächstes Jahr eine neue Taktik testen: Krönchen aufsetzen und auf einen Prinzen warten oder so.

Die Tage

Manche Tage sind einfach schwerer als andere.

Niemand weiß das.

Niemand spürt das.

Weil niemand die Tage auf die Waage legt.

Das Gewicht lastet nur auf denen, die den Tag ertragen.

Manche Tage sind lang und manche sind breit. Es gibt Tage, die wollen hoch hinaus, und andere, die sich durch Bodenständigkeit auszeichnen. Die Tage laufen ab und gelegentlich ein. Andere ziehen sich wie Kaugummi und verkleben die Erinnerungen. Es gibt Tage, die werfen Schatten, hinterlassen Flecken, manche Tage reißen sogar Löcher in deinen Lebenshergang. Einige Tage teilen wir, andere haben wir ganz für uns allein. Es gibt Kalendertage, Alltage, Wochentage und Feiertage. Das Ganze mit Datum, mit dreigliedriger Morgens-mittags-abends-Einteilung, mit Sonnenauf- und Sonnenuntergang. Es gibt Tage, an denen wir lächeln und es gibt diese, jene, welche Tage, die verloren sind. Die traurige Erkenntnis, dass all die einzelnen Tage unterschieden werden, während die Nacht nur einen einzigen Namen trägt. Die Finsternis wird nicht unterteilt.

Warum?

Ist es zu dunkel, um die Nachtetappen zu benennen?

Ist es der Mühe nicht wert?

Und doch tat ich es dieser Unterscheidung und Pauschalisierung nach: Wie sehr ich mich am Tage wandelte, deckte ich in der Nacht doch wieder die gleiche Seele zu.

So ist das eben.

Und so wird es immer sein, bis … ja bis ans Ende meiner Tage?

Du

Das neue Jahr fängt an, wie es geendet hatte. Ohne dich. Deine letzte Nachricht fühlt sich einsam in meinem leeren Postfach und doch habe ich nicht den Mut aufgebracht, dir noch einmal zu schreiben, dich anzurufen, dich einzufordern. Ich habe versucht, dir zufällig zu begegnen, dich so wie gewöhnlich an all deinen Ort anzutreffen. Aber nirgends konnte ich dein Flüstern hören, an keiner Stelle der blassen Welt dein blasses Gesicht sichten.

Dort, wo du hättest sitzen, stehen, lesen oder gehen sollen, war ein Loch in der Luft. Als ob dich der Erdboden verschluckt hätte oder du letztendlich doch endgültig vom Winde verweht wärst.

00.05 Uhr. Ich entferne mich aus der überfüllten Kneipe, bahne mir den Weg durch den Sektglastanz zum Klang des eifrigen Zugeprosteten, Küsschen links, Küsschen rechts. »Frohes Neues«, euphorisch in allen Winkeln, in allen Ecken, eine Begeisterung für das kommende Jahr, die den meisten nicht mal bis zum nächsten Morgen folgen würde. Fremde Menschen, in fremden Betten, fühlten sich fremd in fremden Leben. Auch ich hatte dieses Spektakel mitgemacht. Jeden Neujahrsmorgen eine Unbekannte unhöflich darauf hingewiesen, dass der Kühlschrank leer ist und sie zum Frühstücken daher wohl besser einen anderen Ort aufsuchen sollte. Auf das Aufbegehren exzessiver Gesellschaft der Nacht folgte am nächsten Tag ein exzessives Bedürfnis nach dem Alleinsein. Jetzt erst wurde mir bewusst, dass ich ohnehin ewig einsam war.

00.06 Uhr, frische Luft, drängende Massen, Böller, Lichter, Lautstärke, Kreischen, Gedränge…

Ich wusste, welche Winkelgassen mich befreien können. Drei Mal links, einmal rechts abgebogen. Die Geräusche toben in der Ferne. Mein Kopf brummte, mein Verstand tanzte.

Meine Hand fischt das rechteckige Ding aus meiner Hosentasche. Jegliche Bedenken kurzfristig blockiert. Ich wähle deine Nummer, nicht weil ich damit rechne, dass du abheben wirst. Nein – einfach nur, weil ich das Gefühl habe, das elende Tuten wird mir verraten, wo du gerade steckst. Auch nach fünf gehässigen Tönen lege ich nicht auf, ich will es bis auf die Spitze treiben. Warten, bis sich die Mailbox meldet, vielleicht deine Stimme hören und kurz vor der Aufforderung eine Nachricht zu hinterlassen, auflegen.

»Ey«, zwei ganz leise Buchstaben am anderen Ende der Leitung. 00.06 Uhr deine Stimme. Schlagartig war jeder Nebel aus meinem Kopf verschwunden, der Rausch, das glitzernde Neujahrskonfetti, die Musik, der Rhythmus, das ferne Knallen, alles innerhalb eines Sekundenbruchteils mit zwei Buchstaben davon gehaucht.

»Ein Frohes Neues Jahr.«, verspreche ich. Ich warte keine Antwort ab. Ich lege einfach auf, schalte das Handy aus und schlendere meinen Heimweg.

Schreib mich nach Hause

Das Kopfkissen roch noch immer ein wenig nach Zigarettenqualm, während meine Lippen den minzigen Geschmack der Zahnpasta verteidigten. Die Stille im Raum lässt vermuten, dass die Geräusche – müde von der langen Nacht – in diesem Augenblick noch immer schliefen. Das erste Tageslicht des neuen Jahres schlich sich vorsichtig an den Gardinen vorbei und bat sachte um Einlass.

Ich musste feststellen: Der erste Morgen des neuen Jahres roch, schmeckte, klang und malte das gleiche Bild, wie es an jedem Morgen möglich wäre.

Und doch: Ein seltsames Gefühl krabbelte zwischen den Bettlaken hervor. Ich war angetickt, vielleicht sogar angerührt. Vorsichtig richtete ich mich auf und spähte in den Raum. Nichts Greifbares war zu erkennen, kein konkreter Anhaltspunkt erklärte meine Intention. Also griff ich nach dem einzigen Naheliegenden, einem Blatt Papier samt Stift (parkte stets auf dem Nachttisch), und begann zu kritzeln, Gedankenmosaike mit Wortfetzen zu bekleiden und Einfälle vor dem Fall aufzufangen.

Ich schrieb:

Aufgelöster Lebenslauf. Abschweifende Schwermut. Mittelloser Werdegang. Reisender Übergang. Wesentliche Weiterentwicklung. Tatsächlicher Umschwung. Gelebte Empfindung.

Bewegte Argumente. Absichtliche Hintergründe. Intensiviertes Innerstes. Bewusste Verstärkung. Geistige Steigerung. Hintergründige Umarbeitung. Umstürzende Abhängigkeit. Verschobene Standpunkte. Bewegte Blickwinkel. Betroffene Einzelheiten. Abgewandelte Bedingungen. Geistige Restauration. Gegebene Umarbeitung. Wiederhergestellte Perspektiven. Gelebte Umformung. Variierter Seelengehalt. Modulierte Bezüge. Gewendete Wegstrecke. Gestaltete Verhältnisse. Gerichteter Fluchtpunkt. Verlagerte Hinsicht. Energische Absicht. Verzweifeltes Unvermögen.

Stillstand, der Stift verharrte. Denn ganz plötzlich wurde es mir furchtbar klar. Es musste über Nacht geschehen sein, obwohl es sich lange angebahnt, vorgedrängt und im Detail verraten hatte.

Nun erst war es so weit.

Die Welt hatte sich verändert.

Und weil diese Welt meine war, kam nur eine logische Schlussfolgerung in Frage:

Ich hatte mich verändert.

Endgültig ohne Widerrufsrecht, ohne Anleitung. Keine Form- oder Situationsveränderung, sondern eine unausgesprochene, aber nun niedergeschriebene und daher mit jedem Recht belegte Bedeutungsveränderung.

3

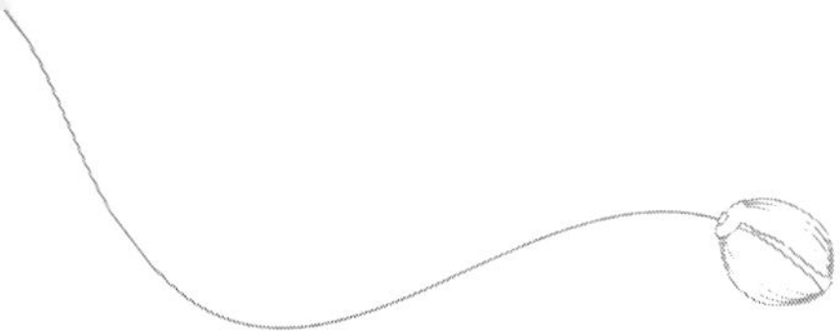

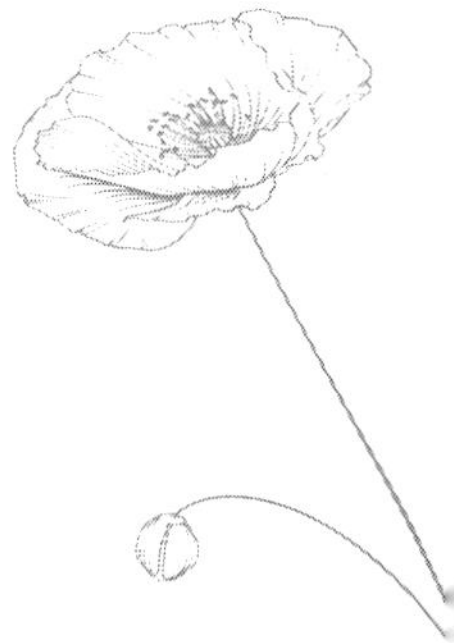

Die Stadt

Kein schönes Wetter, um das neue Jahr zu begrüßen, würde man behaupten. Doch für mich war es perfekt. Ich wollte es nicht weniger wertschätzen, nur weil es nicht den Schön-Wetter- Konventionen entsprach. Schnee und Sonne wäre zwar äußerst fein gewesen, doch das diesige Grau konnte vielleicht mit inneren Werten überzeugen. Und um das herauszufinden, musste ich mich vorwagen. Der Tag war frei und genau so wollte eben auch ich mich fühlen. Die Fellnase (die das Wetter wirklich nicht mochte), mein Rucksack und ich versuchten uns regenfest zu wappnen und taperten mutig vor die Haustür. »Hallo Tag, hallo neues Jahr«, lächelte ich überzeugend in die leere Straße. Heute war ein Tag für Abenteuer. Und wer Abenteuer sucht, wer losfahren will, ohne zu wissen, wann, ob und wie er ankommt, der fährt mit der Bahn. Also stiegen wir in den nächsten Bus Richtung Bahnhof und ließen uns überraschen, wohin uns die Anzeigentafel schickt. Eine halbe Stunde später fiel meine Entscheidung (Klecks wollte sich partout nicht äußern, denn er war beleidigt, da er stringent die Theorie verfolgte, ich sei Herrscherin über Wind und Wetter und hätte ihn demnach absichtlich nass geregnet). Eine weitere halbe Stunde gen Norden landeten wir in einer kleinen Großstadt. Immer wieder war ich fasziniert, wie schnell sich mit einer kleinen Bahnreise auch die Wetterverhältnisse ändern konnten. Und so begrüßten uns am Bahnsteig ein, vielleicht sogar zwei Sonnenstrahlen, um mir einen inneren Smiley ins Herz zu malen. »Angekommen«, hieß das Wort, dass dort kurz aufblitze. Keine Ahnung woher, keine Ahnung warum und dann war es auch schon wieder abhandengekommen. Wenn die Nummer Bahn ausgereizt war, wies der sicherste Weg in Richtung Abenteuer gen Stadtpark, wahlweise auch Schlossgarten oder Wallanlagen. Irgendwas mit Grünzeugs halt. Auf unserem Weg schlenderten wir entlang der Altbaureihen und beobachteten, wie sich auch eine kleine Großstadt nach einer langen Nacht verträumt und verschlafen ausruhte. Aus Haus an Haus, wurde Grashalm an Grashalm und dann sogar Baum an Baum. Begeisterte Begeisterung, ich war entzückt, so viel Natur pur hatte ich gar nicht erwartet. Und gäbe es ein Superlativ des Verbs, würde genau diese Form der Entzückung meinem Zustand entsprechen, als ich mitten im Park ein kleines Café entdeckte. Geschlagene 2 Stunden beherbergte mich diese kleine warme Bude und überzeugte mich gänzlich davon, dass ich am Bahngleis 9 ¾ aus der Realität gesaust sein musste. Ich fühlte mich wie in Narnia, wollte die unendliche Geschichte, wartete auf Peter Pan und war mir sicher, dass auch ich wie in »Tintenherz« gleich all die Gestalten meines aufgeklappten Buches herauslesen könnte. Für meinen Geschmack ein fantastischer Ausflug. Und als ich am Abend mit dem Tag die Stadt verließ, wusste ich, dass ich etwas gefunden hatte, ohne zu wissen, dass es mir verloren gegangen war. Meine Fantasie.

Die Flüchtlingskrise

Du denkst, dieses Buch sei eine nette Geschichte. Doch du verstehst den Aufbau nicht? Kannst keinen Handlungsverlauf erkennen, siehst die Dramaturgie des Textes nicht. Weil du erwartest, dass ich die Spannung gekonnt aufbaue und im letzten Moment fallen lasse, um der gewohnten Ordnung treu zu bleiben? Um dich als Leser zu behalten? Du willst etwas lesen, dass dich berührt. Und jetzt bist du über so viele Zeilen gewandert, hast Seiten geblättert und bist über Formulierungen gestolpert. Und noch immer verstehst du es nicht. Verstehst mich nicht. Was mich beruhigt, denn auch ich verstehe weder mich noch die plötzliche Notwendigkeit, all dies aufzuschreiben.

Du musst das nicht tun, sagen sie.

Es drängt dich doch nichts, behaupten sie.

Doch das ist nicht die Wahrheit.

Alles bedrängt mich.

Weil ich nicht leben kann, wenn ich mich nicht befreie. Wenn ich all dies nicht einfach auf dem Papier lasse, werde ich um den Verstand kommen. Ich begann zu schreiben; einen Buchstaben, als ich klein war, ein Wort, als ich heranwuchs und ellenlange Ketten von Sätzen, als die Bildungseinrichtungen es von mir verlangten. Doch im letzten Jahr hatte sich etwas absolut verrückt.

Ich wurde verrückt.

Ich schrieb.

Erst jede Woche, einen Buchstaben, ein Wortgefüge, einen Satz. Schlicht, dann mit Komma. Satzgefüge folgten. Dann schrieb ich, jeden Abend, erst einen Buchstaben, dann wuchsen ganze Zeilen, die Absätze nötig machten. Dann schrieb ich am Abend und am Mittag, in all den kleinen Alltagspausen. Bis die Zeit nicht mehr ausreichte. Bis ich aufstand und nichts sich aushalten ließ, außer das Geräusch meines Stiftes auf dem Papier.

Aufwachen, aufschreiben.

Erst einen Buchstaben, dann einen Satz und dann mein Leben. Dies begann als Erzählung bis sie zu einer Migrationsgeschichte mutierte; meine Wanderung von innen nach außen.

Auf der Suche nach einem SeelenWort.

Dies sollte eine Geschichte werden.

Und ist gescheitert.

Woran weiß ich nicht. Aus der Buchstabenansammlung wurde eine Spur. Ein Wegweiser in Richtung Umgebung, die mir entspricht. Ich war ein Flüchtling der Weltwirklichkeit, doch der einzige Ort, der mir Asyl gewährte, war mein Text. Und so bitte ich meine Schreibe immer noch, mich zu integrieren, mich einzubeziehen, mich zu identifizieren.

Weil ich erleben wollte, statt überleben zu müssen.

Die Farbe Grün

Ich will mal. en.

Aber ich weiß nicht wie.

Ich will Zeich(n)en, weil ich wissen will, worum es geht und was ihr da seht.

Wenn ihr das mit den Farben tut, fehlt mir der Mut. Den Pinsel zu nehmen, scheint mir viel zu schwer, der Stift in meiner Hand wiegt viel mehr.

Ich will die Farbe nicht zwingen, sich einer Oberfläche gleich zu machen, ich mag die Töne. Nicht auf zweidimensionale Felder drücken, um sie ins rechte Licht zu rücken. Ihr habt sie alle benannt und damit doch verkannt.

Ihr redet von Grün.

Weil ihr wisst, was das ist.

Jeder weiß das.

Und genau hier muss wohl die Differenz zwischen mir und dem Weltverständnis liegen. Die Unvereinbarkeit eurer Tatsachen mit meinen Gewissheiten. Denn ich weiß nicht, was Grün ist. Ich kenne die Realität hinter dieser Farbe nicht. Ich kann Gelb und Blau mischen und erhalte niemals euer Grün. Ich kann tausende Facetten dieses Gemenges herstellen: von waldigen Baumgipfeln bis zum fröhlichen Gras, von Morgentau-Wiesen bis zu flauschigem Moos, kotzübel bis kreischend im Neongewand, deine Augen und das schimmernde Meer, wabernder Wackelpudding, Brokkoli-Baby-Bäumchen und Spinat, von Malachit über Smaragd und Jade. Ihr habt ein Wort dafür, ein Adjektiv, dass sich beugt, aber nicht steigert. Grün nennt ihr all das, wofür es in meiner Welt kein einziges Wort gibt.

Ich werde also vor meinem Blatt sitzen. Und jemand wird kommen und vorwurfsvoll sagen: Dein Blatt ist leer. Doch ich werde antworten: Nein, ich weiß.

Ich nenne es mein Millimeterempfinden, das mit großen Meterfüßen zertrampelt oder schlicht übergangen wird.

Du

Ich entdecke dich kurz nach Jahresbeginn in deiner Lieblingskneipe mit deinen Lieblingsmenschen. Deine Mutter, deine Schwester und du, ihr sitzt wie immer im hinteren Eck und plaudert wild durcheinander. Kein kryptisches Geschnatter, mehr ein reger Austausch, der darauf bedacht war, möglichst viel Leben auszuliefern. Ich setzte mich an den Tresen, von hier aus kann ich dich hervorragend anstarren, während ich vorgebe, mich dezent im ganzen Raum umzusehen. Wie jeder es tut, wenn er nichts weiter tut als eben nur das. Der Lieblingskellner bringt eine große Sprite. Ich nicke wertschätzend. Schön war es, wenn wir einfach keine Worte brauchten. Kein Hallo, keine Bestellung, keine Silbe und doch herrscht eine stille Höflichkeit zwischen uns. Seit Tagen bastelte ich an meinem Plan, den ich – aufgrund deiner mangelnden Anwesenheit – mit einem paradoxen Gefühl aus Erleichterung und Enttäuschung nicht in die Tat umsetzen konnte. Nun ist es so weit. Ich bin fast zwei Meter groß, recht breit gebaut und meist kein Typ der Zurückhaltung. Aber jetzt schlottern mir die Knie, ich fühle mich klein und unbeholfen. Na toll! Eingeschüchtert starre ich auf den Aschenbecher vor meiner Nase. Ich hatte aufgehört zu rauchen. Ein Handzeichen in Richtung hintere Tresenwelt genügt, und schon liegt Fluppe samt Feuerzeug vor meiner Nase. Ich qualme also wieder und puste meine Rauchfetzen grimmig in Richtung Decke. Na toll! Bisher dachte ich, du würdest mich auf irgendeine komische Art und Weise zu einem besseren Menschen machen. Jetzt bin ich mir nicht mehr so sicher. Aber vielleicht geht es auch nicht ums Besserwerden, vielleicht geht es einfach darum, dass ich nur bei dir das Gefühl habe, bei mir zu sein. Ich drücke die Zigarette wieder aus. Lasse 5 Euro auf dem Tresen liegen und tigere zielstrebig zu eurem Tisch. Ich lächele aus Anstand zuerst die Mutter an, dann die Schwester und dann hocke ich mich dicht neben deinen Stuhl, um dir direkt in die Augen zu schauen. Ein Blick, dem du nur selten standhältst. Mehr aus Überraschung als aus Mut krallen sich deine Augen in meinen fest. »Geh mit mir aus.«, fordere ich. »Nein«, setzt du prompt entgegen, ohne zu zögern, ohne zu denken und deshalb weiß ich, dass du nicht tatsächlich geantwortet, sondern dich lediglich geschützt hast. Ich gebe dir also eine zweite Chance: »Geh mit mir aus am Samstag«. »Nein«, du wiederholst dich. »Doch«, aus dem Hintergrund, fast synchron die Mutter und die Schwester. Ich schmunzele, so viel Unterstützung aus dem Off ist gar nicht in meinem Konzept erdacht gewesen. Dein Blick wechselt von mir zu deiner Familie und wieder zurück. Verzweiflung und Empörung über so wenig Rückendeckung ist dir ins Gesicht geschrieben. Ich erhebe mich, grinse und verkünde »Tja, überstimmt. Ich hole dich ab, 19 Uhr.« Ein triumphierender Blick für dich, ein Abschiedsnicken für deine Bande und verschwunden bin ich. Etappensieg: Na toll!

Die Verantwortung

»Wem willst du dich beweisen?«,
hatten sie mich schon so oft gefragt. Als ob es jemals um Beweise gegangen wäre. Ich bin nicht Sherlock Holmes, auch wenn ich mich gelegentlich im Fall befinde. Es geht eher darum, der Welt oder etwas weitgefasster, dem was den Erdball zusammenhält, gerecht zu werden. Im Kleinen das Große zu sehen, jeden einzelnen Tag wie ein kleines Leben zu meistern, das ist es, was mich wirklich immer wieder herausfordert. Ich habe so viele Ideen im Kopf, die Realität einfordern; so viele Gedanken, die ich nicht schaffe, so viele Gefühle, die ich nicht fühlen kann, so viel Schönheit ist in der Natur, die wertgeschätzt werden will. So viel Hässlichkeit herrscht in der Gesellschaft, die getröstet werden muss. *Ob ich für all das verantwortlich bin?* »Wohl kaum«, sagen sie. *Auf jeden Fall*, sage ich. Du fragst dich, woher dieses VerANTWORTungsbewusstsein kommt? Vermutlich ist es einfach die ANTWORT auf mein Bewusstsein und das Wissen darüber, dass VerantWORTung kein leeres Wort ist. Was aber heißt BewusstSEIN? Ich sage: Wissen über das SEIN. Doch genau dieses Wissen über das ganz große menschliche Kollektiv macht mir Angst. Die Tatsache, umgeben von so vielen Menschen und so wenig Menschlichkeit zu atmen, erscheint mir zunehmend bedrohlich. Und dennoch beteilige ich mich

an diesem skrupellosen System so sehr, dass es fast gruselig ist. Ich denke, statt zu fühlen. Ich zweifle – statt zu tanzen. Ich fliehe – statt zu lieben. Ich friere – statt zu umarmen. Ich gebe ab – statt zu teilen. Ich l(i)ebe »du« und »ihr«, aber niemals »wir«. Dabei will ich so sehr. Aufhören. Nach dem WAS zu fragen.

Was bist du? Was willst du? Was liest du? Was weißt du? Was liebst du? Was ahnst du? Was lässt du? Was meinst du? Was fragst du? Was --- geht dich das an!

Lieber beginne ich, mich für das WIE zu interessieren.

Wie bist du hierhergekommen? Wie willst du leben? Wie willst du erfahren? Wie willst du dich fühlen? Wie willst du fragen? Wieso fragst du noch.

Du besitzt bereits die ANTWORT. Doch du hast Angst, zwischen den Leerzeichen hängen zu bleiben und vor lauter Antworten zu VERsagen.

Schreib mich nach Hause

»Du siehst nicht so glücklich aus«,
witzelte die Bekannte, als wir zufällig zur gleichen Zeit den Hauseingang ansteuerten. Sie per Rad, ich zu Fuß, Klecks per Pfote. Ich nuschelte und grummelte etwas Unverständliches, bei dem ich mir selbst nicht so ganz sicher war, was ich eigentlich sagen wollte. Dazu zog ich eine angemessene Fluppe und legte meine Stirn in Falten, schließlich hatte ich das bei unzufriedenen Menschen beobachtet und war bereit dazu, es ihnen gleichzutun. »Aha, und was genau hat dir den Tag so arg verdorben?«, ihrer Ironie nach zu schließen, wusste sie bereits, dass aus ihrer Perspektive heraus betrachtet kein wahnsinniges Unglück passiert war, sondern lediglich mein Kopf mal wieder ein Drama in fünf Akten aufführte. »Du bist übrigens knuffig, wenn du so grummelst«, fügte sie hinzu und hielt mir die Tür zum Hausflur auf. »Nimmt mich hier denn keiner mehr ernst?«, jammerte ich und stapfte hinein. »Na rück raus mit der Sprache!«, forderte die Bekannte nun, während sie akribisch in ihrer Tasche nach dem zweiten Schlüssel für die Wohnungstür suchte. »Ich wurde gerade zu einer Verabredung verdonnert!«, platzte es raus, obwohl ich diese Information eigentlich für mich behalten wollte, denn einmal ausgesprochen, konnte man die Tatsachen viel schlechter verdrängen.

Das Gesicht der Bekannten erhellte sich und ein breites Grinsen ließ sie glucksen: »Mit echten Menschen und so?« »Mit einem Menschen«, verschlimmbesserte ich mit angemessenem Wirbel in der Betonung. »Ein Date«, kreischte sie albern und sprach endlich aus, was absolut nicht sein konnte. Kopfschüttelnd blieb mir nichts anderes übrig als in ihr Gekicher einzufallen, bis ich mit hängenden Schultern die Treppe empor stapfte und die Bekannte hinter ihrer Wohnungstür verschwand. Natürlich nicht, ohne sie in derselben Sekunde wieder aufzureißen, mir noch einmal ermutigend entgegenzustrahlen und hinaufzurufen: »Das wird fantastisch«. Und mit einem Rumps war die Tür wieder ins Schloss gefallen. Immer noch kopfschüttelnd schlüpfte ich nun durch meine eigene Wohnungstür, ließ Klecks' Urteil zur Folge eindeutig zu wenig Futter in den Napf plumpsen, machte es hygge und setzte mich samt Wärmekissen an den Schreibtisch. Zwischen einem Problem und keinem Problem lag nur ein einziger Buchstabe und somit musste sich auch diesen aufkommenden Unmut einfach abschreiben. Die einfache Konsequenz war wie immer ein leeres Blatt Papier, ein Stift und ein Wille zur Kopfchaosbewältigung.

Also schriebe ich:

Erkenntnis des Tages: Programmierungsfehler!

Ich kann nicht verliebt sein.

○ *Vielleicht ist dieser Zustand in meinem inneren Code falsch programmiert.*

○ *Vielleicht existiert diese Eingabe in mein Gefühlsformat nicht.*

○ *Vielleicht wurde das allgemeine Schwärmen durch die begrenzte Zulassung einer unbeträchtlichen Zweisamkeit ersetzt, die ich loslassen kann, sobald ich sie nicht mehr ertrage.*

Ich kann in mich, aber nicht mit dir gehen.

Ich kann neben dir stehen, ohne den gleichen Boden zu berühren.

Ich kann dich treffen, ohne mich im gleichen Raum zu befinden.

Ich kann dir vorschreiben, mich ohnehin nicht zu verstehen.

Erkenntnis der Nacht: Ich bin auch zusammen zusammenhangslos.

Ich drehe jeden Satz so, wie ich ihn brauche.

Statt Ahnung vom Leben lieber Angst davor, die Wirklichkeit zu sehen.

Statt mutig den Ausweg zu suchen, lieber die Sätze drehen.

Ich laufe weg, ich schreibe mich fort,
auf der Suche nach einem anderen Ort.
Ich bin nicht im Leben, ich bin auf der Flucht. Vor mir.
Und trotzdem schreibe ich hier:
Ich kann l(i)eben.
Nur mich. Nicht.

Die Ferne

Am liebsten beobachte ich die Menschen aus der Ferne.

Es ist schön sie anzusehen, während nicht mal ein ganz bisschen ihrer Aufmerksamkeit auf mich fällt. Sie anzusehen, wenn sie nicht hinsehen. Sie zu sehen, wenn sie nichts sehen. Schlafende, lesende, denkende und träumende Menschen. Immer dann, wenn sie sich nicht beobachtet fühlen. Immer dann, wenn sie sich trauen, für sich zu bleiben. Genau dieser Zustand ist es, so finde ich, wenn der Mensch das Maximum seiner Schönheit zum Vorschein bringt. Ich meine keine abstrakte Ästhetik, die es zu interpretieren und zu analysieren gilt. Nein ich meine, reine und echte Schönheit. Vielleicht ist dies auch der Grund, warum ich den Menschen am liebsten aus der Ferne begegne. Ich möchte das Gefühl haben, ihre ganz eigene natürliche Schwingung nicht aus dem Gleichgewicht zu bringen. Ein Zustand, der Lebensbalance herstellt. Ich wage es nicht, mich ihnen zu nähern, um ihr Gleichgewicht nicht zu gefährden. Viel lieber ist es mir, ihre Seelenfarbe zu erraten.

Ganz heimlICH.

Der Blickwinkel

Punkt 19.00 Uhr, meine Haustür, meine Türklingel. Ich zog also die Jacke über, griff die Leine der Fellnase und warf mir meinen Rucksack über die Schulter. Er sollte sich gar nicht erst einbilden, ich würde mich auch nur im kleinsten Detail für ihn ändern oder gar optisch hervorheben wollen. Kam gar nicht in Frage. Das hatte ich noch nie getan. Natürlich: Gerne sah ich jeden Morgen anders aus und führte selten die gleiche Kombination aus meinem riesigen Fundus an Second-Hand-Kleidungs-Goldstücken aus. Doch ich weigerte mich, mich für einen Anlass anzukleiden. Vielmehr wollte ich nicht verpassen, verschiedene Variation meiner selbst zu versuchen, um die Vielfältigkeit all der Möglichkeiten, die mir farb- und kleidtechnisch zur Verfügung standen, in die Welt zu tragen. Also: Keine Absätze, keinen weiten Ausschnitt, keine Farbe außer die eine auf den Lippen und ganz bestimmt auch kein Handtäschchen. Also: Alles wie immer.

19.10 Uhr, er und ich, beschauliche Bar, die ich bisher noch nicht kannte, ziemlich nett, gemütlich und gleichzeitig stilvoll. Kein enormer Geräuschpegel, aber eben auch keine herrische Stille. Der Laden überzeugte mich (und Klecks) vor allem durch den unglaublich bequemen Sessel, in den ich mich jetzt erleichtert plumpsen ließ. Während ich mich auf dem Hinweg wie ein gehendes Fragezeichen fühlte, eine

Schlangenlinie, die über ihren eigenen Punkt fällt, war ich nun absolut beglückt, mit welcher Sanftmut mich diese plüschige Sitzgelegenheit verschluckte. Er lächelte mich an und zum ersten Mal an diesem Abend tat ich es ihm nach und warf ein verhaltenes Grienen in den Raum. Hier sollte also heute Abend das kleine Konzert die einzelnen Tischinseln auf einen Fixpunkt zulaufen lassen und für einen Abend die Gästegruppierungen aufbrechen, um sich gemeinsam für einen absolut unbekannten Sänger samt Gitarre (Klassiker!) zu begeistern. Mein Blick überzog das Mobiliar, streifte die anderen Ankömmlinge und blieb an einem Spiegel der gegenüberliegenden Wand hängen. Der goldene Rahmen hielt meinem Blick stand, zwang mich, hineinzublicken. Drängte mich, seinem Inhalt für einen kurzen Moment Realität zuzusprechen. Das schwebende Viereck fesselte meine Aufmerksamkeit, provozierte mich. Erst als leise Ahnung, dann als laute Gewissheit: Der Spiegel verlangte seine Erzählperspektive für diese ungewöhnliche Begebenheit einer verwirrten Frau mit einem verirrten Mann. Der Spiegel wollte unter jedem Umstand diese Geschichte erzählen, denn es war das erste Mal, dass eine Begegnung ihn anrührte, zwei Menschen sich bemühten, sich wahrzunehmen, sich nicht nur gegenübersaßen, sondern in absoluter Vorsicht gegenübertraten. Es sollte seine Geschichte werden, mit oder ohne Happy End.

Der Spiegel

Sie hörte der Musik zu.

Er sah sie an.

Dann – sah sie ihn an.

Er hörte der Musik zu.

Es war fast so, als wären Zuhören und sich anschauen gleichzeitig absolut ausgeschlossen und so mussten sie sich, um Gerechtigkeit bemüht, abwechselnd zum einen den Klängen und zum anderen dem Gegenüber hingeben. Und bei all der Sinnlichkeit entstand für beide ein völlig unterschiedlicher Abend, denn sie gehorchten in keinem Moment den gleichen Tönen, teilten keine gemeinsamen Blicke. Und doch passierte etwas Eigenartiges. Da wurde jemand berührt, wie ein ehrlicher Ton im richtigen Moment nach Erlaubnis fragt, schlich eine Hand auf eine Strumpfhose, ganz leicht, ganz vorsichtig. Und wo alles gefroren war, begann etwas sachte zu tauen. Der Eine, der sich traute, mit Bedacht das Bedürfnis nach Beständigkeit aufspürte. Und so verblieben sie regungslos im Abbild. Der passende Ton im angemessenen Moment krabbelte über Mauern und Grenzen hinweg. Im Inneren war Bewegung im starren Prinzipienkonstrukt. Die Blutkörper tanzten, die Lunge atmete im Takt, und plötzlich begann das Herz zu verstehen, warum zur Hölle es diesen Scheiß Job macht. Musik macht mutig. Klänge können kurz aus reiner Existenz reines Leben summieren. Nur eine Berührung, ein Song, ein paar Liedzeilen, eine Strophe, kein Refrain, bevor der Zauber endete.

Sie sagen,

der Weg ist das Ziel, aber was ist, wenn wir nicht loslaufen können, wenn wir nicht das Ende erreichen wollen,

weil wir verweilen,

statt zu eilen.

Sie sagen,

der nächste Tag kommt bestimmt, aber was ist, wenn wir den Abend nicht gehen lassen können, wenn wir nicht erwachen, weil wir nicht schlafen wollen,

weil wir teilen,

um zu heilen.

Sie sagen,

schweigen ist mehr wert als tausend Worte, aber was ist, wenn wir nicht wortlos bleiben können, wenn die Buchstaben Freiheit wollen,

weil wir reden,

um zu leben.

Sie sagen,

es ist nie zu spät, um das Richtige zu tun, aber was ist, wenn wir nicht wahrhaft sein können, wenn wir viel mehr Falsches tun wollen,

weil wir irren,

und verwirren.

Sie sagen, all das, aber was werden sie sagen, wenn wir nicht zuhören können, weil wir singen wollen,

weil ihr hören müsst,

bis die Melodie uns küsst

Weil wir alle können und wollen, in Sang und Klang

Irgendwann

Untergehen.

Der letzte Ton verklang, der erste Blick wurde geteilt. Und dann, dann war es an der Zeit zu gehen.

Das Resonanzprinzip

In der Nacht, in meinem Bett, ohne Schlaf.

Mal wieder musste ich feststellen, dass mich nichts so sehr berühren konnte, wie ein herzhafter Ton in einem wahrhaftigen Moment. Diese unsichtbare Schwingung, die da durch die Luft wanderte, drang in mich ein. Nicht nur, dass sich diese sanften Wellen über die Ohrmuscheln in mein Bewusstsein geschlichen hatten. Nein, der Ton schien viel mehr über meine Haut zu spazieren; sich vor meinen Augen anzubieten. Der Klang kitzelte meine Füße, bis ich unweigerlich dazu gezwungen war, meine Mundwinkel anzuheben. Und so passierte es, dass aus einem leisen Laut zwei Laute wurden, aus zwei, dann drei und unbemerkt entspann sich eine ganze Melodie. Sie nahm den Raum vor mir ein, ohne mich von meinem Platz zu verdrängen. Sie nahm den Raum in mir ein, ohne mich zu provozieren. Es war das, was die Menschheit seit Anbeginn der Zeit tut und Musik nennt. Das war es, was mich an diesem Abend ganz tief innen berührte. Da, wo eigentlich alles gefroren war, vermochte ein einziger Ton für eine einzige Sekunde etwas längst Verlorenes zum Schmelzen zu bringen. Denn es war ein Zustand, in dem die Gedankenkreise stockten. Der Verstand schwieg. Endlich. Stille. Weil alles pulsierte. Ich höre nicht Musik. Ich lebe sie. Kurz. Kurz lebe ich. Musik ist das i im Leben. Doch als der Schall verklungen war, als der Rhythmus stillstand und aufhörte, alles Sein in Schwung zu versetzen, da war dort wieder steinhartes Eis. Regungslos.

In der Nacht, in meinem Bett, ist etwas geblieben. Ein Andenken daran, dass sich alles bewegt. In mir, neben dir. Ich werde diese Erinnerungen bewahren, jeden verdammten Tag und jede friedvolle Nacht.

L(i)eben.

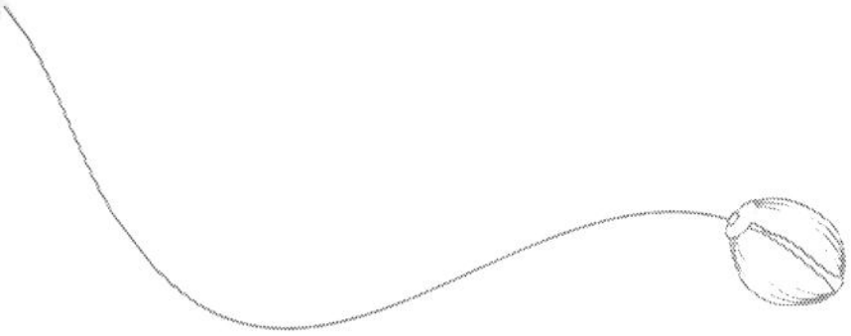

Du

Ich bringe dich bis zur Haustür. Bleibe absichtlich zwei Schritte vor der Türschwelle stehen und wende mich dir zu. Ich will dir unter keinen Umständen Angst machen. Ich will dich berühren. Ich will dich nicht verschrecken. Ich will jetzt mit dir in deine Bettlaken fallen. Ich will dir das auf gar keinen Fall antun. Also umarme ich dich. Du, erst regungslos und dann – tust du`s doch: Schließt ebenfalls deine Arme um meinen Körper. Viel zu kurz deine Länge, um mich einmal ganz zu umfassen. Es ist, als ob du nach etwas greifst, von dem du weißt, dass du es niemals zu fassen bekommst. Ich bin froh, dich zu spüren. Ich bin beruhigt, denn es gab eine Zeit, da waren deine Gelenke, die Unter- und Oberarmen miteinander verbanden, dicker als der Rest deiner Gliedmaßen. Deine Erscheinung nicht mehr als ein verlorener Windhauch. Und trotzdem, immer noch, als ich dir über den Rücken streiche, kann ich durch den dünnen Stoff deines Kleides jeden Wirbel fühlen. Natürlich ist mir bewusst, dass das ganze Gerüst, das deine Seele beherbergt, gefährlich instabil, wackelig und vom Verschwinden bedroht ist. Doch du bist standhaft. Ich erkenne – auch ohne dass du darüber sprichst – dass die Flüchtigkeit deiner körperlichen Gestalt, einer schweren Seele geschuldet ist. Doch deine Grazie beheimatet ebenso Stärke und ich meine nicht die Kraft, die durch Training aufgebaut wird. Es ist vielmehr die Aura von Stärke, die nur im Kampf errungen *werden kann. Und genau das ist auch der Grund, weshalb ich nicht aufgebe. Du verharrst in unserer Umarmung, starr wie eine Statue, verunsichert hältst du einfach in dieser Position aus, du wartetest ab. Wartest darauf, dass die Welt um dich herum in jeder Sekunde in sich zusammenfallen könnte, erwartest das Ende vor dem Anfang. Ich hingegen drücke dich für einen letzten Moment umso fester an mich. Ich weiß, dass das nur die wenigsten tun. Sie haben Angst. Sie wollen nichts falsch machen. Sie trauen sich nicht. Aber ich habe Lust auf Abenteuer. Habe Lust dabei zu sein, wenn du deine Lebensphilosophie gegenüber jeder Wirklichkeit behauptest. Ich hingegen behaupte, es ist eine Sicherheit, die ich dir in diesem Moment geben kann, die dich dazu bringt, dich zu trauen deine Muskeln für einen kurzen Augenblick aus deinem Verteidigungsmechanismus zu entlassen. Dieser Zustand hält nur kurz. Aber in solchen Situationen ist Zeit ohnehin irrelevant. Ich könnte dich ewig so halten. Wenn du mich lassen würdest. Aber du lässt nie zu. Du lässt immer nur zurück.*

Die Haustür fällt mit einem leisen Klicken ins Schloss. Du bist Vergangen.

Die Selbstständigkeit

Perfektion ist Kontrolle.

Kontrolle ist Eigenverantwortung.

Eigenverantwortung ist Selbständigkeit.

Selbstständigkeit ist allein stehen.

Aber wie soll jemand, der allein steht, zu zweit gehen, zu zweit liegen, zu zweit leben. Du siehst: Das geht nicht. Also ist Perfektion in ihrer Vollendung nichts anderes als Einsamkeit.

Distanz – ist das was ich brauche. Distanz zwischen mir und der Welt, mir und den Menschen, mir und meinem Körper, mir und meiner Seele. Ich fühle mich wie ein zerbrochener Spiegel, in dessen Einzelteilen ich meine Ingredienzien erkenne, jedoch niemals ein klares Bild zu fassen bekomme.

Ich bin gewaltig. Leise.

Viel zu oft höre ich mir beim Sprechen zu. Schweige mich fragend an. Frage mein Schweigen aus. Die Worte verstecken sich oder laufen an mir vorbei. Manchmal laufen die Sätze aber auch durch meinen Kopf und weigern sich mit dem Sinn herauszurücken. Dann ist es wieder da, das Schweigen, das ich so gerne teilen würde. Doch verrate, wer hält diese Wortlosigkeit aus? Sich anzuschweigen ist eine hohe Kunst, sich ohne Worte zu genügen, ohne auf Wortfetzen zu warten. Ohne ein Mindestmaß an Smalltalk einzufordern, wenn das Langgespräch ausbleibt.

Wortlos erscheint den Menschen die Luft zu leer.

Sie wissen nicht, dass Kommunikation so viel mehr sein kann. Das eine Geste problemlos Zwischenräume überbrückt, dass ein Gefühl von einem zum anderen überschwappt. Sie erahnen nicht, dass wir auch ohne Worte verstehen. Dass allein das Miteinander teilen und dass das mehr als genügt, um gemeinsam Mensch zu sein. Und somit – bleibe ich mit meinem Schweigen allein, das Atmen fällt mir schwer, weil Alleinsein am schlimmsten ist, wenn man sie in Zweisamkeit betreibt. Doch die wirkliche Tragik solcher einsamen Begegnungen ist, dass währenddessen das Leben um uns tanzt, das Wetter herumwettert, Mond und Sonne sich irgendwo gerade begrüßen und woanders verabschieden, Wellen wirbeln, Fische planschen, Vögel vögeln, wir nichts von diesem riesigen Wahnsinnsweltenwunder wahrnehmen. Denn wir sind beschäftigt, geschäftig, bis zum Überlaufen ausgefüllt mit dem, was für dich von Belang ist und für mich lose im Nichts hängt.

Der Traum

Manchmal, da fasse ich Wände an, nur um zu schauen, ob ich nicht vielleicht durch sie hindurchgreifen kann. Tust du das auch? Ich tue das nicht, weil ich eine verzauberte Harry-Potter-Kindheit hatte. Nein, ich greife nach dem starren Material, um zu begreifen, ob es wirklich existiert. Ob dieses Konzept von Realität wirklich ist. Weil ich einfach nicht glauben kann, dass da nichts Magisches unter der Oberfläche wohnt. Ich kann nicht glauben, dass dort nichts Unwirkliches der Mauer ihre Standhaftigkeit verleiht. Natürlich lässt sich das alles physikalisch erklären. Ich bin zwar blond, aber nicht doof. Manchmal will ich mich einfach von allen Gesetzen freisprechen, alle bestehenden Prinzipien loslassen und mich fragen: Was wäre, wenn. Was wäre, wenn du, …. Und was wäre, wenn die Wand unter meiner Berührung ihre Form verliert, mich teilhaben lässt, am tatsächlichen Wesen. An dem, was wir nie für möglich gehalten haben. Die Wand würde mir ihre Geheimnisse offenbaren. Nicht weil ich sie analysiert und untersucht habe. Nicht weil ich sie gezwungen habe. Nicht weil ich es wollte. Nein, sie hat mir eine andere Welt gezeigt, weil ich sie gefragt habe. Eine ausgestreckte Hand kann greifen, kann sich anbieten, kann helfen, kann verweisen. Aber sie kann auch fragen. Denn Räume bestehen aus nichts anderem als aus Träumen.

Die Tragweite

Mein guter Morgen. Mein Sonntag. Mein Handy. Klingeln. Im Schlaftaumel war ich unvorsichtig und las gar nicht erst, wer am anderen Ende um Anhörung bat. Ich verpasste es, mir eine Viertelsekunde zu verschaffen, in der ich mich in Gewissheit um meinen Gesprächspartner auf den folgenden Dialog vorbereiten könnte. Mit kniependen Augen (zum Glück braucht es zum Telefonieren ja nur Ohren, keine Augen) nehme ich ab.

»Und?«, überrumpelte die Schwester meine frühmorgendliche Lieblingsruhe.

»Hmm?«, gab ich einen kurzen ersten Lebensbeweis.

»Und wie war euer Abend?«, setzte sie nach.

Keine Antwort.

»Jetzt lass dir doch nicht alles aus der Nase ziehen«, an Ungeduld kaum zu überbieten.

Mir fiel jedoch nichts ein, weil ich noch nicht wusste, was ich erlebt hatte. Der gestrige Abend war noch nicht sortiert, der Haufen an Erinnerungen noch nicht verpackt, noch nicht mit passendem Gefühl etikettiert und verstaut. Ich wusste noch nicht, was gewesen war.

»Ich glaube«, nuschelte ich als Notlösung, »Mit mir kann man auch zu zweit hervorragend einsam sein.«

»Och menno, komm schon…«, nörgelte es am anderen Ende der Leitung.

»Es war doch nur ein Abend. Du musst aufhören immer gleich im großen Ganzen zu denken. Ein netter Abend heißt nicht, dass du den auch heiraten musst«, erklärte mir die Schwester die Welt. »Obwohl der natürlich eine gute Partie abgeben würde…«, begann sie belustigt zu grübeln.

»Oh man«, ich so, »also ich muss erst mal kurz aufwachen.«

»Oh man«, sie so, »na gut, ich bin jetzt bei der Arbeit, aber schreib mir!«

»Jup!«

»Wehe, wenn nicht.«, drohte sie und legte auf.

Zwei Stunden noch, bis auch ich zur Arbeit musste. Wackelnd suchte ich meinen Yogakram zusammen und beschloss, heute auf meiner Yogamatte aufzuwachen. Das Mobiltelefon wollte daheimbleiben und daher tippte ich bevor ich mich mit dem Ausknopf befreite.

»Hey Schwesterherz, danke für deinen Anruf. Es war keine Tragödie, aber auch nichts mit Tragweite. Du weißt ja, mich kann man nicht ertragen. Bussi.«

Selbstbetrug trägt, wusste mein Herz. Doch meine Gedanken waren frei, niemand der in meinem Kopf auf und ab lief, die Gedanken besetzte und »Revolution!« schrie. Ich musste nur

weiteratmen.
Lügen laufen lassen.
Tatsachen täuschen
Und meinen Verstand verfälschen.
Denn ich wollte mich allein behaupten.

Der Ausgang

Montag, mein Lieblingstag.

Ich liebte diesen Wochentag, weil es sonst keiner tat und schälte mich aus der Nacht. Ich hatte Glück. Als ich die Rollläden hochzog, war der eklige Regen von gestern verschwunden. Ein bisschen grau, ein bisschen trübe, aber eben halt auch nicht nass. Eigentlich ein schönes Wetter, um draußen zu sein. Die Luft hatte sich rein geregnet, um nun nach frischer Wäsche zu riechen. Aber heute war nichts mit Seele-baumeln-lassen und durch die Wälder streifen. Dem Hund kam das gerade recht. Er war eh faul, schaute mich verschlafen an und war vermutlich überglücklich, heute keine sieben Meilen Wanderung mit mir durchstehen zu müssen. Der Tagesplan bestand darin, mich in die Uni zu begeben und dort ein wenig Literaturrecherche für die anstehenden Projekte zu betreiben. Für mich eine durchaus schöne Aussicht. Großes Plus: Heute Brokkolisuppe in der Mensa. Einziges Manko: Wohl oder Übel werden auch alle anderen Studenten aus ihrem Winterschlaf und Feiertagsträgheit erwacht sein und einen plötzlichen Semesterendspurt antreten. Aber was soll`s. Also, ab unter die Dusche, Kleid an, Pulli drüber, Turnschuhe geschnürt und los ging's.

Das wirklich Doofe an mehr als 4 Jahren an der gleichen Uni war, dass die Menschen begannen, mich als Bestandteil ihres alltäglichen Daseins zu deklarieren. Sie behaupteten, mich zu kennen. Die entsprechende Begründung lag darin, dass sie mich schließlich regelmäßig sahen; meistens von Weitem, aus der Ferne kurz Winken oder bei einem flotten Aneinandervorbeirauschen. »Hey, bin eilig, aber hoffe du hast einen tollen Tag« sind dabei die Worte, die ich mir ausgesucht hatte, um das Problem lösungsorientiert zu bewältigen. Das Problem bestand, wie bereits angemerkt, darin, dass ich es meist überaus anstrengend fand, mit anderen Menschen zu kommunizieren (vor allem, wenn es sich um den sogenannten Small Talk handelte). Wobei ich diese Inkompetenz nicht mal großartig bedauerte, denn das einfach daher Geplauderte war in meiner Welt schlichtweg irrelevant für den Fortgang der Welt. Lag mir einfach nicht und abgesehen davon, war es zum Glück auch nichts, was mir fehlte. Die mangelnde Begeisterung für die Interaktion mit meinen Mitmenschen hatte genau zwei Gründe, von denen keiner nur im Geringsten damit zu tun hatte, dass ich den Menschen vor meiner Nase nicht mochte oder nicht wertschätzte. Das ist eines der größten Missverständnisse, ein reiner Trugschluss. Denn das war es nicht. Ich resümiere daher für ein besseres Verständnis: Erstens befand ich mich meistens in einem ziemlich herausfordernden Zeitfenster. Wenn ich schlenderte, dann durch den Wald oder in der Natur. Im sonstigen Hergang folgt alles einem genauen Plan, dessen Abweichung maßgebliche Folgeschäden nach sich zog. Zweitens empfand ich jede Gegenüberstellung mit einem anderen Menschen so intensiv, dass es für mich eine wahre Anstrengung bedeutete, standzuhalten. Ich war so sehr bemüht, den Subtext des Gesagten zu interpretieren, dass ich häufig ganz vergaß, den ganz einfachen, tatsächlichen Gehalt zu verstehen. In üblen Fällen waren so viele Gedankenschleifen in meinem Kopf angetickt, die von nur einem einzigen Wort in einer seltsamen Tonlage ausgelöst wurden, dass ich total irritiert war. Mir in solchen

Momenten eine einfache Antwort abverlangen: Unmöglich. Etwas inkonsequent und daher schon fast gemein – das gebe ich zu – war natürlich, dass ich mir hinsichtlich meiner optischen Erscheinung keinerlei Deckung verschaffte. Ich gab mir nicht mal Mühe, mein markantes Erscheinungsbild zu neutralisieren. Der Hund gehört zu mir, genauso wie meine familiär bedingten hellen Haare, mein Lieblingslippenstift in wahlweise Warnsignalrot oder jegliche Abstufung des Purpurtons. Außerdem verbitte ich es mir ausdrücklich, mich irgendeiner Modediktatur zu beugen. Ich trug gern Kleid und Turnschuh, im Winter durfte das ganze um Leggins und Pulli beziehungsweise Mütze, Schal und – ganz wichtig – Handschuhe ergänzt werden. Dieses Arrangement ließ manche Menschen darauf schließen, ich würde mich an den Kleidungsideen der 20er Jahre orientieren. Manche Menschen unterstellen mir aber auch eine Kopie der 50iger. Manche haben aber auch keine Ahnung und sagen, meine klamottentechnische Zusammenstellung sei einfach seltsam. Nur keine Meinung, die hat kaum jemand. Mir soll`s egal sein, war es aber nicht. Ich hatte mir so sehr vorgenommen, es sein zu lassen, es einfach hinzunehmen, doch es kam anders und somit folgt eine weitere Ausgabe meiner Empörung. Denn ich muss sagen:

Es geht mir auf den Senkel. Oder soll ich lieber sagen: Es ging mir auf die Eier! Nicht nur ein bisschen, sondern sowas von gewaltig. Schleichend kommentiert ihr eure Ergreifung. Erbeutet euch euren Besitz über meinen Körper. Eure Auslegungsart meiner Lebensweise, eure Worte, eure geheuchelten und auch eure herzlichen Komplimente sind wie Hände, die sich nach mir ausstrecken. Es zieht und zerrt an mir. Nicht im Kollektiv. Nicht in eine Richtung. Das wäre zu simpel. Jede Begegnung, jeder Dialog wählt seine eigene Richtung. Selbstbestimmung wird zum Akt der Unmöglichkeit, weil eure anmaßenden Annahmen über Anschauungen meine Abgrenzung auf leisen Sohlen unterlaufen. Was soll daraus werden? Was soll aus mir werden? Wenn dem Werdegang keine Selbstbestimmung gelassen wird? Was wird passieren? Ich werde weder zerreißen noch mich in Luft auflösen, denn ihr könnt mir meine Existenz nicht absprechen, nicht einfach so. Aber ihr könnt so lange an allen Ecken und Kanten, die ich besitze, feilen, bis ich genau die Form habe, die euch passt. Solidarität meint eigentlich sollen. Sein sollen. Und zwar genau so wie ihr.

Ich rieche die Gefahr, ich muss mich verteidigen, also schreibe ich mich fest.

Schreib mich nach Hause

Ich schreibe mein Leben
auf, um, runter, hin (und weg), nieder, ein, ab, an, gut, klein, groß, fort, vor, zu, recht, zurecht. Zu recht?
Ich schreibe mir mein Gegenüber. Ich bastele mir meinen Text und gleichzeitig erwacht da eine Verbindung, die sich außerhalb meines Verständnisses bewegt.
Schreiber und Geschriebenes.
Denker und Gedachtes.
Schöpfer und Schöpfung.
Verfasser und Gefasstes.
Urheber und Aufgehobenes.
Absender und Empfänger.
Künstler und Kunstwerk.
Schriftsteller und Geschichte.

Die Stadt

Zwei in eins, in existentieller Abhängigkeit, ohne doppelten Boden, ohne Sicherheit, ohne Plan. Unabgeschlossene Unvollständigkeit. Mit nur einem Ziel: Zweisamkeit.

Ausflug mit der Mutter mit dem Ziel: Kleine Großstadt, um Begeisterung für diesen Fleck Erde zu teilen. Im Gepäck: Frühlingssonnenstrahlen und Glückseligkeit über ein wenig Zeit zu zweit.

Wir wandelten am Wasser entlang, tigerten durch die Gassen und bestellten heiße Suppe für mich, Salat für die Mutter. Wir waren in diesem Moment, teilten unsere Verbindung nicht auf, sondern schöpften aus dem Vollen. Mutter und Tochter, gleiche Andersartigkeit, zwei Köpfe mit demselben Innenarchitekten, zwei Seelen mit seltsam verschiedenen Bruchlandungen. Ein schwereloser Tag, ein Tag zum Verweilen, ohne Eile, ein Tag, um all das zu sagen, was sonst keiner hört. Ein Tag, der tröstet, ohne vor Kummer zu triefen. Ein Tag voller Liebe, an dem ich all das Leben vor mir liegen sah. Die geschäftig Wandernden, die fahrenden Züge, die blinkenden Autos, die Werbeplakate, die gefüllten Cafés, die geleerten Tassen. Ich sah die Einzel- und Spaziergänger, die Weltenbummler und Hektiker. Ich sah die ambitioniert Wartenden und die abwesenden Smartphone-Gefangenen. Ich beobachte all das, während die Großstadt mir plötzlich

Stille schenkte, ich sogar einen Windstoß hören konnte, das tanzende Laub raschelte und mir eine Idee von Ewigkeit, die Vorstellung einer Existenz abseits des menschlichen Gewusels zuflüsterte. Ich weiß nicht, ob die Mutter auch all das sah. Aber was weiß ich schon und was spielte es für eine Rolle, denn ich war mir sicher, sie fühlte, dass sich dort etwas bewegte. Dass ich es liebte. Dass ich sie liebte. Diese Anonymität der Masse, die sich nicht bewusst darüber war, dass wir, zwar mit anderen Füßen, aber am Ende doch alle auf demselben Boden standen. Wir liefen mit unterschiedlicher Kragenweite, anderem Blickwinkel und variabler Kurzsichtigkeit dem gleichen Horizont entgegen. Die Mutter, die kleine Großstadt und ich gaben uns an diesem Tag dem Gedränge der dringlichen Draufgänger hin, quetschten uns durch die kleinen Gassen, schlenderten über die lange Promenade, entlang der Allee in Richtung Bäume. Wir waren umgeben von all den Gesichtern, den Gerüchen, den Farben, den Gedanken und waren dankbar für unsere Zweisamkeit. Und plötzlich lagen die Worte dort, auf einer Bordsteinkannte, die wirklich nichts Besonderes war. Die Worte, die ich suchte, um mein Gefühl zu beschreiben hingegen lagen einfach dort, direkt vor uns, auf dem Asphalt – die Erkenntnis: Ich war verliebt. In diese Stadt.

Doch nach dem Höhepunkt naht meist das Ende und auch dieser Tag war begrenzt. Es war ein phantastischer Ausflug und ich glaubte, ich würde später behaupten, es sei genau dieser eine Tag gewesen, an dem ich mich entschieden hatte. Irgendwann werde ich in dieser Stadt wohnen, sie mein Zuhause nennen und die Gleichförmigkeit ihrer Bewohner annehmen. Ich werde nur noch Moin und niemals mehr Auf Wiedersehen sagen, alle Grünanlagen der Gegend erkundschaften, in eisiger Kälte im Winter am Fluss spazieren, mein Auto durch die Verkehrshölle manövrieren, sonntags durch die geschlossene Altstadt scharwenzeln, in der Nacht durch die Wohnviertel schleichen und dabei immer wieder »home sweet home« summen.

Ich werde ankommen, weil ich verstehen werde, dass Herkunft nichts mit Heimat zu tun hat.

Ich werde hier lieben und leben, weinen und verzweifeln.

Das Komma

Es geht nicht darum, jemanden dafür zu lieben wer er ist. Denn immer derjenige zu bleiben, der man war, ist fast genauso tragisch wie niemals jemand gewesen zu sein. Wer nicht wächst, dem wächst das Leben über den Kopf. Das Leben ändert sich, das Leben ändert dich. Weiser wäre es demnach, jemanden im Zwischenraum zu lieben. Für all das, was im Übergang möglich ist, was bei der Übergabe der Gefühlspäckchen passiert. Ich schlage daher vor:

Liebe keine Person, sondern ein Wesen, keine Gestalt, sondern den Gehalt. Teile Lebens- und Denkweisen auf. Liebe nicht das Auftreten, sondern das Eintreten, nicht die Maße, sondern die Maßnahmen. Stärke manifestiert sich durch Konsequenzen, die getragen werden, wenn ein Trugschluss dich umschließt. Liebe nicht im Vorbeigehen, sondern im Vorgehen. Entscheide dich nicht für eine Erscheinung. Liebe, was ein »Wir« in diesem Möglichkeitsraum verschulden kann. Schätze Anstand anstelle von Antlitz. Stil statt Etikett. Liebe die Einsicht und Nachsicht, statt die Ansicht.

Dein Gegenüber ist kein Füllwort, der deinen schnöden Satz rettet, dem es an Rhythmus mangelt.

Dein Gegenüber ist ein Komma, welches deine Worte vollkommen lässt und doch jeglichen Sinn verschieben könnte, sobald es seine Position verändert. Veränderst auch du dich (?)

Du

Darf ich dich wiedersehen? – tippe ich. Lösche ich. Schreibe neu: Ich muss dich wiedersehen.

Deine Nachricht ploppt auf meinem Bildschirm auf.

Heute leider keine Zeit, sorry.

Um die Zeit mit dir ist es schade. Aber ich bin nicht enttäuscht, denn ich weiß, dass dort nicht geschrieben steht, was ich gelesen habe. Ich blicke auf die Oberfläche meines Handybildschirms. »Verlass mich nicht«, hat in deiner Sprache einfach andere Worte. Du möchtest gehalten werden. Fest. Und ich würde dich so festhalten, wie ich es nur kann und dir standhaft von Beständigkeit erzählen. Wenn du nur aufgeben würdest, Abstand zu halten. Wenn du mich nur verstehen würdest. Aber du kannst das nicht, weil du mir kein Wort glaubst. Alles was dich hält, wird dich fallen lassen. Ohne Vorwarnung, ohne letzten Ausweg. Fallen. Ins Nichts.

Pass auf dich auf. – tippe ich zurück.

»Ich bin hier für dich«, heißt das in meiner Sprache.

Schreib mich nach Hause

Ich bleibe. Nicht bei dir.
Ich trenne mich. Von dir.
Ich trenne mich. Auf und ab.
Immer wieder.
Wegen all dem, was ich sein muss.
Während ich gerne wäre, wer ich bin.
Ich schlafe nicht. Mit Anderen.
Es wäre Selbstbetrug. Wenn es nicht eine Lüge wäre.
Fühle. Nichts.
Denke. An dich.
Ich sehe dich. Immer wieder. Anders.
Und doch bleibst du. Du.
Und doch bleibe ich nicht. Ich.

Der Frieden

ZuFRIEDENsein ist eine große Verantwortung bei all dem Krieg in der Welt.

Denn was bedeutet schon meine Genügsamkeit im Kleinen, während im Großen die Menschlichkeit krachend in sich zusammenfällt. Ich atme ein, ich atme aus und ja, ich bin in Frieden. Sehr sogar. Nur die Frage danach, mit welchem Recht mir dieses Privileg zusteht und mit welchem Unrecht andere dieses Geschenk ablehnen, will mir nicht einleuchten. Es macht mich traurig. Und da sich traurig und zufrieden weder harmonisch in einem Satz, noch in einem gemeinsamen Moment vereinen lassen, schleicht sich eine Vermutung ein: Das Leben will keinen Frieden. Das Leben will, dass du dich zur Wehr setzt. Dein ganzer Organismus ist darauf aus, ums Überleben zu kämpfen. Du musst wachsen, äußerlich wie innerlich. Es ist nötig, sich auseinanderzusetzen; du wirst gedrängt, dich zu streiten, dich zu behaupten, dich aufzuraffen. Du bist gezwungen, im Gewusel der Gesellschaft zu rangeln, du sollst Orte stürmen und Ansichten attackieren. Du hast die Option, Chancen zu ergreifen, zuzuschlagen und Dinge anzugehen. Es ist wichtig, Weltbilder zu versenken, zu verschenken und Ideen toben zu lassen.

Es gilt, sich zu verteidigen.

Es ist nicht ratsam, zu triumphieren, wenn die Konkurrenz

abhandenkommt. Denn du hast nicht gewonnen, sondern dich lediglich behauptet. Streite, um zu wählen. Schreie, schmolle, schweige.

Höre auf zu existieren und beginne ins Detail zu leben.

Und ich?

Ich bewege mich in einer Masse und fühle Hektik.

Ich lebe in einer Gesellschaft und besichtige Maßlosigkeit.

Ich sehe in fremde Augen und vermute Angst vor der Andersartigkeit.

Ich beobachte ihre Bewegungen und weiß, da ist Gewalt.

Ich atme dreckige Luft und es wütet Achtlosigkeit.

Doch wenn mich jemand fragt, ob ich weiß, was Frieden ist, dann höre ich auf, all dies zu tun.

Dann halte ich inne. Denn in mir ist Stille.

Und ich höre, dass Frieden nicht gefühlt, nicht bemerkt, nicht vermutet und nicht gewusst wird. Frieden wütet nicht.

Frieden schweigt.

Bedenke, dass der größte Krieg nicht an der Front, sondern im Ursprung deiner Selbst ausgefochten wird. Ich denke ebenso nach und beginne zu verstehen. Doch die endgültige Erkenntnis bleibt mir verschlossen, zu gern hätte ich gewusst, warum es ZUfriedensein und nicht AUFfriedensein heißt.

Doch ich werde weiter forschen und wenn ich die Antwort weiß, neue Fragen anfordern, um Frieden zu finden.

Die Freundin

Erst das Leuchten, dann der Ton.

Ich starrte in den Raum vor mir, machte gar nicht die Anstalten, mich zu bewegen. Lauter, immer lauter, bis die Leute begannen, ebenfalls zu starren. Mit dem Unterschied, dass sie irritiert bis grimmig in meine Richtung blickten. Dann kapierte ich`s. Das war mein Telefon, das da klingelte und die gesellschaftlichen Konventionen verlangten von mir, dass ich jetzt abhob. Es gab schließlich 1. keinen Grund, es nicht zu tun und 2. befanden wir uns in einer Bibliothek, demnach also ein heiliger Ort der Stille. Also tue ich es.

»Hey hey«, trällerte ich mit gedämpfter Stimme in den Hörer, mal wieder ohne überhaupt darauf geachtet zu haben, mit welchem Namen auf dem Bildschirm vorgewarnt wurde. Ich bin erleichtert. Es ist die Bekannte.

»Ausgesperrt«, schluchzte sie am anderen Ende der Leitung, »schon wieder«. Die Bekannte, die eigentlich immer noch meine Nachbarin war. Wobei, wenn ich mich recht erinnere, muss dies wohl der Zeitpunkt gewesen sein, zu dem sich etwas zwischen uns veränderte. Bedingungslosigkeit war wohl der Kleister unserer Annäherung.

»Könnte ich mir ganz vielleicht die Ersatzschlüssel irgendwo abholen? Jo ist nicht in der Stadt«, sie wagte nicht zu fragen, ob ich ihr die Schlüssel nicht einfach bringen könne, obwohl sie wusste, dass ich ein Auto besitze und es auch häufig benutzte. Egal an welchem Ort der Stadt ich mich befand, es wäre von keinem Ort aus ein langer Weg gewesen, ihr mit den bei mir für diese Notfälle geparkten Schlüsseln auszuhelfen. Ich muss zugeben, sie sperrte sich häufig aus. Daher erschien es uns mehr als logisch, dieses Problem dadurch zu deeskalieren, dass ihr silberner Schlüsselanhänger in Flamingoform nun in meinem Auto wohnte. Hinzu kam, dass es sich ergeben hatte, dass ich, immer dann, wenn sie mit ihrem knuffigen Freund urlaubstechnisch unterwegs war oder alle beide die Heimat besuchten, auf das noch knuffigere Meerschweinchen aufpasste. Wobei ich ihm viel zu viel Futter hinstellte und an warmen Tagen ein Sammelsurium an winzigen Wasserschalen im Käfig verteilte, sodass die Bekannte regelmäßig Angst haben musste, das Meerschweinchen würde entweder platzen oder aber sich versehentlich in den vielen Wasserstellen ertränken.

»Klar, bin in der Uni, soll ich eben zu dir kommen?«, beruhigte ich sie, denn ich wusste auch ohne sie zu sehen, dass die Bekannte emotional schon weit über dem für sie gesunden Stresslevel lag.

»Bist du nicht beschäftigt?«, sorgte sie sich. Sie sorgte sich eigentlich immer, um und über alles. Dies wiederum war eine der maßgeblichen Verhaltensweisen, die dafür sorgten, dass sie mir einfach ans Herz gewachsen war.

»Nööööö, bin gleich da«, log ich überzeugend. Ich klappte meine Bücher zu, ließ alles bis auf den Hund liegen. Auf meinem Weg zum Parkplatz sackte ich noch eben einen Schokoriegel ein, der die Bekannte gleich bestimmt erfreuen würde. Ich machte so etwas gerne: Kleine Aufmerksamkeiten, um zu zeigen, dass dort jemand insgeheim auf den jeweils anderen aufpasst. So etwas ist klein, aber effektiv und kann auf jegliche Anwesende im eigenen Leben angewendet werden. Ein Schokoriegel sind 49 Cent, absolute Verbundenheit mit nachhaltiger Erinnerung. Meine Favoriten abseits der Bekannten waren Busfahrer, Rezeptionsangestellte, Supermarktkassier, Straßenmusiker, Lieblingskellner und gerne auch Rote-Ampel-Mitwartende. Ein flott aus der Tasche gezogener Schokoriegel sollte stets mit Lächeln aber ohne große Worte übergeben werden. Text und Erklärung sind nicht notwendig, da unmissverständlich klar ist, dass es in diesem Moment einfach nur darum geht, dass wir alle gleichzeitig am gleichen Ort mit den gleichen Bedürfnissen atmen. Bedürfnis nach Schokolade, nach Aufmerksamkeit, nach Freundlichkeit – je nachdem. Leider kannte ich außer der Bekannten niemanden, der dieses Konzept der Teilhabe ebenso auslebte. Nicht, weil die Menschen nicht wollten. Nicht, weil sie nicht konnten. Einfach, weil sie in ihren allzu beschäftigten und doch so leeren Tagen vergaßen, einander zu bemerken. Die Bekannte und ich nicht. Sie häkelte mir gerne nützliche Dinge; mein Favorit: Lesezeichen. Ich brachte ihr hingegen gerne Kekse oder Kuchen von der Arbeit mit. In gewisser Weise also eine Symbiose. Diese Verbindung wies jedoch keinerlei Dringlichkeit auf und war daher weder aufdringlich noch ergab sich daraus ein Hang zur Abhängigkeit. Das war wichtig. Für mich. Denn Nähe ist Glatteis, auf dem ich mich nur sehr vorsichtig bewege; aus Angst auf die Fresse zu fallen, über die kalte, gefühlslose Eisplatte zu schlittern, niemals mehr auf die Beine zu kommen, weil ich den Halt verloren habe. Die Bekannte wusste nicht, wie dramatisch sich dieses Gefühl in meinem Kopf aufblähen konnte. Aber die Bekannte kannte Ängste, also war sie sensibel für die Schrecken im Kopf. Sie sprach es nur ein einziges Mal aus: »Ich weiß, du brauchst Zeit, aber ich bin da, ich mag dich, wie du bist. Ich bleibe, so lange wie DU das willst«, waren ihre Worte. Immer wieder erinnerte ich mich in meinen Phasen des Zweifels an ihre Worte und von Zeit zu Zeit machte sie mich glücklich, weil ich zu spüren begann, dass etwas zwischen uns entstand. Nichts Festes, eher etwas Weiches. Etwas Besonderes. Wir zwei waren keine Waage (also ich sternzeichenbedingt schon, sie nicht). Viel zu häufig ist man versucht, eine erhaltene Freude in gleichem Maß zurückzugeben. Als ob sich Aufmerksamkeit in kleine, abgepackte, vermessen und gewogene Werteinheiten einteilen ließe, um sie wohlweislich gegen einen Gegenwert zu tauschen. »Wir waren mehr so der Typ Trampolin, statt Waage«, erklärte ich ihr »Sobald einer von uns hochspringt, hebt der andere automatisch mit ab in die Lüfte.«

Dieses Sinnbild gefiel der Nachbarin genauso sehr wie mir und so wurde aus der Bekannten eine Freundin.

Die Stadt

Alle guten Dinge sind drei.

Mein Abenteuer begann mal wieder mit der Bahn (30 Minuten verspätet). Ziel: Die kleine Großstadt testen, auf ihre Qualitäten prüfen und abwägen, ob sie es schaffen würde, nicht nur zu betören, sondern auch zu leisten, was ihr Auftreten versprach. Ich betrat also die Bahn mit einem fast ausgelesenen Buch, es verblieb nicht mehr als ein Fingerbreit an Seiten, die kaum für eine mehr als halbstündige Strecke reichten. Und so kam es, wie geplant: Nach 20 Minuten las ich rasant in Richtung Nachwort und meine Abibliophobie (die Angst vor dem Mangel an Büchern) generierte die ersten Symptome. Leicht hektisch begann ich Sätze zwei Mal zu lesen, mich nach jeglicher Form von Bahnzeitschrift umzusehen und traurig immer wieder die Seitenzahlenreste zu überprüfen. Ich war also im idealen Zustand für meine eigens arrangierte Stichprobe. Ich wollte wissen, ob die Stadt mir in einer Notsituation beistehen würde. Der Schlachtplan gestaltete sich wie folgt: Sobald ich ankam, tippte ich »Buchhandlung« in meinen mal mehr mal weniger kompetenten Berater in Sachen Navigation und überließ es Google Maps, mir meine Strecke zurechtzulegen. Ich wettete um die Zahl Fünf, denn mehr Zeit hatte ich nicht, wenn ich am Abend rechtzeitig zurück sein wollte, um im kleinen Café der Galerie zu arbeiten, um so zu tun, als sei nichts gewesen. Mein neues Buch hatte noch keine konkrete Form. Man sollte also meinen, es sei einfach für die folgenden Fünf, mir ein passendes Objekt zuzuschachern. Dies ist jedoch eine Fehlinterpretation, denn es war umso schwerer, Menschen die passenden Geschichten anzureichen, wenn sie selber keine konkrete Vorstellung darüber hatten, was sie eigentlich wollten. Da ich weder in Sachen Buch, noch in Sachen Leben wusste, was ich wollte, war ich also eine Herausforderung. Ich war wie die Menschen, die einen Schuhladen betreten, aber weder ihre Größe wissen noch irgendeine Idee darüber besaßen, ob sie Sandalen oder Winterstiefel, Schlappen oder Turnschuhe brauchten. Gutgläubig stapften Klecks und ich also gen »folgen Sie der Straße Richtung Norden«, südwärts, denn das Navi wusste anscheinend nicht, dass ich keinen Kompass bei mir trug. Zweimal abgebogen, den Fehler verstanden und schließlich auf dem richtigen Weg gelandet.

Das erste »Sie haben ihr Ziel erreicht«, ließ mich mit nur wenig Überzeugung über die Ladenschwelle stapfen. Ich hatte zwar bei der Auswahl meiner fünf Ziele auf die großen Tyrannen der Branche verzichtet, dieser Laden zeugte jedoch ebenso von absoluter Lieblosigkeit, Masse statt Klasse, große Bestseller-Stellwände, weil der Inhaber scheinbar weder eine eigene Vorliebe noch ein freundliches Gesicht, geschweige denn ein »Hallo« zur Schau stellen wollte. In charakterlosen Regalen und unangenehm grellem Licht stapelten sich die armen Geschichten meterhoch in Richtung Decke. Die Genre überschritten ihre Grenzen, die Gattungen flogen durcheinander, die Krimis verschreckten die Schmonzetten, die Fantasy mobbte die Abenteuerromane, denn so könne man doch nicht lesen, ganz ohne Vorstellungskraft. Die Biografien kamen ganz durcheinander, vergaßen gar ihren eigenen Hergang in Anbetracht der Reiseliteratur, die kunterbunt ihre

Länderzuordnung im gesamten Laden zu suchen schien. Es war ein Graus. Ich meine, ich verlangte keine ersichtliche Ordnung, kein offensichtliches Konzept, aber ich verlangte ein wenig Obacht, nur ein winziges bisschen Vorsicht, denn auch Bücher können sich verloren fühlen, wenn ihnen keinerlei Integration zugesprochen wird. Hier war mitnichten eine artgerechte Haltung für all die Buchstaben. Ich beschränkte mich also auf eine Runde um den ersten Büchertisch, der sich mitten im Raum breitmachte, lugte noch einmal um die Ecke, um den traurigen Zustand des dort zusammenhangslos abgestellten Tisches zu bemitleiden. Befreite das oberste Cover vom Staub, streichelte noch einmal sanft über die Buchrücken dieser Hoffnungslosen. Ich sehnte mich danach, den gesamten Lesestoff zu befreien, all die Lektüre mit heimzunehmen und ihnen meine ganze Eifrigkeit zu schenken. Jeden einzelnen Buchdeckel danach zu fragen, neben welchem Nachbarklappentext er es sich in meinem Buchregal gemütlich machen wolle. Ein leichtes Wimmern erhaschte meine Aufmerksamkeit. Ich blickte zu Boden und sah doch tatsächlich im untersten Regal eine ganz kleine, wirklich feine Vorderseite, dessen ehemalig wohl blauverträumte Farbe ermattet war und nun kläglich von einem großen Eselsohr gequält wurde. Jetzt war es echt genug! Ich kniete mich nieder, rückte die Seiten zurecht und legte das kleine Büchlein vorsichtig ganz oben auf einen Stapel. Es brauchte ein wenig Luft zum Atmen, dachte ich, während ich gleichzeitig hoffte, dass es auf diesem hohen Stapel nicht an Höhenangst litt. Absolut desillusioniert trampelte ich Richtung Ausgang. Nun schien der anwesende, abwesende Mann hinter seiner Kassierbarrikade beschlossen zu haben, aus seiner Starre zu erwachen und grummelte: »Hunde dürfen hier nicht rein«. Kurze Empörung meinerseits, dann schenkte ich ihm einfach ein Lächeln, denn vermutlich hatte er lange oder vielleicht sogar noch nie eines gesehen. »Bücher dürften hier auch nicht rein, wenn es nach mir ginge.« Ich wartete keine Antwort ab und setzte mich wieder auf Kurs.

Buchhandlung Nummer Zwei war eine absolute Schatzkiste. Eine niedrige Hobbit-Eingangstür kündigte bereits die Überschreitung einer Weltengrenze an. Glitzer, Elfen, die schönsten Formen ausführlich platziert, die Farben harmonierten, die Märchen schnarchten, die Bilderbücher kicherten und die Comics glucksten glücklich. Buchhandlungen für kleine Menschen beherbergten oft große Bücher in kleinen Räumen. Es war ganzheitlich charmant. Mehr Bilder als Buchstaben, was egal war, denn letztendlich waren es alle Zeichen. Gerne hätte ich ein paar der großformatigen Ausgaben in meinen Rucksack verfrachtet und wäre für den Moment glücklich und zufrieden für den Rest des Tages umhergewandert. Doch dies war nicht der Plan. Dies war eine Kinderbuchhandlung; ein Stück heile Ferne und ich wandelte lediglich umher auf der Suche nach den Scherben meiner zersplitterten Welt.

Ich konzentrierte mich also wieder auf mein Projekt, meine Idee, meine Hoffnung. Und somit verließ ich mit einem »Danke, auf Wiedersehen« diesen kleinen Zufluchtszipfel.

Durch kleine Winkelgassen, entlang rasanter Straßen, unter den Blicken von imposanten Gebäuden und über große Kreuzungen hinweg steuerte ich auf Nummer Drei zu. »Ihr Ziel befindet sich auf der linken Seite«, ich blickte nach rechts, war irritiert. Verstand meinen Fehler, blickte nach links, was meine Irritation steigerte. Mein Blick interpretierte die Gegend: Ich befand mich in einer völlig verlassenen Straße, Wohnhäuser säumten die Fahrbahn und mündeten am Ende wie ein Reißverschluss in einem kleinen Kreisel mit Grünzeugs oben drauf. Definitiv kein Standort, um buchtechnisch am Point of Sale ein Geschäft zu behaupten. Na, toll. Meine

Illusion eines allwissenden Googles war zerstört. Ich schnaufte kurz und glotzte Klecks an, er besichtigte mich zurück. Auf zu Nummer Vier, motiviere ich uns zwei. Ich glaubte nicht daran, dass der Vierbeiner mich verstanden hatte. Aber – und da war ich mir ganz furchtbar sicher – der Herrscher der Straßenverkehrsordnung hatte mich erhört und lud mich mit der direkt vor meiner Nase haltenden Straßenbahn ein, mich ein Stückchen forttragen zu lassen.

Im Herzen der Stadt, an einem kleinen Marktplatz, lag Nummer Vier. Das eher schmale Gebäude machte durch eine riesige Fensterfront auf sich aufmerksam und doch schien es, als seien die Scheiben nicht zum Hineinblicken, sondern viel mehr zum Hinausschauen erdacht. Ich stellte meinen Unmut über den bisherigen Misserfolg vor dem Eingang ab und trat ein. Ein Raum, nicht zu groß und nicht zu klein. Ich folgte einem roten Teppich und blieb vor einem freundlich grau dreinblickenden Augenpaar stehen. Eine Buchhändlerin nach meinem Geschmack, mit einer Aura aus einer faszinierenden Kombination zwischen lässig und weise. »Ich brauche ein…«, plötzliche Aufregung, Neugierde und Ungeduld hielten mich davon ab, einen seriösen Satz herzustellen. »…Buch«, vervollständigte sie mich schmunzelnd. Dann ließ sie mich einfach stehen, verschwand so schnell, dass ich ihr nicht zu folgen vermochte. Außerdem hatte ich ihr abruptes Abtauchen auch nicht als Aufforderung verstanden, es ihr gleichzutun. Also verrückten sich weder meine Füße noch Klecks‘ Pfoten. Im nächsten Moment war die Buchhändlerin wie aus dem Nichts ganz einfach wieder vorhanden, kniete sich nieder und bot dem kleinen Allesfresser ein Leckerli an. Ich kann es dir verraten: Da lag *Liebe auf den ersten Blick* in der Luft. In mir tanzte keine Eifersucht, sondern eine überraschte Begeisterung über so viel unerwartete Zuneigung. Dann erhob sich diese seltsam herzliche Frau und war erneut verschwunden. Ich beschloss wieder,zu verharren, denn Wurzeln schlagen schien mir an diesem Ort eine angenehme Vorstellung. »Geht das so mit, oder brauchst du eine Tüte?«, erkundigte sie sich von der gegenüberliegenden Seite des Raums, stand bereits hinter der Kasse, während ich immer noch an meinem Fleckchen zwischen den Regalen aushielt. Ich stockte kurz, denn ich hatte mein neues Buch weder empfohlen bekommen noch aus einer Vielzahl von Vorschlägen ausgewählt. Nein, die Buchhändlerin hatte meinen Buchwunsch wie eine Bestellung entgegengenommen und war nun bereit zur Warenübergabe. Ich zweifelte nicht. Ich fragte nicht. Ich vertraute einfach, einer Frau, die ich nicht kannte und einem Buch, das jetzt mir gehörte. Manchmal waren halt auch alle guten Dinge vier.

Behutsam hielt ich meine Seiten fest, als ich staunend die Sortimentsstube verließ. Erst draußen begutachtete ich, was sich da in meine Hände schmiegte. Ein einziges Wort auf dem Cover verriet mir den Titel, die weißen Buchstaben auf dunklem Grund trafen mich ins Herz.

Nenn mich »Zuhause«, bat das Büchlein und bot mir seine ersten Zeilen an.

Die Mutter

Nachdenklich legte die Mutter das Telefon auf den Nachttisch. Es war schön ab und zu, wenn eine wirklich lange Zeit des Nichtsehens Einzug gehalten hatte, mit der Tochter zu telefonieren. Eigentlich teilten Beide die Abneigung gegenüber stundenlangen Telefonkonferenzen und somit grenzte es für die Allgemeinheit eher an ein Wunder, einen von beiden telefonisch zu erreichen. Meist war das der prophylaktischen Betätigung des Lautlos-Modus geschuldet. Kam es jedoch rein zufällig trotzdem dazu, dass sich der Anrufer durch den plötzlich erhellten Bildschirm bemerkbar machte, konnte es sein, dass auf Grund einer plötzlichen immensen Unlust dennoch keiner den Hörer abnahm. Untereinander jedoch schienen Mutter und Tochter ins absolute Gegenteil zu verfallen. Erschien der Name des jeweils anderen auf der Anzeige, so wurde alles darum gegeben, das Gespräch auf schnellstem Wege zu empfangen. Sei es aus Angst, etwas Wichtiges zu verpassen oder aus dem tiefen Bedürfnis nach gegenseitiger Nähe, ein kurzes durch die Leitung geschicktes Gespräch konnte den verheimlichten Verlustängsten der Familienbande entgegenwirken.

Heute war es die Mutter, die so kurz vor dem Schlafen noch einmal ein ungewöhnlich starkes Bedürfnis verspürte, sich zu mindestens stimmlich über den Zustand der Tochter zu vergewissern. Es folgte ein ganz kleiner Abgleich der jeweiligen Tageserlebnisse, welcher die Mutter ohne dass sie es an- oder aussprechen musste, darin bestätigte, dass eine Veränderung im Gange war. In der Tochter bewegte sich etwas, von dem wohl noch niemand und am wenigsten sie selbst wusste, ob dies etwas Gutes oder das Ende bedeutete.

Viel zu spät löschte die Mutter das Licht, während sich in der Dunkelheit die seltsame Gewissheit breit machte: Die Tochter würde gehen, um zu bleiben.

Das Plädoyer

Man sollte nicht herumbrabbeln, nicht immer über winzige Details schwadronieren, die kleinen, individuellen Dinge betrachten.

NEIN!

Man muss auch mal mit einer großen Klappe ganzheitlich denken. Mal was Wichtiges sagen, etwas Weltbewegendes.

Daher hier ein Einschub: Ein Plädoyer meiner Weltwunschweise.

Um klarzustellen, ich sehe mich nicht vorrangig einer Nationalität zugehörig, sondern als Mensch und somit Bewohner eines einzigartigen Planeten, den es mit all seinen Lebewesen zu beschützen gilt. Ich bin gegen ständiges Wachstum, aber für permanente Optimierung des Systems, um das einzelne Herz zu schützen. Ich bin dafür, dass sich nur Fachleute mit Fachthemen auseinandersetzen, doch noch mehr bin ich dagegen, dass ein kleines elitäres Kollektiv über meine persönlichen Belange bestimmt. Ich bin für »und die Gedanken sind frei« aber auch für »Hände weg – das ist mein Körper«. Jedes Individuum hat seine eigenen Qualitäten und die sollten nicht wertgeschätzt, sondern bewundert werden. Wenn du faul bist, solltest du zwar ein Dach über dem Kopf, aber keinen Pool im Garten haben. Wenn du fleißig bist – und einen Pool im Garten hast – dann solltest du im Sommer auch mal andere darin planschen lassen. Wenn »die Maxime deines Handelns auch für alle anderen gilt« dann ist das okay, wenn du jedoch den Anspruch hast, jeder müsse das Gleiche tun und fühlen wie du, unterliegst du der Illusion, jeder würde das Wort Glück mit denselben Eigenschaften definieren und das ist dumm. Mehr als dumm ist die Vorstellung, Haut-, Augen- oder Haarfarbe würden etwas über die Farbe deiner Seele aussagen. Karma finde ich ein tolles Prinzip und deshalb denke ich, dass das Karma mich auch toll findet. Meinetwegen darf jeder lieben, was und wen er will, solange ein Mensch Liebe verspürt, kann er auch Mitgefühl leben, es zeigen und weitergeben.

Und was ist mit dir?

Was kannst du dafür? Viel wichtiger: Was dagegen?

Wie willst du was bewegen?

Teebesuch mit L

Café an der Ecke.

Die Schwester und ich übten unsere Zweisamkeit, saßen uns gegenüber und fanden uns irgendwie gut. Die Schwester brach die nächste Packung Taschentücher an und bestellte einen heißen Sanddorn Tee mit Honig. Ich ganz bestimmt nicht und bat lieber um einen netten Pfefferminztee, bloß nicht frisch, lieber aus dem Beutel.

»Och menno, meine Erkältung nervt auf Dauer.«, schnieft sie wehleidig, »Na ja, wie geht`s dir?«

»Och du Arme! Bei mir ist alles fein, der ganz normale Wahnsinn«, lächelte ich und hoffte, dass sie nicht bemerken würde, dass diese Fratze nur aufgesetzt war. Dass sich ganz und gar nichts fein anfühlte, weil ich damit rechnete, bald wahnsinnig zu werden. Immer dann, wenn sich die bleierne Schwere, die mich gelegentlich überfiel, in meinem Inneren aufpustete, all das Lebendige vertrocknen ließ, bis nur noch salziges Wasser hinter meinen Augen anspülte. Die Zeit wurde knapp, denn gleich konnte ich es nicht mehr aufhalten, die Tränen würden hinüber schwappen und der Welt beweisen, dass überhaupt nichts in Ordnung war.

»Ich gehe kurz zum Klo«, schaffte ich noch in gleicher Fratzen-Mimik zu flöten und verschwand in Richtung Sicherheit. Die Schritte zogen sich, obwohl ich lediglich 20 Meter zurücklegte, brauchte ich eine halbe Ewigkeit, bis die Toilettentür hinter mir ins Schloss fiel und mich mit dem letzten Schwung in einen weißen Fliesenraum schubste. Zack drinnen. Eine Tür hatte ich noch zu schaffen, dann: Abgeschlossen auf den Toilettendeckel gesetzt, die Wand angestarrt und abgewartet bis die erste Träne kullerte. Warum? Wusste ich nicht, verstand ich nicht, doch ich verstand mittlerweile, wie leicht es war, das eine zu sagen und das andere zu fühlen. Oder gar nichts zu fühlen und so zu tun, als sei das absolut normal. Wobei, es stimmte nicht mal, ich fühlte nicht nichts, ich fühlte die heißen Tropfen, die mein Gesicht hinunterliefen, erst eine, dann eine weitere und noch eine und noch eine. Schluchzen. Schnell die Toilettenspülung betätigen, um das Geräusch zu verpacken. Nicht, dass das hier falsch verstanden wird. Ich bin keine Heulsuse. Ich bin auch nicht überaus empfindlich oder leicht aus der Fassung zu bringen. Zumindest äußerlich nicht. Es war nur so, dass alles – und ich meine wirklich alles -, jede Farbe, jeder Ton, jeder Windzug, jeder Nebensatz so viel tiefer in mich hineindrang und ganze Wirbelstürme auslösen konnte. Kurioserweise unterstellt man mir ganz gegensätzlich, mein Wesen liege hinter einer Mauer. Ich sei gefühlskalt, schwer erreichbar. Stimmte aber nicht. Es war eher umgekehrt. Alles (wie bereits oben angeführt: Wirklich alles) sickerte mir ganz tief unter die Haut. Und ich glaube aus heutiger Perspektive, dies sei auch der Grund dafür, dass sich die Schwere breit machte, all die gefangenen Emotionen niedermetzelte. Denn einmal eingedrungen, war es nahezu unmöglich, sie wieder hinauszubitten und so entstand in mir ein riesiger Haufen an Empfindsamkeitssondermüll. Also machte die Schwermut ohne Rücksicht auf Verluste alles platt, drängte mich, meinen Innenraum zu leeren, um das ganze Spektakel wieder von vorne zu beginnen. Tränen beiseite wischen, Lächeln aufsetzen und raus. Es war wieder

Platz für all die Nebensätze und die kleinen Details, die mich überluden, bis zur nächsten düsteren Dampfwalze. Und somit log ich nicht mal, als ich der Schwester vom ganz normalen Wahnsinn berichtete. Denn so war mein Leben, so war ich.

Ich verließ die Toilette, trat zurück in den Flur, setzte mich an den Tisch und versuchte zu glänzen: »Los, erzähl, es ist jetzt also so richtig fest bei euch, ja? Also, waaannnnn…«, und ich zog die Vokale spielerisch in die Unendlichkeit, »waaaa-ann planen wir die Hochzeit?« Die Schwester war amüsiert, sie kannte meinen Hang zu absolutem Kitsch (so lange er die anderen Leute betraf und sich nicht in meinem Wohnraum niederließ), sie freute sich über meine Begeisterung, über meine Teilhabe an ihrem neuen Gefühl. Die Schwester war nicht verknallt, sie war verliebt. Und eine unglaubliche Sicherheit verriet mir, dass das nach all den chronischen Fehlbesetzungen an ihrer Seite nun endlich auch so bleiben würde. Sie war glücklich und das machte mich glücklich, vielleicht noch mehr als sie selbst.

Du

Wer nicht hören kann, muss fühlen. Und wer nicht fühlen kann, muss abgeholt werden. Das ist mein Motto, als ich zielsicher deinen Arbeitsplatz ansteuere. Ich will mit dir gehen. Ein paar Schritte, an der frischen Luft. Ich will keine Antworten. Aber ich brauche ein paar Fragen. Mir ist klar, dass du nicht weißt, dass ich es wusste. Du hast dich in Sicherheit gewogen, weil ich den letzten und unseren ersten Abend nicht schwer wiegen wollte. Doch heute ist es an der Zeit auszusprechen, dass ich weiß, worüber du nicht sprichst. Längst habe ich die Schnitte gesehen, die Dunkelheit beobachtet, die stets hinter dir steht und damit droht, dich zu fressen. Ich gebe es zu, ich kann nicht verstehen, wie es soweit kommen konnte. Doch ich will dir beistehen, mit dir gehen, um all das auszustehen.

Also helfe ich dir zunächst einmal schweigend in die Jacke, stuhle die verlassenen Tische auf, um dir die Arbeit abzunehmen und dich schneller für mich zu haben. Wir stehen im Freien und du hebst den rechten Arm, um den Schlüssel umzudrehen. Natürlich ist es gnadenlos brutal von mir, aber ich packe deinen Arm halte ihn kurz viel zu fest, bohre meinen Blick in deine entsetzten Augen und frage: »Warum?«

Erschrocken über meine eigene Drastik lasse ich los, lockere meine Gesichtszüge und warte auf deine Reaktion. Du hast dich schnell wieder gefasst, wendest dich zum Gehen und willst progressiv wissen: »Links durch den Park oder rechts durch das Straßenviertel?« Ich brauche keine Meinung bezüglich unseres Weges, du hast bereits die Parkrichtung eingeschlagen und entkommst dem Lichtkegel der Straßenlaterne.

Nun ja, einen Versuch war dieses Ablenkungsmanöver schon wert, allerdings vergebens, denn heute ist kein Tag, an dem ich aufgeben werde. Also hole ich mit großen Schritten auf und setze erneut an.

»Du weichst mir aus. Du lenkst vom Thema ab. Ich habe dich gefragt: Wie fühlt es sich an?«, dabei bin ich mir sicher, dass du in diesem Moment nichts so sehr bereust wie meine Begleitung.

Es folgt: Schweigen. Atmen. Den Mund auf machen. Etwas sagen wollen. Den Mund wieder schließen.

»Es ist…«

Stille, dessen Lautlosigkeit auf Aushaltbarkeit getestet wird und dessen Ergebnis ein Satz war:

»Es ist wie am Nordpol zu stehen und plötzlich zu merken, dass es anstatt vier nur noch drei Himmelsrichtungen gibt.«

Ich sage nichts, denn wie ich bereits erwähnte: Ich suche heute keine Antworten. Ich muss nicht verstehen, ich muss nur zuhören, denn das Einzige, was ich will, ist, dass du versuchst zu sprechen. Deine Zerstörungswut dir selbst gegenüber in Worte zu fassen, um in irgendeiner fernen Zukunft die gefassten Nöte in Ketten zu legen.

Der Rest des Weges verläuft schweigend. Du kein Wort. Ich kein Wort. Nicht seltsam schweigend, weil niemand die passenden Worte findet, aber sie krampfhaft im eigenen Kopf sucht. Nein es ist ein Schweigen, weil du für heute genug ausgesprochen hast.

Vor deiner Tür bleibe ich wie gewohnt weit vor der ersten Treppenstufe stehen, um dir die Sicherheit zu geben, dich alleine gehen zu lassen. Also beenden wir unser Gehen mit Stehen.

Und weil ich heute bereits alles auf eine Karte gesetzt habe, ziehe ich dich abrupt, aber nicht ruckartig an mich heran. Mein Herz rast, deins hört vermutlich auf zu schlagen. Du bist mir gerade nah genug, sodass ich mich herunterbeugen kann, dir einen Kuss auf die Stirn aufdrücke, in dein Ohr »Pass auf dich auf« flüstere, mich abwende und vergangen bin.

Die Farbe Schwarz

Deine schwarze Seele.

Ist missverstanden.

Denn was ist Schwarz? Keine Farbe? Ein Gefühl? Ein Abgrund? Ein Nichts?

Es heißt, Schwarz sei die Abwesenheit von Licht. Aber bedenke: Physikalisch betrachtet, absorbiert das Schwarze all die Töne, behält sie für sich, gibt nichts ab. Reflektiert nicht, wirft keine Ahnung und keinen Schimmer ins Auge des Betrachters. Du sagst Unfarbe und ich frage: Gibt es etwas gehaltvolleres als diese absolute Beanspruchung jeglicher elektromagnetischer Spektren. Schwarz denkt für sich, ist genügsam, schließt all seine Bestandteile ein, will sie in sich vereinen, statt nach außen zu prahlen. Wozu auch? Für den Schein? Um eine Farbe zu sein? Was für eine Illusion. Also bleibt es dabei:

Ich sage »schwarz« und sie sagen Pech gehabt. Ich sage Anmut, andere sagen Finsternis. Sie fürchten die Undurchsichtigkeit, mich fasziniert die Stärke. Die Tiefe der Nacht bedeutet für sie Angst und Schrecken, für mich heißt dies Verstecken. Schwarz ist für sie ungewisse Heimlichkeit statt rührseelige Gewissheit, dabei ist nichts sicherer, als dass niemals etwas dunkler sein würde. Und wenn Schwarz schon keine Farbe sein darf, herrscht wenigstens das eine: Vollkommenheit.

Gern wäre ich wie diese Nichtfarbe. Ein Nicht-Mensch. All

die Facetten des Lebens in mir verwahrt, nicht abgeben, nicht angeben, all das Bunte in mir aufheben. Um stark zu sein, nicht nur zum Schein.

Das Geheimnis

Es hatte sich eingeschlichen.

Anfängliche Überrumpelung warf die Unsicherheit vor meine Füße und so begann das Ausloten des richtigen Abstandes. Es folgte ein Kampf um die angemessene Geschwindigkeit, denn im Eifer des Gefechts vergaß ich, dass meine Schritte kleinere Strecken überflogen, dass ich zwei Schritte brauchte, wo dir einer langte. Austariert, wie lang die Pausen zwischen den Dialogen in der Luft hängen konnten, bis sie bleiern am Boden einen von uns zum Stolpern brachten. Ich wog ab, wie tief die Fragezeichen bohren durften, um einer möglichen Gegenfrage standzuhalten. Ich fragte mich, wie lange die Umarmung zum Abschied anhalten konnte, und ob mich der Verbindungspunkt am nächsten Morgen womöglich noch zu fassen bekam. Und so packten das Entsetzen und die leichte Empörung die gekaperte Zeit wieder ein und brachte uns eine Gewohnheit ein, die einer angenehmen Regelmäßigkeit entwuchs. Der dunkle Mantel des Mannes brach nicht mehr ein, wenn er durch die Eingangstür schritt. Elegantes Zusteuern vom Windfang bis an den Tresen. Er kannte sich nun aus, erledigte mit gekonnten Handgriffen das, was ich gerade zu Ende bringen wollte; hielt mir die Jacke, sodass ich einfach nur hineinfallen musste, Rucksack und Fellnase schnappte und wir den Heimweg antraten. Meinen Heimweg und seinen Umweg.

Mein persönlicher Abholservice nach Feierabend, mal ein flüchtiger und gelegentlich ein umfangreicher Spaziergang bis vor die Haustür, bis zur Angst, bis zur Schwelle, die bis-hier-und-nicht-weiter diktierte.

Doch heute wolltest du diese eine Frage.

»Wie geht es dir?«, klang ruhig aus seinem Mund. Doch ich wusste, dass es in ihm bebte, er nicht wusste, ob er zu weit gegangen war, weil keiner von uns beiden den Floskeln folgte. Die Gefühle und Gedanken machten einen Aufstand, versuchten mit allen Kräften, auf sich aufmerksam zu machen. Da wollte etwas nach Hilfe schreien, hoffte auf Seenotrettung im inneren Sturm, doch keine Welle schwappte über die Grenze der blauen Augen, kein Windstoß vermochte es, den roten Mund zu passieren.

»Gut«, war also die Antwort.

»Sicher?«, die letzte Chance.

»Jep!«, mehr als diese Silbe konnte ich nicht wagen, wenn ich mich nicht verraten wollte. Die Schnitte auf meinem Arm brannten, doch der Pulli begann nicht zu Kokeln, brannte sich nicht als schwarzes Loch ein um die blütenweiße Wahrheit mit Ruß zu beschmieren. Die Narben lagen im Verborgenen, bettelten nach Liebe und drohten mit Ewigkeit. Und dennoch war alles wieder zusammengewachsen, denn die Klinge wanderte vergeblich, nicht mehr als ein Flimmern pulsierte noch einen letzten Atemzug lang in meinen Adern. Ich blieb beharrlich. Beständig bei meinem einen Wörtchen. Die Nacht war gnädig in solchen Momenten, denn die Mundwinkel wirkte in ihrer Überhöhung nicht überzeugend und die Augenringe sprachen eine andere Sprache. Die Dunkelheit konnte unsichtbar machen, doch die Anwesenheit der Lüge, sie war mit allen Sinnen zu erspüren. Ziellos zupften meine Hände am Rocksaum, wir waren gefordert heute, darüber hinwegzugehen, weil alle anderen Möglichkeiten eine Einbahnstraße waren. Denn heute war diese eine Silbe die einzige, die ein Fortkommen ermöglichte.

Das Konzept

Immer wieder fällt mir auf, dass das Konzept meines Lebensentwurfs sich von den Lebensgestaltungen meiner Um- und Mitwelt grundsätzlich unterscheidet. Während ich scheinbar über 20 Jahre lang damit beschäftigt war, erst einmal jegliche Schatten und vergilbte Flecken auf meiner Lebensseite durch raffinierte Schnörkellinien zu retuschieren, wart ihr bereits dabei, eure leeren Seiten zu füllen, mit allem und jedem, was sich euch in den Weg stellte. Ihr kritzelt, ihr malt, ihr kleckst und kleet. Ich hingegen versuchte vorsichtig, Konturen zu zeichnen; all die letzten Jahre ging es nur darum: Eine Form zu finden. Es galt herauszufinden, wo ich Ecken und Kanten brauchte und an welchen Stellen runde Kompositionen, Linien und zarte, feine Umrisse benötigt wurden. Ich musste wissen, wo mich ein regelmäßiges Muster absichert und wo es mich langweilt. Welche Dinge sind so abstrakt, dass sie besonders hervorstechen und welche Gestaltungen so kurios, dass sie als seltsam und abstoßend empfunden werden. Das Schwierigste war jedoch: Wie lässt sich das Ganze verbinden? Wie kann das Gefühl eines Konzepts, einer Lebenslinie, eines roten Fadens entstehen? Mein Bestreben nach Form war ein komplexer Vorgang und ich hatte nur eine Chance, nur einen Versuch. Wenn ich mir die Tragweite und Schwierigkeit meines Lebensbildes bewusst mache, kommen 20 Jahre ganz plötzlich doch eher kurz vor. Zu kurz, um die Grundpfeiler für den Rest meines Lebens zu legen.

Wir alle haben die Ambition, irgendwann mal erwachsen zu werden.

Nur wann?

Und wenn wir es dann sind, sehnen wir uns dann nicht zurück, genau an den Punkt, an dem noch alles offen war!

Mit dem Alter werden wir blass, denn niemand traut sich, wirklich die gesamte Farbpalette des Möglichen auszuschöpfen. Mit dem Erwachsenwerden bemühen wir uns nicht mehr, rot zu werden, wenn wir wütend sind; kein rosa Schimmer auf unseren Wangen weist daraufhin, dass wir uns schämen; kein Grauton erzählt von den langen Nächten, solange Rouge und Tusche eine andere Geschichte erzählen.

Doch ich darf mich nicht darüber auslassen, denn über die Jahre hinweg, auf der Suche nach meiner Form, bin ich ebenfalls blass geworden. Keine vornehme Blässe, vielmehr so als seien alle meine Farben aus meinem Gesicht gekippt. Aber ich darf mit einem kleinen revolutionären, spitzbübigen Grinsen behaupten: Meine Farben sind immer noch da. Sie befinden sich in meinem Kopf. Als Gegenmittel; gegen die Realität; gegen das Verzweifeln. Das ist meine Überlebensstrategie, für die ich keine Universalität verlange. Denn während ich meine Konturen versuche, gibt es Menschen, die eine der unzähligen, bereits vorhandenen exemplarischen Vorlagen auswählen, welche die Gesellschaft bereitwillig zur Verfügung stellt. Sie wählen aus dem Gegebenem, da sie darauf hoffen, den schnellsten und vor allem den sichersten Weg für das eigene Lebenskonzept gefunden zu haben. Was für ein Trugschluss?! Denn auch die Entscheidung für eine Vorlage muss entweder grundsätzlich durchdacht oder im Nachhinein gründlich bedauert werden. An dieser Stelle kann sich der spätere Typ Jammmerlappen bereits in frühen

Jahren wertvolle Fachexpertise antrainieren. Doch egal, mit wie viel Bedacht die Vorlage sorgfältig auserkoren wird, sie kann niemals in dem Maße entsprechen, wie es ein mühsam mit Tränen, Schweiß, Wut und Revolution erkämpftes, eigenes Lebensmuster täte. Und diese Erkenntnis wird früher oder später zu weitere Mengen an Momenten mit Jammerbedarf führen – gut also, wenn die Muster-Menschen nun schon mal das chronische Sich-unzufrieden-fühlen trainieren.

Nichtsdestotrotz habe ich die Ambition, irgendwann mal das Zeitalter der Erwachsenen zu erreichen.

Wann, wie und wer ich dann sein werde?

Ich kann es noch nicht verzeichnen. Doch bin ich mir sicher, dass ich niemals aufhören werde, gelegentlich aus meinem Bemühen, den Anforderungen eines ernsthaften Lebens zu entsprechen, auszubrechen. Von Zeit zu Zeit einen Ausflug auf den Spielplatz zu wagen. Damit der Ehrgeiz nach Herzenslaune schaukeln kann, um anspruchslos hoch hinauszufliegen und dann mit demselben Schwung wieder zurückzusegeln. Der Eifer darf vergnüglich wippen, um zu wissen, dass es oben schöner ist als unten. Die Anforderungen gehen rutschen, damit sie wissen, wie schnell es bergab geht, während ich all den Forderungen winkend entgegensehe, bereit bin, sie aufzufangen. Ein Erwachsensein, dass mir diese Exkursionen zugestehen, ist das einzige Erwachsen, das ich anstrebe.

Also zurück in mein Sinnbild: Die Vergangenheit war ein nach Radiergummi schreiendes Zeichnen von Konturen, von Umrissen, um den Rahmen zu definieren, in dem ich mich mit meinem Leben bewegen will. Und dann, wenn ich eine Idee über meine Form gefunden habe: Taddaaa – wird die Suche von vorn beginnen. Nächste Krise, neue Entscheidungen, denn ist die Form gegeben, bleibt die Frage nach der Farbe.

Während der glückliche Muster-Mensch nach Farben

malt, füllt meine Lebensinterpretation das eigene Mandala aus. Ich übernehme den Pinsel, wähle jede mögliche Farbschattierung, um sie zu versuchen, denn meine Biografie bedarf jeder Nuance. Ich verteile die Farben großflächig, wenn sie mir gefallen oder trage sie lediglich zart auf, wenn Vorsicht geboten ist. Ich weiß, dass wir alle vor unserem Lebenskunstwerk stehen und wenn uns das Bild am Ende nicht gefallen wird, ist das ganz allein die eigene Schuld.

Jeder der sagt, man müsse nicht perfekt sein, lügt!

Jeder der so etwas behauptet, hat unrecht.

Es muss perfekt sein!

Perfekt –

für dich.

Auch der Muster-Mensch kann Perfektion erreichen, wenn er mit dem geschaffenen Ergebnis zufrieden ist. Vielleicht l(i)ebt er seine Vorlage, weil sie alles ist, was gewollt war. Das Leben ist ein Atelier, in dem dir dein Material frei zur Verfügung steht.

Nun,

ein

oder zwei

Absätze. Damit du wählen kannst, ob du meine abschließenden Gedanken mitgehen möchtest, denn es wird ein wenig kompliziert. Falls ja, dann stelle dir vor, die Wahl deiner Kontur sei der freie Wille des Menschen. Stelle dir nun vor, all die Formen, die Farben, die du auswählen darfst, deine Pinsel und deine Malpalette, jeder dir mögliche Ton, all das, ist Gott. Für mich.

Es gibt Religionen, die versuchen, dir weiszumachen, Gott hätte nur die Farbe eine einzige Farbe. Nur weiß oder nur Schwarz. Das ist nicht weise, denn das ist nicht wahr. Und genau das wirst du wissen, sobald du nur einen winzigen Blick, ein Gefühl auf all die Vielfalt erhaschen konntest. Falls du also so jemandem begegnest, dessen Lebenspalette nur eine einzige Farbe zu haben scheint. Sei nicht unverschämt. Mische dich nicht in sein Kunstwerk ein. Aber vielleicht traust du dich, ihm ganz vorsichtig zu zeigen, welche Farben du lebst und vielleicht, ganz vielleicht, ist er bereit zu erkennen.

Das Abbild

Es war kurz vor Schluss, als mich das Gefühl beschlich, dass hier etwas nicht stimmte.

Es war kurz nach Schluss, als mir auffiel, dass ich seit einer Stunde wartete. Nicht auf Godot, nicht auf den Feierabend, sondern auf dich. Und in dem Moment, als mich die Erkenntnis ereilte, dass ich dich erwartete, fühlte ich mich genötigt, alles zu tun, um diese Einsicht zu verdrängen. Ich wartete nicht, nie. Ich machte alles sofort, gleich in diesem Moment und zwar allein. Kam allein, ging allein und blieb allein.

Ich wartete nicht auf dich. Ich wartete nicht auf dich. Ich wartete. Nicht auf dich. Ich wartete nicht auf dich. Ich wartete und du warst schuld.

Aus Enttäuschung wurde ein Hauch von sauer, weil du geplant haben musstest? Jeden Abend warst du mal etwas früher, mal etwas später, aber tendenziell immer etwa eine Stunde vor Feierabend aufgetaucht, hattest mir beim Aufräumen geholfen und mich heim spaziert. Heute nicht.

Heute bleib ich allein.

Na gut, nicht ganz, schließlich schlief und schnarchte Klecks für gewöhnlich im Körbchen direkt vor dem Kücheneingang. Denn wenn sie ihre Runden durch den Raum gezogen hatte, alle Gäste mal doof mal knuffig angestarrt hatte, kringelte sie sich auf ihrem Kissen ein und ich war mir sicher, dass sie all die Gerüche, die ihr aus dem für sie gesperrten Bereich der Küchenzeile entgegenwehten, mit in ihre Träume nahm.

23.30 Uhr, ich drehte den Schlüssel um und setzte einen Schritt auf die Straße. Achtsam wie lange nicht mehr, denn du hattest mir meine Aufmerksamkeit geraubt, wenn du neben mir die Straßen herunterschlendertest. Ich schloss die Jacke bis an meine Nasenspitze, da die Nacht kühl blieb. Leises Tapsen hinter mir, um die Ecke gebogen und am Straßenende einen Schatten entdeckt. Und dann, verfestigte sich der Schatten, um eine Gestalt hervorzubringen. Eine Silhouette, die nur dir passen konnte. Ich blieb stehen, legte den Kopf schief, um mich noch einmal aus einer anderen Perspektive zu vergewissern. Die Nacht deckte mein verstohlenes Starren. Du warst nicht schön. Ich meine nicht so im klassischen, ganzheitlichen Sinn. Aber du hattest etwas an dir, das aus jedem Blickwinkel und mit jeder Bewegung dein Wesen zur Schau stellte. Etwas Geheimnisvolles vielleicht – kombiniert mit Stolz. Dich anzusehen konnte eine Ahnung offenbaren, dass du all das, was du zu sein vermochtest auch warst. Und in genau diesem Moment, dort auf der Straße warst du alles, was ich wollte und alles, was ich brauchte.

Schreib mich nach Hause

Ich weiß nicht, was mich aufhält, was mich abhält, dich hinzunehmen. Dich, die Welt und das Drumherum, also schreibe ich lieber.

> Lieber Vorsicht, statt Nachsicht.

> Lieber ohne, statt mit.

> Lieber halb, statt ganz.

> Lieber kalt, statt warm.

> Lieber verloren, statt gehalten.

> Lieber beschädigt, statt vollkommen.

> Lieber zerbrochen, statt fest.

> Lieber nie, statt für immer.

> Liebe, statt »r«

Das Verlangen

Dunkelheit.

Ich schlug die Augen auf und es herrschte weiterhin Dunkelheit.

Die Nacht stand vor mir, doch der Schlaf war vergangen. Keine Erschöpfung in meinen Knochen, absolute Klarheit im Verstand. Der Körper wusste, was ihn hatte die Müdigkeit abschütteln lassen. Ich verließ das Bett. Ich verließ das Haus. Ein Pulli in Übergröße als Versteck, kein Lippenstift. Kniestrümpfe, keine Leggins. Boots, keine Tusche. Keine Jacke, keine Zweifel. Ein Hund und eine Frau. Eine Nacht, ein Ziel. Eine Mission ohne Entschluss. Eine Reise ohne Ende. Endlich ein abschließender Wunsch. Kein Auftrag, ein Wille. Ich will verlangen. Die Überlegungen übergehen. Kein Bemühen, keine Bestimmung. Freier Wille.

3.45 Uhr, eine Straße, eine Wohnung, eine Hintertür, die des Nachts immer aufstand, um die Träume hineinzulassen und dem verbrauchten Atem den Weg hinaus zu geleiten.

Im Mondschein, ich, leise und doch zu laut für die Stille, vorsichtig und doch gesehen.

Du

Ich mache das Licht wieder aus, um es dir leichter zu machen. Erst dachte ich, es sei dieser Hauch von Beleuchtung, der dich so verlegen herumdrucksen lässt, da du die Dunkelheit bevorzugst. Zurückhaltung konnte sexy sein, du hingegen wirkst unabsichtlich gehemmt. Fast scheint es, als würdest du versuchen, jede Geste durch die Nächste wieder rückgängig zu machen. Da war Angst in deinem Blick. Hältst du meinen Blick auf dir nicht aus, oder ist es gar andersherum. Hast du etwa Bedenken, dass ich deinem Anblick nicht standhalte? Du atmest. Immer schneller, nicht vor Erregung, nein, soweit habe ich dich noch nicht. Du atmest panisch. Ein und aus. Bis sich deine Brust plötzlich verdammt lange überhaupt nicht mehr hebt oder senkt. Soll ich dir ein Geheimnis verraten? Würde dich das beruhigen? Ich würde dir so gerne sagen, dass ich dich in diesem Moment nicht ansehe, sondern mich wirklich bemühe in dich hineinzuschauen. Dich zu durchschauen. Ich bin bereit, all deinen Schmerz, bei dem niemand wirklich weiß, woher er kommt, mit dir zu teilen. Ich will, dass du heute meins wirst; ich wünschte, du könntest dich hingeben und ich würde dir all das abnehmen. Ja, ich will dich. Aber es gibt noch eine Sache, die ich mehr will: Dich nicht zerstören. Zum ersten Mal bin ich vorsichtig mit dir. Weil ich weiß, dass du am Äußersten bist. Wir müssen beide mutig sein, jetzt. Ich strecke meine Hand ein wenig aus und als du nicht zurückschrecktest, da streiche ich über dein Gesicht, entlang deiner Wangenknochen bis zum Hals, den Schultern entlang. Da lasse ich dein Kleid zu Boden sinken, um die weiße Spitze der letzten Wäsche auf deiner blassen Haut zu befreien. Ich bin ganz nah. Nur du wanderst in weiter Fremde. Wie gerne ich wüsste, an welchen Abgründen deine Gedanken gerade spazieren. Trotzdem halte ich mich nicht zurück. Denn ich kann dich auch in der Ferne noch erkennen, in den kleinen Momenten, in denen du wagst, mich anzusehen. Kurz packe ich dich so fest an deinen Oberarmen, dass ich befürchte, morgen würde sich an diesen Stellen ein leichter blauer Schimmer abzeichnen. »Du bist frei«, flüstere ich dir so sanft wie möglich, so eindringlich wie nötig entgegen und lockere meinen Griff. Du bist aus Porzellan und ich weiß, dass jede falsche Bewegung dich in unzählige Scherben zerbrechen würde. Aber ich weiß auch, dass du mir alles geben würdest, was ich mir ersehne. Ich will es einfordern, statt es von dir zu verlangen und doch habe ich mir von Beginn an vorgenommen, dir zu zeigen, dass es anders sein kann, für dich. Dass du nicht verloren bist. Plötzlich streckst du deine Hand nach mir aus. Berührst mich. Ich habe nicht damit gerechnet, dass es anders herum sein wird, denn ich merke mit einer erotischen Aufregung, dass es anders sein kann, für mich.

Klein und Groß

Wenn ich allein stehe, dann bin ich groß, dann ist alles weit, dann liegen alle Antworten vor mir. Ich brauche nur einen Schritt ins Ungewisse machen und schon wird mir das Neue vertraut, ohne dass ich daran zweifeln musste, dass es anders hätte sein können. Dass das Andere mir verschlossen bliebe. Wenn ich allein bin, kann ich mich ohne Angst in unbekannten Gassen und Winkeln verlaufen, ich kann mit offenen Armen in Begegnungen fallen, ich kann Worte formen, Sätze basteln und Fragen stellen, deren Antworten ich schon weiß. Ich kann alles und jeden lieben; einzig und allein für das, was es, er oder sie ist.

Wenn ich allein bin.

Wenn ich bei dir bin, dann bin ich klein. Dann ist alles eng, dann verstecken sich die Fragen überall. Mit dir trete ich lieber fünf Schritte zurück, um mich in Sicherheit zu wiegen. Zurück zum Vertrauten, zurück zum Zweifel, dass alles anders sein könnte. Wenn ich bei dir bin, habe ich Angst, mich auf gerader Strecke zu verirren. Ich begegne dir mit abweisenden Armen und verschlossenem Mund. Vor dir kommen keine Worte zustande. Ich kenne die Antworten auf deine Fragen nicht. Ich kann nicht lieben, weil ich nicht genüge. Mir nicht und dir zu sehr.

Wenn ich bei dir bin, ist alles so schwer.

Du

Du bist ein Mensch, mit dem ich teilen kann und den ich niemals teilen würde, wenn es meine Entscheidung wäre. Du berührst mich, weil dich so viel berührt, was die andere kalt lässt. Ich weiß, du fühlst dich viel zu oft isoliert und einsam, unverstanden und allein. Aber wenn du ja sagen würdest, dann würde ich meinen Kopf ebenso wie du in die Wolken hängen, dabei mit den Füßen fest am Boden verankert bleiben, während du dich von weit oben umsiehst. Denn du bist kein verrückter Träumer, du suchst lediglich den Zusammenhang, groß gesagt: Nach dem Atem der Welt, nach dem, was den Wind antreibt und seine Richtung bestimmt. Du kramst nach dem, was zwischen den Menschen gesagt wird, ohne dass ein Wort nötig wäre. Du forschst nach dem, was auch sie bewegen könnte, während sie verharren. Du bist reizvoll, weil es bei dir ganz still ist und gleichzeitig schreit. Weil du verzweifelt versuchst, nicht zu verzweifeln. Weil keine Farbe eindeutig ist. Weil ein Meter in deiner Wirklichkeit nur aus 100 Zentimetern besteht. Weil Liebe nicht einfach liebt, sondern um unser Herz pokert. Weil du weißt, dass man beim Leben nicht vergessen darf, sich immer wieder für das Leben zu entscheiden. Weil niemand ist wie du.

Aber da ist noch etwas, denn ich weiß auch, was du schaffen kannst. Ich weiß, dass du eines Tages aufwachen und dir wünschen wirst, es würde jemand neben dir liegen, dir die verbrauchte Luft der Nacht wegatmen und deine Decke stehlen. Ich weiß, dass es diesen einen Tag geben wird, an dem du deine Alltagsschlacht kämpfst, so wie jeden Tag, ohne das etwas Besonderes passiert. Kein Wort, das dich dazu bringt, kein Song, der in diese Richtung schwingt. Nein – es wird einfach so passieren. Grundlos. Du wirst an der Bushaltestelle stehen und dir wünschen, jemand sei zuhause. Bei dir. In deine leeren vier Wänden. Jemand würde deinen Raum und deine Räume einnehmen.

Einfach so.

Die Mutter

Gemeinsam, aus.

Ausgegangen in ein nettes Restaurant. Zweisam, die Mutter und die Tochter. Ratsam, beieinander. Genügsam im Kerzenschein, zwei Gläser Wein. Gespräche, die trugen und ein Gefühl von Verbundenheit statt Einsamkeit. Geborgenheit in Achtsamkeit. Ein einfacher Abend ohne die großen Vorstellungen, ohne breites Publikum, ohne Aufregung. Geruhsam saßen sie sich gegenüber und hatten Teil am anderen. Es wäre angenehm gleichförmig gewesen, die pure Harmonie, bis ein leises Bild die Mutter beschlich und eine vergangene Melodie summte. Es war nur eine Kleinigkeit, eine Bewegung oder vielleicht war es der Blick. Mag sein, dass es die Art und Weise war, das Glas zu heben oder den Löffel zu halten. Denkbar aber auch, dass dieser plötzliche Eindruck allein der Fantasie der Mutter entsprang. Doch in diesem einen Moment sah die Tochter anders aus. Anders als zuvor. Etwas hatte sich verändert. Im Innen oder im Außen, das war nicht ersichtlich. War dort ein Teil ihres Wesens gekippt, geneigt, gefallen, gekrümmt, gar abgewinkelt, umgeschrieben oder neugestaltet? Die Mutter konnte es nicht fassen, doch so wie ihr Kind dort saß, erinnerte sie sich an jemanden. An den einzigen Menschen, den sie noch besser kannte als die Tochter.

Die Mutter erkannte sich selbst. Nicht wie ein Spiegelbild, denn die Tochter war weder Nachahmung noch Kopie. Nein, vielmehr saß sie ihrer Analogie Angesicht zu Angesicht gegenüber. Und niemand würde ihr sagen können, was diese Entsprechung noch alles bedeuten konnte. Ein Gefühl machte sich breit: Stolz – auf die unverhoffte Ähnlichkeit. Und so verstand die Mutter zum ersten Mal, was für eine Einigkeit der beiden Frauen ihre Verbundenheit manifestierte. Beide fest entschlossen, zäh und beharrlich der Überhebung der Mitwelt zu trotzen. Konstant den feinen Anstand zu wahren, mit festlicher Festigkeit die eigene Stellung zu behaupten. In waghalsiger Verwegenheit den Menschen gegenübertreten und herrisch über die Unbeugsamkeit der Lebensumstände hinwegzuschreiten. So waren sie. Beide.

Das große Ganze

Mein einziges Gegenüber ist das Universum und dem bin ich, so muss man das sehen: einfach mal scheißegal. Das ist keine pessimistische Sicht auf das Leben, keine traurige, wütende, verzweifelte Perspektive auf das menschliche Dasein. Nein, es ist ganz anders: Es macht frei! Ich bin frei, so viel Quark und Unsinn zu produzieren, wie ich will. Ich darf Flausen im Kopf haben, kann mein Leben nach Belieben verleben, muss vielleicht sogar maßlos scheitern. Es gibt kein Limit, meine Geschichte kennt keine Grenze. Ich bin ein winziger Teil des Ganzen, dessen Funktionieren in einem riesigen System von Anfang an so eingerichtet wurde, dass ich in meinem Waltungsspielraum wohl kaum die Möglichkeit habe, für das Universum relevante Revolutionen anzuzetteln. Somit verbleibe ich einfach belanglos. Ein irrelevantes Häufchen Sternenstaub, das ab und zu aufmüpfig wird, wenn es sich weigert, zu glitzern. Eine Ansammlung wohlgeordneter Zellen, die einen ganzen Organismus am Laufen halten. Ein Herz mit Halbwertszeit, die gerade so ausreicht, um mehr als ein Mal gebrochen zu werden. Ein kleiner Funke, der entfacht werden könnte, wenn ich mir nicht selbst im Weg stehen würde. Mein Verstand ordnet mir jedoch wohlweißlich an, bloß am Rande des Möglichen zu bleiben, die Konstellationen zu umkreisen, bloß niemals den Schritt zu wagen, mich voll und ganz einer Sache hinzugeben. Gefährliches Terrain. Doch neben all dieser universellen Logik steckt hinter dem Verstand und der Gewissheit über die Wahrheit der Welt auch immer noch ein wenig Magie, eine Prise Glauben und eine doppelte Portion Gefühl. Und um dem standzuhalten, bin ich dazu verdammt, eine Existenz als Vagabund zu fristen. Ich bin ein Wanderer im Wandel. Im Gegensatz zu all den Menschen, die im Alltag feststeckten, erlebe ich jeden Tag als einen Wirbelsturm. Die selbstverständliche Ausnahme, welche die Regel bestätigt: Die Tage, an denen ich nicht lebe oder, besser gesagt, überhaupt nicht am Leben teilnehme. Weil da nichts ist.

Weil sich nichts bewegt, weil ich an diesen Tagen nicht atme.

Die Umarmung

»Alles wird mehr, wenn wir es teilen«,

sagte die Freundin und grinste breit. Aber sie hatte Unrecht. Wissen wurde nicht mehr, sondern viel weniger, ja sogar anders, wenn man es teilte. Das war genauso wie mit Geschichten: Jeder fügt hier und dort noch etwas hinzu, schmückt das Ganze aus und lässt an anderen Stellen wieder etwas weg. Das Wissen wurde schon immer den Bedürfnissen der Zeit angepasst. Und am Ende funktioniert es nicht mehr. Folglich füllte eine entscheidende Frage den Raum:

Wo war der Fehler?

Doch es gab keinen Fehler, es gab lediglich eine andere Art, die Wahrheit zu erzählen, neue Begebenheiten, welche die Tatsachen fütterten, alternative Lesarten und veränderte Lichtverhältnisse, die ein neues Licht auf Altbekanntes warfen. Und so konnte es passieren, dass die Menschen die eigentliche uralte, gewaltige und allumfassende Wahrheit verleugnen, sich immer weiter von ihrem tatsächlichen Wesen lösen. Plötzliches Schnipsen vor meiner Nase. »Sag mal, von wem träumst du?«, quiekte die Freundin ausgelassen. Wie schön es war, sie lachen zu sehen, wenn ihre Locken wippten und ihre Sommersprossen kicherten. Fragend blickte ich sie an und versuchte herauszufinden, was sie gesagt hatte, während ich in meiner Gedankenwelt abgetaucht war. »Na, ob du deinen

Freitagmorgen mit mir teilst, wollte ich wissen?!« und spielte damit auf einen gemeinsamen Waldspaziergang an, den wir uns ab und zu (eigentlich viel zu selten) gemeinsam erliefen. »JA«, pure Überzeugung meinerseits. »Okay, Kleine, ich muss schnell los, hab`nen Kurs auswärts.« Und dann geschah etwas seltsames. Eigentlich bereits zum Gehen abgewandt, drehte sie sich noch einmal um und umarmte mich. Ich, also wir, taten so etwas für gewöhnlich nie. Und gerade deshalb, weil es so unverhofft passierte, gab es dem Ganzen etwas absolut Besonderes. »Du bist ein außergewöhnlicher Mensch«, flüsterte sie mir kurz vor dem Loslassen ohne ersichtlichen Anlass ins Ohr und ließ mich von innen nach außen lächelnd allein unter Vielen inmitten der Cafeteria monumental glücklich zurück.

Der Baum und die Wiese

Da stand ich.

Und sah auf die Wiese. Das Grün in all seinen Möglichkeiten bewegte sich im Wind und schien bis zum Horizont zu reichen, wo ein einziger Baum seine Daseinsberechtigung auf Grund seiner Verbindung von Wiese zur Wolkenwelt bestritt. So als wurzele er auf Erden und greife ins Unendliche.

Ob ich jemals auch so sein könnte?, wollten meine inneren Ambitionen zu gerne wissen. Ungefragt, bedingungslos einfach, jeden Tag ein bisschen, über mich hinauswachsen – wie dieser Baum. Und vielleicht ist all das hier ein erster Anfang, indem ich versuche, Worte zu finden, um zu schreiben, Seite für Seite. Wie der Baum. Blatt für Blatt. Und ist es nicht das, was das Menschliche ausmacht? Streben? Mein Blick wanderte zurück auf die unzähligen Grashalme vor mir. Vielleicht strebte nicht jeder. Es musste wohl Baum-Menschen und Wiesen-Menschen geben. Ich besitze jedoch lediglich die Baum-Perspektive auf dieses Szenario. Und so weiß ich nicht besonders viel von den Belangen dieser Wiese. Doch ich vermute, sie würde mir vielleicht von ihren Blüten erzählen, von ihrer Angepasstheit an Sonne, Schnee, Wind und Wetter. Eine Wiese hält Veränderung aus. Die Wiese hat Blumen. Die Wiese macht Weite. Der Baum nicht. Der Baum kann nur eins: Sich an Ort und Stelle immer wieder von seinen Blättchen verabschieden.

Dabei kennt er nur eine Richtung: Nach oben.

Du

Verlassen, einsam zurückgelassen hast du mich. Ohne einen letzten Blick, ohne ein sanftes Streicheln, ohne ein letztes Versprechen, dass alles gut sein wird. Das sieht dir ähnlich. Hattest du mich doch zuvor einfach so überfallen. Ja, über mich hergefallen bist du. Hast mich genommen und davongetragen. Von Kopf bis Fuß war ich deins. Die Gedanken frei, denn alles was zählte, warst du. Denn nur du konntest mir das geben, worauf ich schon seit langem wartete. Erlösung. Der Körper ging voran, die Seele folgte. Lass los, habe ich in dein Ohr gewispert und mich noch stärker an dich gedrückt. Es war fast schon gewaltvoll, brutal bist du über mich gekommen. Eng hast du dich angeschmiegt, um Besitz von mir zu ergreifen. Doch jetzt bist du fort. Ich muss die Augen wieder aufschlagen, um festzustellen, dass ich allein hier liege. Die Hitze deines Besuchs liegt immer noch in der Luft, doch mein Bett hat dich schon wieder entlassen und der Fleck, an dem du eben noch gelegen hast, ist längst kalt. Verlassen liegen gelassen. Du wirst für diese Nacht nicht wieder auftauchen, das weiß ich. Ich nehme es hin, dankbar für die wenigen Stunden, die du mich in das Reich der Träume geleitet hast. Doch jetzt wird aus zweisamer Müdigkeit einsame Wachsamkeit. Meine Augen suchen die Konturen der Finsternis. Meine Füße fassen den Fußboden. Ich suche den Himmel. Ein Pullover, eine Hose, dann lasse ich die Haustür hinter mir ins Schloss fallen und kehre meinem Zuhause den Rücken zu. Die Nachtluft umarmt mich zum Trost, damit ich vergesse, dass du und der Schlaf gegangen seid. Und so spaziere ich der Kreuzung und den Sternen entgegen. Ich bin glücklich, denn ich weiß, du wirst es wieder tun.

4

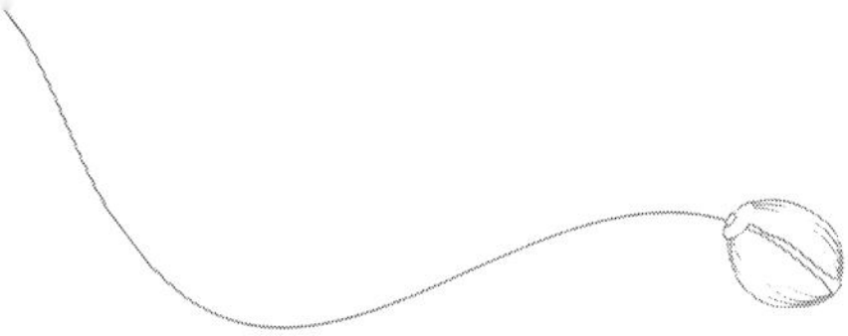

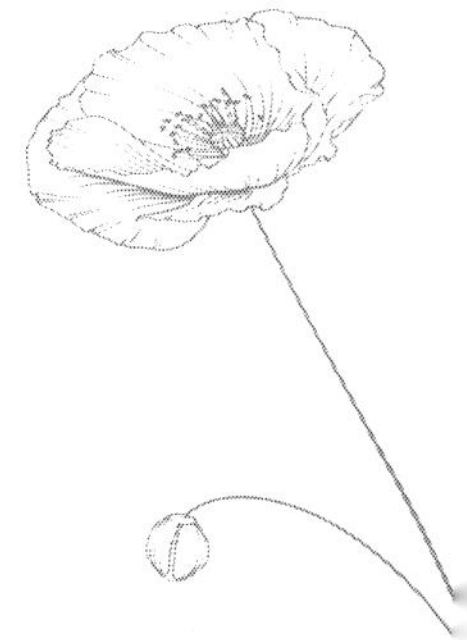

Die Stadt

Es gibt Bücher, die sind nach dem Lesen leer, alle, aufgebraucht und bis auf den letzten Buchstaben durchschaut. Dann wiederum gibt es Bücher, die kannst du so oft aufschlagen, wie es dir beliebt und sie werden dir unter keinen Umständen das Gleiche erzählen. Selbstverständlich gibt es noch diese Mischtypen, in denen nur vereinzelt auf einigen Seiten, mal hier mal dort, ein paar Sätze hängen blieben, aber von denen möchte ich hier nicht reden. Denn das kleine Buch namens »Zuhause«, welches mir die faszinierende Buchhändlerin der kleinen Großstadt gereicht hatte, war ein Werk der ganzheitlichen Variante. Eine absolut anrührende, zutiefst bewegende, quadratische Gedankenschatztruhe, die mir gleichzeitig so viel harte, heimatlose Realität verpasste, sodass ich eindeutig verdattert und orientierungslos zurückblieb. Im Gepäck eine neue Schwere, denn es waren tragende Gedanken und wichtige Blickwinkel, die diesen Seiten entsprangen. Von diesem Zeitpunkt an schleppte ich sie in meinem Lebenspäckchen herum, während sich das kleine Buch ganz hoch oben auf den Böden der Regalwände zur Ruhe gelegt hatte. Es schlief, denn es musste sich von unserer gemeinsamen Reise in sein und mein Inneres erholen. Und weil ein solcher literarischer und gleichzeitig weltbezogener Gewinn unbezahlbar war, stand der Plan fest:

Ich musste die Buchhändlerin dringend wiedersehen.

Ich musste mich 1. bedanken und 2. um Nachschub bitten.

10.05 Uhr die Bahn fiel aus.

10.35 Uhr die nächste Bahn fiel ebenso aus.

11.05 Uhr keiner wusste irgendwas, während die Bahn noch immer nicht auftauchte.

Ich stand, Klecks saß auf dem überfüllten Bahnsteig und blickte sehnsüchtig in Richtung leeres Gleis. Bahnfahren bedeutete – wie bereits festgestellt – Abenteuer, aber diesmal wollte ich meine Geschichte für eine kurze Passage meines Lebens nicht an die Hoheit der Bahn übergeben. Ich hatte ein konkretes Ziel und dort würde ich jetzt auch ankommen! Mit einem kleinen Sprung landete Klecks auf meinem Arm, wir bahnten uns den Weg durch die grummelige Menschenmasse, überließen sie ihrer Wartezeit und wechselten in Sachen Fortbewegung auf meine fliegende Untertasse.

12.08 Uhr Parkplatz in der kleinen Großstadt gefunden und schnurstracks in Richtung Buchladen gepilgert.

Mein eigenes Abbild spiegelte sich in der großen Fensterfront des Ladens, nahm mir die Farbe und präsentierte mir lediglich ein blasses Mädchen. Verunsichert und doch gewiss, diese Strahlenbrechung im Glas war nicht ich. Ich lag dahinter, viel tiefer, viel weiter, in mehr als dieser zweidimensionalen Wiedergabe, mehr als dieser Ausgabe einer einzelnen äußerlichen Facette meiner selbst, die mir das Fenster vorführte.

Hoffnungsvoll trat ich ein, enttäuscht blieb ich im Mittendrin stehen. Der Laden war voll, doch die sanften Töne, die leisen Unterhaltungen und die lauten Überlegungen waren verschwunden. Die Bücher schwiegen. Ein Rundum-Blick schweifte durch den Raum, um herauszufinden, was diese angespannte Lage, die sich dezent hinter dem fröhlichen Gewusel der Kundschaft versteckte, verbarg.

»...Ich komme dann später wieder«, eine unbekannte Frau

mit ausgesprochen markanten Gesichtszügen und einem liebevollen Blick.

»...gern, Frau Sames, um 16 Uhr geht`s los«, versprach die Buchhändlerin, die eigentlich genau so freundlich wie beim letzten Mal dreinguckte, bloß weniger nach Dienstag und mehr nach Freitag aussah. Die Unbekannte vernahm diesen kleinen Schatten nicht, welcher eben für einen Bruchteil eines Moments über das Gesicht der Inhaberin geglitten war.

»Gibt`s wieder Sekt?«, lachte eine zweite Unbekannte, an dessen äußerer Erscheinung nichts wirklich bemerkenswert war. Ihre fröhliche Stimme jedoch tanzte hüpfend gen Kassentresen.

»Ich will`s doch hoffen«, die erste Unbekannte nahm der Buchhändlerin somit die Antwort ab.

Hier lief was schief, ganz klar! Also wendete ich mich ab, lauschte dem Buchseitengeraschel, schlich vor den Regalen entlang und wartete, bis der kleine Schwung an Kundschaft verschwunden war.

Die Buchhändlerin stand hinter ihrem Pult, Tatendrang, bereit wie ein Läufer in Startposition, wartend auf das »Los«. Vorsichtig schob ich an und dann ein »Danke« hinterher. »Es freut mich, dass es dir gefallen hat«, überraschte mich ihr Wissen darüber, wovon ich sprach. Vermutlich gab es bei all den Büchern und all den hinein und hinaus lesenden Menschen auch eine Menge vorgegebenes Wissen und die feinen Formulierungen, die den Anschein erweckten, ich-weiß-wer-du-bist, während absolute Ahnungslosigkeit die Erinnerung plagte. Doch die Buchhändlerin erkannte mich, das spürte ich – und mehr noch – sie wusste exakt wovon ich sprach. Also traute ich mich neugierige Erkundungen einzubringen: »Eine Lesung heute Nachmittag?«, war meine Vermutung. »Jap!«, drei eindeutige Buchstaben und doch so wenig überzeugend. »Gibt es ein Problem?«, tastete ich mich weiter vor, nachdem ich geprüft hatte, dass niemand im nahen Umfeld sein Ohr dazu legte und unserer Unterhaltung folgte. »Hmm«, sie dachte kurz nach, ob sie es wagen sollte, ihren Kummer zu teilen, blickte mich an und entschied sich aus irgendeinem diffusen Grund dafür, aus ihrem Muster auszubrechen und vertraute. Mir. »Na ja, ich bin gerade alleine hier, heute Morgen lag überraschend die Kündigung meiner Mitarbeiterin auf dem Tisch, ausgerechnet heute, genau jetzt, wo es mir sowieso an Leuten fehlt«, gab sie nicht wütend, eher traurig bekannt. Keine Antwort, nur ein auffordernder Blick meinerseits, denn ich wusste, das war noch nicht alles. »Na ja, und die Ware für die Lesung, also all die Buchkisten wurden versehentlich ans andere Ende der Stadt an die falsche Buchhandlung geliefert. Die werden bis 16 Uhr niemals hier ankommen.« »Oh«, stieß ich hervor in Anbetracht einer solchen Verkettung von Unglück. »Also habe ich weder jemanden, um Prosecco auszuschenken, noch Bücher, es wird also ein Desaster, aber die Türen geschlossen halten und mich verbarrikadieren ist definitiv auch keine Option!«, die Buchhändlerin überzeugte mit Kampfgeist. »Zur Not lese ich selbst!«, setzte sie einen drauf. Innerlich lachte ich, äußerlich wappnete ich mich mit Zuversicht und verkündete: »Bei welcher Adresse genau liegen die Bücher? Ich hole sie!« »Hah«, kurze Verzückung über meine Naivität. Sie wusste nicht, dass ich ernst machte. »Das sind 4 Kisten mit jeweils mehr als 20 Büchern, ich befürchte das lässt sich nicht herstellen«, bedauerte sie. »Bin heute ausnahmsweise mit dem Auto«, gab ich bekannt und duldete keine Zweifel. Mit der Adresse in der Hand, schon halb im Ausgang flötete ich über die Schulter. »Ach und im eskalativen Prosecco-Ausschenken habe ich übrigens herausragende Qualitäten.« Die Buchhändlerin sah aus wie aus dem 7. Himmel verbannt, von Zusammenhalt aufgefangen und durch gegenseitiges füreinander Einstehen wieder hoch hinauf geschleudert. In mir gab ein Aufruf den Startschuss: »Yay, lasset die Spiele beginnen.«

Level 1: Buchkisten x 4 im falschen Laden von einem versnobten Ladeninhaber in einer Straße, die aus der Monopoly-Perspektive »Parkstraße« hätte heißen können, empfangen. Absoluter Unwille seines Angestellten (möglicherweise handelte es sich aber auch um den hauseigenen Diener), mir behilflich zu sein, obwohl seine Muskelmasse die Aktion um eine bedeutende Zeigerumdrehung hätte beschleunigen können.

Level 2: Parkplatz finden. Klappe, die Zweite. Kisten von dort nach hier durch die Wogen der Einkaufspassage verschiffen, auspacken, aufbauen, für gut befinden.

Level 3: Die Buchhändlerin gab eine kurze Bedienungsanleitung und anschließend die Schatzkarte zum Bitzel-Flaschen- und Stielglas-Vorrat. Anschließend übergab sie mir eher unfeierlich, aber dankend das Zepter der Empfangsbeauftagten.

Level 4: Kunden kamen. Menschen tranken. Eine Autorin las. Begeisterung. Leser gingen.

Endgegner: ChaosbeWELTigungsmaßnahmen in Sachen Gläser von Büchern pflücken, übrig gebliebene Exemplare wieder in Kisten verfrachten und Abspülen. Eine Menge.

22:41 Uhr »Tadaaa« das letzte polierte Glas versank in einem Karton, während die Buchhändlerin einen feinen, kleinen Lesesessel zurück auf seine ihm angestammte Position schob. Ich hob die Hand zum High-Five und wir ließen uns auf die gegenüberliegende Sitzreihe fallen.

»Danke«,

flüsterte diesmal die Buchhändlerin. »Hey, du hast mein Tages-Wort geklaut«, witzelte ich, denn die Dankbarkeit war mein heutiger Plan gewesen, der nun doch (auch ganz ohne

Bahn) in ein Abenteuer mündete und somit in Rückblende definitiv einen Platz im inneren Poesiealbum der wirklich außergewöhnlichen Begebenheiten verdiente. Wie seltsam, dachte ich, wie man in die Welt hineinruft, so ruft es zurück, war wahrhaftig.

»Könnten wir glatt öfter machen!«, in jedem Spaß, steckte ein wenig Ernst.

»Ich wäre dabei«, gab ich zielsicher bekannt.

»Dann lass es uns machen!«, strahlte sie mir entgegen. »Sag, möchtest du hier, bei mir, arbeiten?«

Absolute Euphorie, dann ein skeptischer Blick in Richtung Klecks und wieder zurück zur Buchhändlerin.

»Ich meine, ihr beiden.«

»Ehrlich?«

Sie nickt und noch nie hatte mich eine Kopfbewegung so sehr erfüllt, so viel Aufregung und so viel Vorfreude ausgelöst. Und noch nie hatte das Ende eines Tages so viel Anfang versprochen.

Die Finsternis

Die Lichter der kleinen Großstadt verabschiedeten sich im Rückspiegel meines leisen, vor sich hin brummenden Autos. Wie leer gefegt lag die Straße vor mir. So ruhig, als habe sich die Welt mit einem Schlag von den Erdbewohnern befreit und lediglich der kleine Raum meines Autos sei auf diesem Planeten zurückgeblieben, um sanft schnurrend der weißen Linie Richtung Unendlichkeit zu folgen. Keine fernen, grell blendenden Punkte, kein geräuschlos vorbeirauschender blechener Untersatz.

Nichts.

Die Welt schlief und so erreichte ich in unglaublicher Geschwindigkeit erst das Ortsschild und dann den Parkplatz. Das Wetter schien einen seltsamen Pakt geschlossen zu haben und so vermutete ich, dass das Herausziehen des Schlüssels aus dem Zündschloss als das vereinbarte Zeichen zwischen Himmel und geheimer Wetterzentrale zum Öffnen der Himmelspforten fungierte.

Sturzbäche an Wasser rutschten im Weltbild von oben nach unten. Nichtsdestotrotz öffnete ich wie von einer fremden Kraft getrieben die Fahrertür. Da war etwas, dass mich hinausdrängte. Also lugte ich aus meinem Unterschlupf hervor und wagte einen intensiven Blick in den dichten Regenwald. Ein Tropfen nach dem anderen versperrte mir die Sicht auf den kleinen Weg, der mich zu meiner Haustür leitete. Es war kein trostloser Anblick, vielmehr hatte es etwas Friedliches.

Der Duft von Regen, Petrichor genannt. Das gleichzeitige Freisetzen von Öl und Geosmin, wäscht die Luft wieder rein, von all den bösen Gedanken und belanglosen Worten der Menschen befreit.

Die Floskeln flossen die Bordsteinkanten entlang und durch die Gullideckel hinab. Die Lichtkegel der Laternen tanzten und spiegelten sich im hinabstürzenden Wasser. Entschlossen gab ich meinen trockenen Unterschlupf auf, nahm den kleinen Hund behutsam auf den Arm und trat hinaus in die Nacht. Meine Haare und meine Nase versteckte ich unter der Kapuze meiner Stoffjacke, die sowieso in kürzester Zeit von dem plätschernden Nass getränkt und in Anbetracht der Feuchtigkeit kleine Kringel aus meinem Zopf hervorspringen würden. Doch die Intention lag ohnehin im Umgekehrten, denn ich wollte nicht mich vor dem Regen, sondern die Ästhetik der Nacht in ihrer dunklen Romantik vor meinen hellblonden Haarsträhnen schützen. Da tapste ich nun im strömenden Regen, nach vorn gebeugt, um Klecks trocken zu halten, nur um kurz vor der Eingangsschwelle abrupt abzubrechen. Unfreiwilliger Stopp. Kein weiter Schritt

mehr möglich.

Panisch, weil ich nicht verstand, was vor sich ging. Seltsam blockiert war jegliche Bewegung gestorben. Kein Vorwärtsgehen denkbar, die Füße wie auf dem Boden verankert. Ich wurde festgehalten, zum Verharren verdonnert. Da war eindeutig etwas, das mich festhielt. Etwas Fremdes, das mein Weitergehen unmöglich machte. Etwas, dass mich zuerst von hinten ergriff und dann den vor mir liegenden Weg versperrte. An diesem Abend sollte ich nicht wie gewohnt auf flotter Sohle vom Auto ins Warme schlüpfen. Ich sollte stehen. Nass werden. Also gab ich auf. Beschloss, mich hinzugeben, lockerte meine Verkrampfung und willigte ein, zu warten. Woher diese Intention kam, weiß ich nicht. Aber das war auch egal, denn in meinem Kopf war in jenem Moment nichts vorhanden, das auf den Namen Selbstreflexion hörte. Ich dachte nicht nach, es war, als würde auch in meinem Inneren ein aufkommendes Unwetter alles Schwere aufwirbeln. Die Frage war bloß, ob die Ruhe nach dem Sturm anschließend alles wohlgeordnet an einen anderen Ort ablegen oder ein heilloses Chaos hinterlassen würde. Gedanken und Gefühle machten so etwas ständig, wir achten bloß zu selten darauf. Sie ändern ihren Ort in unserem Kopf und wenn wir auf sie zurückkommen wollen, um sie zu greifen, müssen wir feststellen, dass sie geflüchtet sind. Doch sie sind nicht fort, bloß ab sofort anders verknüpft. Und irgendwann, zum erdenklich schlechtesten Zeitpunkt, macht es plopp, und Tada: Da waren sie wieder. Während wir in unserer Außenwelt alles akribisch verorten, einordnen und platzieren, vergessen wir zu oft, auch Gefühle und Gedanken von unserem Kopf ins Herz oder anders herum zu verrücken. Auch Ideen müssen, ähnlich wie Gefühle, häufig erst einmal an richtiger Stelle angebracht oder gestapelt werden. Nur so kann gewährleistet werden, dass wirklich nichts an Gedankengut verloren geht oder – gar noch schlimmer – plötzlich zu Gedankenschlecht mutiert. Aber ich schweife ab.

Zurück in die Nacht.

Zurück zur Essenz meiner Schreibe.

Ich ließ also den Regen auf mich hinab prasseln. Bis auf die Unterwäsche durchdrang mich das kalte Nass und hinterließ einen Schauer auf der nackten Haut. Im Dunkeln wird häufig alles eins. Die Übergange verliefen fließend, kein Gegenstand und keine Figur konnte seinen Anspruch auf Kontur im Anbetracht des abwesenden Lichts behaupten.

Alles war eins.

Keine Grenzen.

Nicht für den Gegenstand und nicht für den Verstand.

Und während sich die Augen mit dem verschwommenen Sichtfeld abfanden, da begann es nach Gefahr zu schmecken. Eine Ahnung, die den bitteren Geschmack des Abschieds in meinen Mund legte. Der Regen schien nicht mehr von oben nach unten zu fallen; es war als tanzten die Tropfen einfach wild nach Lust und Laune durch die Umwelt, wobei sie auch auf das fröhliche Aufjauchzen, wenn sie am Boden zersprangen, verzichteten. Sämtliche Töne schienen in mein Ohr, an der Wahrnehmung vorbei, direkt auf den Seelengrund zu plätschern. Die Klänge fielen also in Stille, die Bewegung verharrte, von der Wurzel bis zum Scheitel lösten sich meine Konturen auf, verschwammen in der umgebenden Sphäre.

Ich vermag heute nicht mehr zu sagen, wie lange ich regungslos im Regen verharrte, wenige Minuten, gar ganze Stunden? Ich weiß es nicht, aber ich weiß, dass ich noch niemals zuvor einen so eigenartigen Zustand durchlebte. Vielleicht war dies auch ein Trugschluss, vielleicht war ich in diesem Moment nicht mehr Teil unserer gemeinsamen Wirklichkeit. Mein Verstand kämpfte, verzweifelt versuchte ich etwas festzuhalten, das längst verloren war. Etwas löste sich auf während der Weltwahnsinn an mir zerrte und zog. Erst schleichend und dann erschöpfte es mich mit einem Schlag aufs Ganze. Ich stand ausgebrannt im Nassen, abgelöscht, jeder Glanz in die Ferne entlassen. Doch noch war dort genug Kraft, um Angst zu haben. Furcht vor dem wachsenden Schatten, der sich auf eine quälende Art direkt aus mir lösen wollte. Kein akuter Schmerz, der sich auf einen konkreten Ort festlegen ließ, wie bei einem Sturz oder miesen Kopfschmerzen. Nein, es war viel größer, als würde sich alles in mir zusammenziehen. Jede Zelle war bemüht, sich ganz dicht an den letzten festen Kern zu schmiegen, um eine Art

Schutzmauer ringsherum des kläglich schlagenden Herzens zu manifestieren. Tiefes Atmen, das sich nicht wie lebensnotwendige Luftversorgung anfühlte. Ich atmete das Leben aus, statt ein. Der ganze Körper in Alarmbereitschaft, im Kampf und gleichzeitig lag alles brach, still, bewegungs- und regungslos. Ich fror, doch schon längst nicht mehr wegen der Wetterverhältnisse; es war die innere Kühle, die eine ganze Eiszeit hätte in mir auslösen können. Mir dämmerte nicht, wie das Unbekannte sich so vordringlich entspinnen konnte, während es gleichzeitig aus mir selbst zu resultieren schien. So baute sich der schwarze Schatten weiter vor mir auf. Eine anwachsende Finsterkeit. Eine altbekannte Schwere in neuem Gewand. Die schemenhafte Gestalt vor mir blähte sich auf, genährt von der umgebenden Düsterkeit, vermehrte sich, gewann an Umfang, während ich an Klarheit verlor.

Anrüchig bedrückte mich die gräuliche Präsenz.

Schutzlos verführt von dem namenlosen Nichts.

Unbarmherzig innerlich ausgezogen und gewaltig von außen erdrückt.

Je mehr ich mich wehrte, je verzweifelter ich versuchte, mich zu regen, desto fester drückte mich der Schrecken auf den Asphalt. Und als mich dieses diffuse Etwas endgültig zu verschlingen drohte, ich bereit war, mich aufzugeben. Losließ, mich hingab. Erwartete, von Trostlosigkeit umhüllt zu verschwinden. In diesem Moment geschah es. Ganz plötzlich.

Verstand

ich.

Erkannte, dort meine eigene Schattenseite im Zwielicht. Mein gefährlichster Weggefährte, gewandert vom Seelenboden in die Nacht. Die geballte Erschöpfung und das zerreißende Gefühl, weil sich dort etwas hinausgewagt hatte, sich verabschiedete. Die Dunkelheit, die mich verließ, die ebenso wie ich hier kämpfte. Denn sie erkannte, dass sie in Freiheit sterben musste. Doch es gab kein zurück. Uns so begann die Furcht vor mir zu winseln, zu jammern, zu weinen. Und mit der letzten Kraft bäumte sich die Dunkelheit auf. So laut, dass die Vernunft drohte klirrend zu zerspringen. Es schrie ein Flüstern in meinem Kopf.

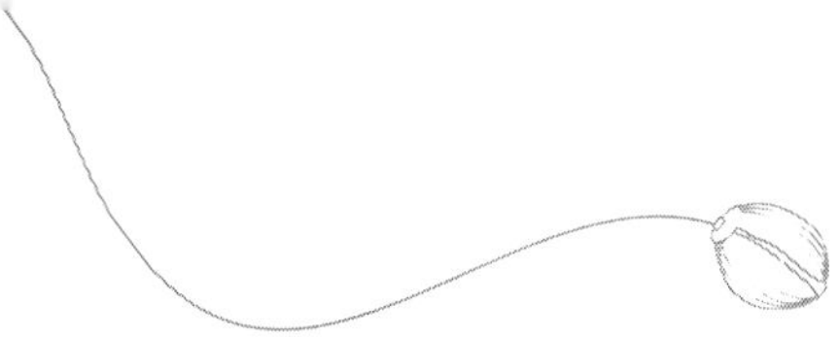

Das Flüstern

Du bist dürr. Aber nicht so sehr, dass du verhungerst. Du hast Narben. Aber nicht so tief, dass du verblutest. Du bist allein. Aber nicht so sehr, dass du vereinsamst. Ich habe mir so viel Mühe gegeben, dir die Möglichkeit zu geben, dich vom Leben zu befreien. Einer von beiden muss gehen. Sterben, langsam, qualvoll, elendig.

- *gib mir einen Namen* –, weinte eine leise Stimme in mir.

Ich öffne die Augen, ich sehe, endlich. Dich. Und ich flüstere in die anbrechende Nacht.

- *Ich*

Du bist ich. Wir beide. Wir waren eins.

Doch unser Fälligkeitsdatum war erreicht. Eine andere Form des Seins durfte anbrechen, eine neue Zeit fortlaufen. Meine Zeit, um zu

leben.

5

Ich

Tippe in mein Handy: »Werde umziehen. In die kleine Großstadt.«

Du

»Lass los, was du liebst. Kommt es zu dir zurück, ist es auf immer deins.«

Epilog

Ich schneide nicht mehr, bis das Blut fließt, denn die scharfen Seitenkanten meines Blatt Papiers halten mich ab. Ich kratze nicht mehr, bis der Schmerz unerträglich wird, denn meine Hände sind geschäftig. Mein Stift hält mich am Leben. Und doch stürze ich, ins Ungewisse. Gelegentlich gehe ich zwischen den Zeilen verloren, aber ich verliere mich nicht mehr in jedem Absatz, denn ich bewahre meine Selbstachtung als Lesezeichen.

Ich werde dir niemals verraten, wer ich bin. Denn du weißt es.

Gezeichnet, in Liebe

– *ICH*

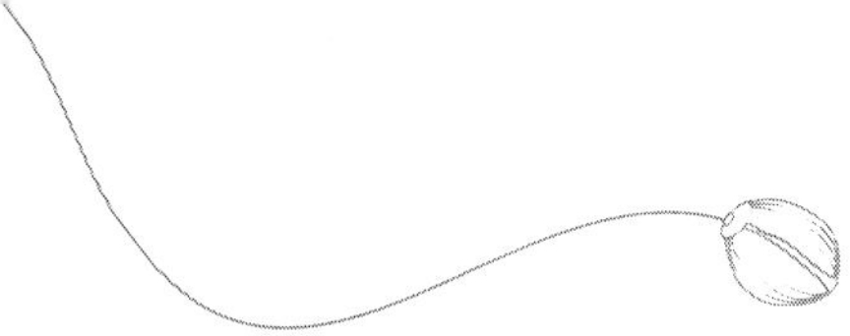

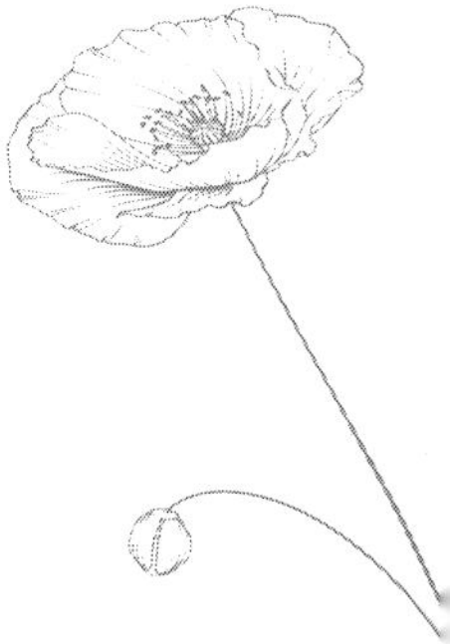

Danksagung

Ich danke dir von Herzen

MYRANDA